Biblioteca Universale Rizzoli

Vittorio Alfieri in BUR

Agamennone. Mirra
Della tirannide
Filippo. Saul
Vita

Vittorio Alfieri

AGAMENNONE
MIRRA

Introduzione e note di Vittore Branca

TEATRO

Proprietà letteraria riservata
© 1981 RCS Rizzoli Libri S.p.A., Milano
© 1996 R.C.S. Libri & Grandi Opere S.p.A., Milano
© 1999 RCS Libri S.p.A., Milano

ISBN 88-17-12297-1

Prima edizione: febbraio 1981
Decima edizione: settembre 2005

Per conoscere il mondo BUR visita il sito **www.bur.rcslibri.it** e iscriviti alla nostra newsletter (per ulteriori informazioni: **infopoint@rcs.it**).

A Ettore Paratore
affascinante interprete
della tragedia
senecana e alfieriana

PREFAZIONE

ALFIERI POETA DELL'INTERIORITÀ
FRA LIRICA E TRAGEDIA

La personalità artistica dell'Alfieri, come ormai è più che divulgato, per troppo tempo è stata, quasi di necessità, oscurata o deformata da una serie di miti di origine romantica e risorgimentale.

La maschera dell'uomo che «volle, sempre volle, fortissimamente volle» ha respinto — o almeno messo in ombra — le contraddizioni interiori, l'instabilità continua fra gli estremi della forza e della debolezza, la perplessità ansiosa che pateticamente chiaroscurano tragedie, *Vita*, rime (46 «Debile canna ondeggio ai venti giuoco; Or temo, or bramo, or vado, or penso, or scrivo; ...Voler, poi disvoler, nè aver mai loco»; 155 «Sperar, temere, rimembrar, dolersi; Sempre bramar, non appagarsi mai...»; 381 «Qual radicata immobil rupe... Tal io vorrei... Ma scoglio no, pieghevol canna, o fiore Mal securo in suo fievol breve stelo Son io...»). La forza tragica, l'autobiografia eroica, la lirica procellosa sono state a poco a poco elevate a antesignani letterari di un romanticismo che si opponeva polemicamente, anzi che respingeva in blocco Barocco e Arcadia. «È l'uomo nuovo che si pone in atto di sfida in mezzo a' contemporanei: statua gigantesca e solitaria col dito minaccioso» puntato contro «il mondo di Tasso, di Guarini, di Marino, di Metastasio», scriveva il De Sanctis. E analogamente la statuaria figura di «fulvo e irrequieto» profeta del rinnovamento civile italiano è stata consacrata dal canto più ufficiale del Carducci e dalla saggistica più eloquente del Gioberti, del Cattaneo, del Mazzini, del De Sanctis, e ancora da quella del Croce e del Gentile; e la sua personalità e la sua opera sono state in passato troppo mortificate da una devozione nazionale e quasi provinciale contro il loro carattere risolutamente europeo, contro le esperienze cosmopolite dell'uomo e dello scrittore (forse l'ultimo nostro autore inserito naturalmente nel grande giro europeo — dal Portogallo alla Russia — dei papi e dei sovrani, dei cardinali e dei ministri, delle grandi famiglie degli Stuart e dei Pitt, dei Caracciolo e dei Masserano, fra Metastasio e Beaumarchais, fra Rousseau e Chénier, fra Goethe e Schlegel).

Profeta e precursore dunque, insieme, del movimento spirituale in cui ancora oggi viviamo e della rivoluzione nazionale che rappresentò nel secolo scorso la massima realtà politica del nostro paese: personalità vista e mitizzata, quasi sempre e in modo esclusivo, in atteggiamento proteso verso il futuro ed eversore del passato. E forse a vederlo nella luce dell'avvenire, come protoromantico o addirittura come padre del romanticismo, ha persuaso anche il solito e ingannevole *post hoc ergo propter hoc*: mentre, come osserva Binni, l'Alfieri venne «a trovarsi alla fine del periodo illuministico, durante il lento trapasso verso il romanticismo, che, specie in Italia, subì una specie di ritardazione dovuta a un iniziale sfasamento rispetto alla cultura europea settecentesca. Il "Caffè", ad esempio, ci mostra tipico questo coesistere di un fervore illuministico e di esigenze nuove».

A formare e a fermare questo mito contribuirono certo l'autobiografia eroica tutta sdegni e ripulse, le lettere declamate e fitte di gesti di accusa e di sentenze senza appello («questo è il secolo che veramente balbetta — scrive al Calzabigi —: il seicento delirava, il cinquecento chiacchierava, il quattrocento sgrammaticava»), la continua e proclamatissima coscienza profetica («O Vate nostro, in pravi Secoli nato, eppur create hai queste Sublimi età, che profetando andavi» si fa dire dai posteri nella chiusa del *Misogallo*). E contribuì anche l'atteggiamento analogo di condanna polemica per le età post-rinascimentali, che dominò così a lungo nella nostra cultura. Ma intervenne soprattutto la convinzione, anch'essa di origine romantica, che a spiegare l'artista e la sua opera valgano specialmente l'uomo e la sua storia, e che gli scritti narrino sempre la più vera biografia di un poeta. Così le grida e i gesti concitati, che nella *Vita* sembrano configurare l'Alfieri in un diretto modello di Jacopo Ortis, e la posizione — in tutte le opere — dell'autore come personaggio di se stesso inclinarono a far ascoltare anche le sue tragedie, le sue liriche, i suoi trattati più nel clima del futuro che in quello del passato. «Se la critica ha accettato troppo a lungo l'interpretazione che egli ha dato della sua vita — notava già un finissimo lettore di poesia alfieriana, Attilio Momigliano — ha anche accettato troppo a lungo l'interpretazione che egli, coerentemente a quella della sua vita, ha dato della sua opera; e, in fondo, ha poco più che ricalcato quanto egli ha scritto sulla materia, sui sentimenti, sulla tecnica delle sue opere».

Di fronte alle prepotenti novità, di fronte ai preannunci di una sensibilità affermatasi poi nelle età seguenti (messi costantemente in rilievo, e giustamente, dalla più autorevole critica), la tradizione culturale e letteraria in cui l'Alfieri sviluppò la sua personalissima esperienza artistica è rimasta, così, troppo in ombra; o se mai è stata richiamata episodicamente per riferimenti contenutistici o per le solite, amatissime, opposizioni.

Anche nel più recente saggio sull'ideologia tragica alfieriana, quello penetrante di Masiello, essa è prospettata come l'espressione — apoteosi e tracollo — del vecchio mondo aristocratico che nel suo urto drammatico con i tempi nuovi e con le nuove forze economiche sociali e culturali, prende tragicamente coscienza del suo tramonto, lungo un arco che va dalla fervida elaborazione e conquista di un fascinoso ideale plutarchiano, eroico-superumano, al suo progressivo logoramento, alla presa di coscienza del suo fallimento in un clima di disinganno preromantico, ortisiano.

Eppure richiami non equivoci a quella realtà storica e tradizionale sono proprio nell'autobiografia e negli scritti più validi dell'Alfieri. Il suo faticato avvicinamento alla letteratura avviene attraverso Filicaia e Guidi e poi Mazza, attraverso l'esperienza arcadica, non senza la mediazione del barocco e del rococò e del neoclassicismo internazionali, e soprattutto dei «grandi secoli» francesi, da Corneille a Voltaire. Presente pure il Metastasio, vituperato nella *Vita* come «musa appigionata» ma che lo «dilettava sommamente» (*Vita*, III 8 e II 4) e che, a parte nelle prime rime, sarà poi riecheggiato nelle tragedie (basti pensare al canto di David, a battute del tipo «un tacer havvi Figlio d'amor, che tutto esprime; e dice Più che lingua non puote»: *Agamennone*, III 28-30).

Non è senza significato (anche se non è stato rilevato abbastanza finora) che l'unica personalità artistica presente e operante nella squallida adolescenza dell'Alfieri sia stata quella del cugino-zio architetto Benedetto Alfieri: «un veramente degn'uomo... appassionatissimo dell'arte sua... pieno del bello antico» ma aperto «ai moderni», cioè al gusto arcadico e rococò (*Vita*, II 3). Di questo artista, di cui la critica più recente ha messo in rilievo l'alta lezione (ma già Diderot aveva usato per l'*Encyclopédie* i disegni del suo Teatro Regio), l'Alfieri stendendo la *Vita* lasciò un ritratto vivace e pieno di stima e di rimpianto, concluso dall'affermazione: «Mi compiaccio ora moltissimo nel parlar di quel mio zio che sapea pure far qualche cosa: ed ora soltanto ne conosco tutto il pregio». È una dichiarazione che, fatta com'è dallo scrittore ormai maturo, rappresenta una presa di posizione culturale e artistica. È un riconoscimento della validità del gusto classicista oltre l'estremo barocco, fra *rocaille* e trionfi di nastri e fiori arcadici, stucchi bianchi morbidi divaganti, di affascinante valore decorativo — alla rococò bavarese —, e pareti a specchio di rigorosa e suggestiva impostazione teatrale (tale gusto è confermato dalle raccolte d'arte dell'Alfieri).

La storia della formazione del linguaggio del poeta comincia proprio dall'assunzione di quella *langue des passions* che era caratteristica espressione della civiltà letteraria dell'Europa settecentesca. E accanto si pone, come sollecitazione decisiva, un singolare petrarchismo, che specie nelle prime prove (sia liriche che tragiche, e basti citare il *Filippo*) svela chiaramente, anche nell'ammirazione per la passione dominata dall'arte, un'ascendenza muratoriana e arcadica: di quell'Arcadia che da noi è l'ultima incarnazione del classicismo rinascimentale e che anche in queste risonanze petrarchesche sarà assolutamente respinta dalla cultura romantica.

L'educazione e la formazione dell'Alfieri, del resto, sono tipiche del secolo dei lumi: non soltanto nel momento passivo (gli anni di «ineducazione» all'Accademia), ma anche in quello attivo, di libera elezione. Dalle letture agli itinerari e ai modi dei suoi viaggi, dalla scelta degli incontri alla temperie delle sue passioni, dalle inclinazioni dei giudizi alle vibrazioni dei gesti, l'Alfieri sembra ricalcare l'*homme de qualité* dell'abbé Prévost, che gli si era imposto come un modello fin dalla prima giovinezza (*Vita*, II 6, p. 47) e ancora sarà citato esplicitamente per la *Rosmunda* nel *Parere*. E queste pieghe di costume e di gusto si prolungano negli anni più frementi, più alfieriani, in quel taciticismo e plutarchismo così tipici della cultura settecentesca, dal Saint-Pierre e dal Rousseau al Metastasio; e in quella «malinconia riflessiva e dolcissima», schiva di ogni disordine preromantico, che si nutriva del Montaigne riscoperto dall'*esprit de tolerance* dell'illuminismo (*Vita*, III 8, p. 96). I trattati e gli scritti morali e politici — fra i trenta e i quarant'anni — teorizzano e sviluppano proprio i motivi libertari, repubblicaneggianti e di dignità civile che dominavano nella «intellighenzia» del secondo Settecento. Le profonde stigmate rousseauiane, il richiamo ad una natura vergine e primitiva come forza essenziale negli uomini e nei popoli, il volontario rifiuto della «piccola patria» per un'ideale patria europea (identificata anzi con l'umanità intera), le posizioni da illuminista riformatore contro le passioni come forme di barbarie, l'antimilitarismo civile e umanitario, l'ansia di rinnovamento — anzi di palingenesi — del mondo attraverso l'educazione civile e le riforme, la concezione eroica dell'azione politica come azione individuale e il conseguente supremo disprezzo per il popolo («vile ciurmaglia», «plebe senza nome») e così via fino alla moda anglomane, sono allora, su piano europeo, le idee-forza dell'aristocrazia illuminata. Non v'è neppure un barlume di quella mistica fede nel popolo che caratterizzerà la cultura seguente: anzi il senso religioso e l'interesse per la storia — così essenziali ad ogni romanticismo — sono assenti sia dalle impostazioni sociali-politiche, che da quelle morali o di vita interiore.

E sono assenti pure dalle convinzioni estetico-poetiche dell'Alfieri: non solo e non tanto da quelle proclamate, quanto da quelle che più intimamente regolano il suo impegno di scrittore. Accanto alle note personali già frequentemente rilevate nella poetica alfieriana (e sempre sul piano di fervide aspirazioni e di gusti originali più che di precise convinzioni o di formulazioni teoriche) e al di là di gesti polemici e di atteggiamenti episodici, l'Alfieri letterato sembra muoversi fra i chiaroscuri del «furore» secentesco e una concezione tipicamente razionalistica della poesia. Non per nulla fino alla morte — fino alle *Satire* e alle *Commedie* — egli rimane saldamente ancorato alla sua fede nella varietà degli stili classificabili per generi. Non per nulla egli vuole accanto a sé, costantemente, come consigliere e amico «letterario», l'oraziano, amabile, settecentesco abate Caluso, e proprio nella piena maturità artistica elegge a suo mentore ideale il «giudiziosissimo» Pope («il giudicare e il sentire sono uno»: *Misogallo*, p. 127). Anzi dal 1790 in poi si fa diffusore in Italia della poetica popiana, poggiata su un ideale di estrema correttezza letteraria e su quella insistita esperienza del mondo antico che fa del raffinato teorico inglese del razionalismo settecentesco anche uno dei padri del neoclassicismo internazionale.

Proprio fra razionalismo e neoclassicismo — non senza ascendenze barocche — si collocano le convinzioni che nell'Alfieri presiedono all'esercizio letterario più impegnativo. Ne discendono chiarissimi i motivi di una poetica fondamentalmente settecentesca: il culto esasperato della forma come unica condizione d'espressione, la ragionata e architettata attenzione al particolare mai sbaragliata dall'attenzione all'insieme e all'effetto, la salda e assoluta fede nei classici, la teoria e la pratica della imitazione malgrado le affermazioni e gli sdegni in contrario («Il mal esito delle rime non mi scoraggiva con tutto ciò; ma bensì convincevami che non bisognava mai restare di leggerne dell'ottime,... convinto in me stesso, che il giorno verrebbe infallibilmente, in cui tutte quelle forme, frasi, e parole d'altri mi tornerebbero poi fuori... miste e immedesimate coi miei proprj pensieri ed affetti»: *Vita*, IV 2, p. 196; e il 12 ottobre 1787 al Falletti: i classici «vi daranno, essendo ben letti, anche la facilità e la padronanza dello scrivere... con eleganza e brevità e forza»).

Per questo si impegnava in trascrizioni utilitarie di Seneca, di Stazio, di Dante, dell'Ossian cesarottiano, in annotazioni puntigliose a Virgilio e Petrarca. Quando ancora nel 1790 l'Alfieri affermava — a proposito della correzione delle sue tragedie per la stampa parigina — che senza questa ultima revisione «quello che lasciava sarebbe veramente stato un nulla, ed ogni fatica precedente... intieramente perduta» (*Vita*, IV 17, p. 276), ribadiva una convinzione che aveva costantemente presieduto alla sua attività letteraria. È una convinzione — testimoniata anche dall'estremo, eccezionale valore dato a ogni minimo saggio del suo impegno rielaborativo: nessuno scrittore ne volle lasciare tanti e tanto accurati documenti. Nonostante la proclamata adesione ai miti — già allora trionfanti — del sentimento, della passione, del «furor sacro» (*Rime*, 272), e l'esaltazione del «forte sentire» opposto ai sillogismi dei «filosofisti», nonostante le forti simpatie per le posizioni sensistiche, questa convinzione rivela nell'Alfieri una smisurata confidenza nella ragione, e quindi nella riflessione e nel gusto. La elaborazione e le successive correzioni erano giudicate da lui momenti essenziali e decisivi dell'arte, «dello egregio compor parte integrante» (*Rime*, 243), come egli conferma nella famosa epigrafe che avrebbe dovuto concludere le sue liriche: «la lima Fa ricchezza nei carmi» (*Rime*, 389). E accanto, con sensibilità variante tra «effetti» ancora manieristico-barocchi e fede razionalistica, poneva il «colorito»: «Cotanto il colorito e la lima si fanno parte assolutamente integrante d'ogni qualunque poesia» (*Vita*, IV 17, p. 276).

«Furore» e «colorito» secenteschi, e «lima» e «giudizio» (cioè ragione) settecenteschi dominano dunque la poetica alfieriana. E dominano anche nelle maggiori esperienze dello scrittore, nelle rime e nelle tragedie. «La sua grande poesia ha un'apparenza frammentaria solo perché di solito esplode improvvisamente con fulgurazioni abbaglianti: eppure in quei lampi si ha la rivelazione di un mondo perfettamente formato, originalissimo, bello di una poesia immortale... Non c'è in lui il caos degli *Stürmer*... Al solo Goethe, dei contemporanei, si può pensare allora. Anche nella classicità di Alfieri dunque — conclude il Vincenti — riconosciamo la sorte storica sua e del suo paese nel risveglio settecentesco».

Il peregrinare, incerto e ansioso, dell'Alfieri sui confini della lirica si risolve — dopo calchi metastasiani — proprio col primo sonetto accolto nella silloge canonica, «fatto a imitazione dell'inimitabile del Cassiani» (*Vita*, IV 3, p. 198). Non solo, ma tutto l'arco iniziale delle sue rime ('76-'77) si sviluppa decorato insistentemente di gruppi statuari «aperti» e drammatici — alla Bernini —, descritti con la compiacenza virtuosa di un Marino o con la voluttà figurativa di un Frugoni. E queste visualizzazioni barocche, che si ripetono fino ancora al 1794 («Candido toro, in suo nitor pomposo»: *Rime*, 273), tendono a risolversi a poco a poco, fra '80 e '85, in una sensibilità di tipo accentuatamente neoclassico, quasi canoviano (vedi la danzatrice dall'«Agil piè che non segna in terra traccia» ammirata fra le tre vergini da Giove nel son. 45; vedi «le Grazie e le Muse sbigottite» nel son. 60, e così via). È un gusto più vicino al Monti che al Foscolo: come certe inflessioni nelle rime di solitudine di quello stesso periodo hanno il suono degli sciolti a Don Sigismondo Chigi (se non della celebrata oda del Rolli). Sono eredità che l'Alfieri non respingerà mai in senso assoluto: esemplare, se si vuole, nel 1798, la «Malinconia dolcissima,... scorta amabil... solinga infra le selve e i colli, Dove serpeggin chiare acque sonanti» (306; e cfr. il programmatico son. 240). Sono presenti anche nelle sue rime più originali e felici: in quell'amore ai violenti chiaroscuri, in quella predilezione per i gesti concitati o incisivi, in quegli austeri e composti atteggiamenti statuari, in quell'abbandono sentimentale librato in modo sublime sull'orlo del melodrammatico. L'eccezionalità della sua lirica sta proprio nella originalità spirituale, tesa ed eroica, fatta risaltare, con nettezza quasi surreale, dalla studiatissima assunzione delle forme canoniche nella civiltà letteraria contemporanea o immediatamente anteriore. È, in certo senso, una dissonanza potente e risolutrice: è forse la forma più propria ad esprimere le ambivalenze spirituali che caratterizzano la vita interiore dell'Alfieri.

Ancor più evidente nelle tragedie, anche se finora troppo sfuggita o accantonata, la presenza determinante della tradizione dei due secoli precedenti: erano stati del resto gli unici a dare al mondo neolatino alti accenti drammatici. Persino certe strutture e certe tecniche teatrali richiamano prepotentemente la drammaturgia barocca francese: basti ricordare l'importanza che hanno, a cominciare dal *Filippo* per finire colla *Mirra* e col *Saul*, le prospettive del *théâtre dans le théâtre* o gli sviluppi del *récit*. Ma ancor più che dal teatro del *grand siècle*, l'intonazine «tetra e tenera» su cui sono modulate insistentemente le prime tragedie, discende da quei romanzi preziosi e barocchi che fin da giovinetto lo «rapi*vano* veramente... ed i più tetri e i più teneri *gli* facevano maggior forza e diletto» (*Vita*, II 6, p. 47). È a questa zona romanzesca che risale non solo l'idea della prima tragedia, il *Filippo* (dal divulgatissimo *Dom Carlos* del Saint-Réal), ma anche la *langue des passions*, la *langue des âmes sensibles* che nella tragedia «tra le morbidezze e i languori di un rococò in declino esprimono il lirismo agitato del nuovo gusto» (Raimondi). È un linguaggio che si allarga, nelle prime tragedie, in chiave di alta e saturnina malinconia, di solitudine e di conseguente unilateralità (segni distintivi, secondo il Vincenti, delle maggiori personalità del rinnovamento settecentesco italiano): con rigorosa coerenza a quella intima simpatia per i vinti (comune al Tasso come allo Shakespeare e al Milton), a quel grandioso senso della rovina, a quelle ombre di decadenza e di tramonto, a quell'angoscia secentesca per il tempo che fugge e distrugge, che chiaroscurano così insistentemente quelle azioni drammatiche (crepuscolo della repubblica romana in *Antonio e Cleopatra*, autunno della potenza spagnola in *Filippo*, rovina della grandezza tebana in *Polinice* e *Antigone*, sfacimento della casa d'Atreo in *Agamennone* e *Oreste*, e così via). E sempre insiste — fino alle traduzioni e agli estratti — il modello del «sublime vero» senecano (*Vita*, IV 2, p. 193), che tanto assolutamente àveva dominato il gusto teatrale dell'ultimo secolo; e sempre, secondo un modulo barocco, all'*âme sensible* è opposto, immane, il tiranno. (Ed è stato finemente osservato, ancora da Raimondi, che il contrasto fra tiranno e anima sensibile è un mezzo per portare su di uno stesso piano la polemica anti-tirannica e il mito della sensibilità, del cuore libero e generoso, più però nei termini di un Prévost che non in quelli antichi di Plutarco, che pure vi restano sottintesi). L'opposizione è troncata da un delitto, da un delitto barbarico, che non risolve ma respinge la vera soluzione al di là del «tempo» della tragedia: perché è un «tempo» sentito «in barocco», senza conforto di passato e senza speranza di futuro, in divenire continuo, continuamente costruito dal bene o distrutto dal male.

Mentre la tragedia classica, di norma, si concludeva in sé, era l'immagine di un universo chiuso e quindi aveva una effettiva unità, la tragedia barocca — forse anche per evadere in qualche modo dagli schemi aristotelici — fa supporre, oltre l'azione rappresentata, un al di là, una continuazione della vicenda oltre il calare del sipario. «*Laisse faire le temps, ta vaillance et ton roi*» è la famosa battuta finale del *Cid*. In termini wölffliniani potremmo dire che alla forma chiusa classica si oppone una forma aperta: proprio quella che consente all'Alfieri di prolungare al di là della scena, in angoscia più drammatica perché più misteriosa, la tensione tragica delle più alte fra le sue prime tragedie.

Scorre di sangue (e di qual sangue!) un rio...
Ecco, piena vendetta orrida ottengo;...
Ma, felice son io?...
(*Filippo*)

— O del celeste sdegno
Prima tremenda giustizia di sangue,...
Pur giungi, al fine... Io ti ravviso. — Io tremo.
(*Antigone*)

Oreste, vivi: alla tua destra adulta
Quest'empio ferro io serbo. In Argo un giorno,
Spero, verrai vendicator del padre.
(*Agamennone*)

> ...Ahi misero fratello!...
> Già più non ci ode;... è fuori di sè... Noi sempre,
> Pilade, al fianco a lui staremo...
>
> *(Oreste)*
>
> Ho il ferro ancor; trema: or principia appena
> La vendetta, che compiere in te giuro.
>
> *(Rosmunda)*
>
> Te preverrò. — Ma l'altre età sapranno,
> Scevre di tema e di lusinga, il vero.
>
> *(Ottavia)*

Negli ultimi quattro esempi la tragedia si chiude non concludendosi ma introducendo chiaramente un'altra azione drammatica (la vendetta di Oreste, la catarsi del vendicatore, il tormento dei due coniugi legati dal delitto e dall'odio reciproco, il suicidio di Seneca e il suo messaggio ai posteri). Nei primi e più alti esempi (come poi nel *Don Garzia*) il sipario invece cala non su un nuovo e necessario episodio, ma su una solitudine desolata, su un silenzio raggelato più tragico di qualsiasi aspra vicenda («scioglimento... il più terribile a chi ben riflette: poichè a Creonte... non rimane che l'odio di Tebe, la reggia desolata e deserta, il regno mal sicuro, e l'ira certa, e oramai da lui temuta, dei numi» notava già a proposito dell'*Antigone* l'Alfieri stesso scrivendo a Ranieri Calzabigi). All'apertura di una nuova azione si sostituisce l'apertura su un'anima, che l'episodio rappresentato ha lasciato sola con se stessa, a misurarsi con se stessa. Sembra che l'autore dalla tradizione della tragedia barocca elegga proprio questa forma, aperta ed enigmatica, per affacciarsi al buio squallore di anime sole colle loro vendette e coi loro odi, sole nella morsa implacabile di passioni sconfinate e dispotiche.

L'Alfieri non ha ancora identificato quello che sarà il tema più suo, così nella tragedia come nella lirica: la solitudine dell'uomo con se stesso, insieme bramata e aborrita.

Quando lo intuirà, quando da una suggestione sottintesa e affidata soltanto come un suggerimento alla fantasia del lettore, passerà a una rappresentazione esplicita, allora nasceranno i due riconosciuti capolavori del teatro alfieriano, *Saul* e *Mirra*. L'azione sarà allora tutta raccolta entro un'anima; e l'urto non avverrà più fra personaggi diversi ma fra le passioni, le perplessità, le ambivalenze di una sola tormentatissima anima, di un personaggio di immane forza spirituale, al di là dei confini dei comuni mortali. La tragedia è raccolta, anzi sprofondata tutta dentro il protagonista: gli antagonisti sembrano esistere solo perché egli chiarisca sé a se stesso; il «furore», elemento essenziale alla poesia (*Rime*, 255, 272, 281) diventa tutto interiore e brucia anche le possibilità di visualizzazione metaforica e emblematica.

Il superamento delle esitazioni, dei compromessi, degli egoismi, delle viltà, raggiunto solo attraverso la morte, rappresenterà — nel re empio-superbo e nella fanciulla empia-innocente — una catarsi solenne e conclusiva: «L'Alfieri è riuscito — già notava il Gioberti — a dipingerci un tiranno che sente ripiombare su di se stesso la propria tirannide».

Oh figli miei!... — Fui padre. —
Eccoti solo, o re; non un ti resta
Dei tanti amici, o servi tuoi. — Sei paga,
D'inesorabil Dio terribil ira? —
. . . . Empia Filiste,
Me troverai, ma almen da re, qui... morto. —

(*Saul*)

Oh Ciniro!... Mi vedi...
Presso al morire... Io vendicarti... seppi,...
E punir me... Tu stesso, a viva forza,
L'orrido arcano... dal cor... mi strappasti...

> Ma, poichè sol colla mia vita... egli esce...
> Dal labro mio,... men rea... mi moro...
> . . . .
> Quand'io... tel... chiesi,...
> Darmi... allora,... Euricléa, dovevi il ferro...
> Io moriva... innocente;... empia... ora... muojo.

(Mirra)

Dalla forma aperta l'Alfieri — scartando ogni compromesso non canonico, sia shakespeariano che romantico — torna così alla forma chiusa e conclusa, classica e neoclassica, attraverso una sublimazione in certo modo lirica della tragedia: una sublimazione che è insieme l'ideale approdo del suo lungo e difficile esercizio drammatico e il punto più alto del suo messaggio poetico.

Come nella vita l'Alfieri mirò a un ideale di bellezza eroica, così nella sua opera di scrittore puntò decisamente verso un'assoluta intimità drammatico-lirica, in cui l'anima dell'uomo, cioè la «sua» anima, fosse non tanto al centro dell'universo, quanto l'universo stesso. Ed è proprio nel rigore col quale perseguì questa sua vocazione che egli, come tutti i grandi artisti, pur vivendo la tradizione culturale del suo tempo, la trascese risolutamente: non perché romantico o protoromantico, ma per il suo potente e prepotente temperamento poetico. La solitudine dolorosa ed eroica, la malinconia patetica ma virile (mai romanticamente languida), l'ansia di grandezza e di magnanimità in ogni campo: insomma tutti gli accenti più alti dello scrittore risalgono a questa risoluta fedeltà, a questa esclusiva attenzione ai problemi dell'anima, della «sua» anima. «*Je suis moi même la matière de mes livres... chaque homme porte la forme entière de l'humaine condition*» (*Essais*, III 10), è l'epigrafe che l'Alfieri, con parole del «familiarissimo» Montaigne (*Vita*, III 8, p. 96), avrebbe potuto scrivere in fronte alla sua opera. E di fatti anche le pagine apparentemente più lontane da questa vocazione (i trattati politici, le commedie, le satire...) valgono soprattutto come sforzo dello scrittore di chiarire, attraverso un distacco oggettivo o una trattazione teorica, certe pieghe di sé a se stesso, drammaticamente.

L'attenzione alle esigenze sempre esasperate della personalità dell'Alfieri si pone così come la condizione prima anche per «saper leggere» la sua poesia. Il clima procelloso o pateticamente abbandonato delle pagine più inobliabili della *Vita* — straordinario *exploit* stilistico, romanzesco e lirico e teatrale —, gli accenti più elevati e più solitari delle rime, i personaggi più forti e suggestivi e l'originalissima costruzione delle più caratteristiche tragedie, appaiono ineluttabilmente determinati e imposti da quelle esigenze interiori. Gli eroi, che l'Alfieri porta sulla scena, sono, in generale, al confronto dei tiranni, scialbi e convenzionali o teatrali e eccessivamente altisonanti: proprio perché in essi soprattutto si drappeggia la proclamazione di idee generose ma vaghe, e si gonfia lo sfogo di sentimenti scomposti e falsati dalla retorica politica. Nei loro antagonisti, invece, si riflette l'animo appassionato ed eccessivo, tempestoso e contraddittorio del poeta, tagliato nella stessa stoffa sovrumana dei tiranni, degli uomini nati a grandi cose, virtuose o empie, e ombreggiati sempre da una tristezza della potenza, di sapore tassiano e miltoniano («La cupidità del tiranno non è di ricchezze, la quale è vilissima cupidità, ...ma è cupidigia di comandare, la quale suole esser fondata sovra la grandezza de l'animo... e chi aspira alle cose malagevoli è di grand'animo»: Tasso, *Il forno*, 102; I red. 126).

Esasperata esigenza di intimità anche nella costruzione delle tragedie più originali e più alte: Filippo, Clitennestra, Saul, Mirra — i suoi eroi più grandi perché più soli — chiudono e dibattono nel mistero della loro anima tutto il dramma: dramma di tiranni degli altri e ancor prima di se stessi, drammi di donne dominate da passioni estreme e abnormi e sepolte nel subcosciente: gli uni e le altre voci di quelle disfatte umane e di quei fallimenti morali che sono i temi più sentiti dall'Alfieri tragico. Le azioni che si svolgono attorno non hanno che il valore di episodi scelti per dar rilievo teatrale alla loro desolazione interiore. Anzi le studiatissime elaborazioni cui lo scrittore sottopose le sue tragedie mirano, in generale, proprio a liberarle di ogni ingombrante riferimento esterno, a ridurre risolutamente l'«ambiente»: mirano cioè alla rappresentazione di una solitudine esasperata e alla conquista di una violenta intimità, le due caratteristiche massime del teatro alfieriano.

Non a caso del resto l'esperienza più propriamente lirica, quella delle *Rime* — questo «giornale» segreto cui giorno per giorno l'Alfieri affidava le notazioni più rapide e più immediate della folla di «occasioni» che caratterizza il suo esercizio di artista —, si pone proprio come il banco di prova, il punto di passaggio obbligato tanto per il narratore della *Vita* che per il poeta delle tragedie. E quel tono smisurato, ignaro di qualsiasi semitono morale e sentimentale, quel linguaggio rapido e intenso, quasi un parlare prorompente, quel fremere, quel furore (cioè i caratteri che sono stati identificati come i più originali e i più continui della scrittura dell'Alfieri nei suoi vari momenti) discendono da questo rigore lirico, immane e categorico.

Il rapporto, a prima vista così suggestivo, tra la *Vita* e le *Rime* — che potrebbe richiamare quello fra lo *Zibaldone* e i *Canti*, unico nella storia della nostra poesia — è infatti un rapporto insolitamente rovesciato proprio per la prepotenza dell'esigenza lirica: la notazione in versi, la trasfigurazione degli episodi ha preceduto la narrazione autobiografica. Non si può respingere l'impressione che l'Alfieri, quando volle narrare di sé in prosa, abbia trovato, nelle *Rime* e nelle note che le accompagnano, una traccia generale e suggestive filigrane particolari. (La *Vita* — ha notato acutamente Fubini — è il congedo dalla sua opera poetica, il severo e commosso congedo, che ne richiama, come ricordo, i temi e i motivi, e gli affetti che la prepararono e il vario lavoro che essa a lui ha imposto: sta fra la poesia di un giorno e le altre opere della maturità, come un momento di pacato equilibrio). Questo andarsi incontro a ritroso è rivelato esemplarmente — e con valore di casi limite — dalle puntuali riprese liriche incastonate nel discorso autobiografico. In ambedue i momenti la campagna romana è definita «vuota insalubre regione» (*Rime*, 16 e *Vita*, IV 8, p. 224)) e i tedeschi sono la «gente, che parlando (favellando) mugge» (*Rime*, 145 e *Annali*, p. 265); un intero endecasillabo si trasferisce dalle rime alla prosa per carezzare Fido, prediletto perché aveva portato «il dolce peso della donna mia» (*Rime*, 192 e *Vita*, IV 14, p. 256); gli occhi dell'amata brillano nella lirica e nella narrazione «dolci focosi», «dolci ardenti» (*Rime*, 19 e 126 e *Vita*, IV 5, p. 208); l'impegno nella rielaborazione degli scritti in ambedue le sedi è definito «parte integrante» della creazione poetica (*Rime*, 243 e *Vita*, IV 17, p. 276); una stessa riflessione corona i simili ripiegamenti pensosi nelle due diverse sedi: «Uom, se' tu grande, o vil? Muori, e il saprai», «Bisogna veramente che l'uomo muoja, perchè altri possa appurare, ed ei stesso, il di lui giusto valore» (*Rime*, 167 e *Vita*, III 14, p. 140). E si potrebbe continuare ancora per un lungo tratto in questa direzione.

Su queste riprese si può definire anche il limite della lirica alfieriana: cioè quell'affollamento eccessivo di determinazioni autobiografiche che spesso ostacolano la trasfigurazione lirica e trattengono le rime — malgrado l'assiduo impegno elaborativo — nel cerchio angusto della notazione episodica e occasionale. Il processo più consueto e logico — dalla narrazione alla lirica — avrebbe forse filtrato queste sopraffazioni delle ragioni autobiografiche (non a caso alcuni dei sonetti più raccolti e felici nascono dopo la *Vita*): ma avrebbe certo incrinato la coerenza e il rigore, assoluti, della aspirazione lirica, presenti in tutto l'esercizio dell'Alfieri scrittore.

Anche la storia del suo teatro passa infatti, senza possibilità di equivoci e con valore esemplare, attraverso l'esperienza lungamente vegliata delle rime. La genesi delle tragedie non si esaurisce, cioè, in quei famosi «tre respiri» in cui l'autore ne schematizzò la storia (*Vita*, IV 4), e non risale soltanto alle commosse letture, alle impressioni balenanti, alle riflessioni politiche cui assiduamente fa riferimento l'Alfieri. Ha la sua origine, o meglio il suo sottosuolo ideale, soprattutto nella lirica, se l'inchiesta non si limita al tema e alla materia ma vuol giungere al segreto della scrittura. È proprio nelle rime che assistiamo al dilagare e all'approfondirsi di quella solenne e amara solitudine morale che si impenna in voci veementi miste di dolcezza e di odio, al raccogliersi sempre più assoluto dello sguardo del poeta nell'interiorità; e infine al progressivo signoreggiare di quella pensosità che dalla fiducia nell'«impulso naturale», come unico movente alle grandi opere, trasse il poeta a sentirne con melanconia abbandonata la instabilità e vanità.

> Cose omai viste, e a sazietà riviste,
> Sempre vedrai, s'anco mill'anni vivi:
> E studia, e ascolta, e pensa, e inventa, e scrivi,
> Mai non fia ch'oltre l'uom passo ti acquiste.
> ...a che il saper ciò che imparar pon tutti?
> Che pro il crear, poichè creando imiti?...
>   Muori: ei n'è tempo il dì, che indarno arditi
> Gli occhi addentrando nei futuri lutti,
> Cieco esser senti...
>
> (*Rime*, 268; e cfr. 305)

Così annotava l'Alfieri in un sonetto: quasi anticipando l'amara ironia leopardiana per «le magnifiche sorti e progressive».

Attraverso le rime erano dunque identificati i motivi più ricchi di poesia delle tragedie; era trovata nel linguaggio drammatico la forma propria ad esprimere le tormentose ambivalenze del temperamento, anzi dell'anima fondamentalmente «teatrale» dell'Alfieri e era fissata una sua immagine — saulliana e mirriana — in certi incubi notturni o di solitudine visualizzati già alla Füssli e alla Blake (p. es. 137, 274, 392); era perseguito un «sublime» dell'immensità, della melanconia, dell'orrore e del terrore, della morte, sulla linea ideale del trattato del Burke (p. es. 18, 65, 135, 169, 173, 181, 306); era sconvolta la settecentesca armonia musicale dell'endecasillabo per una diversa e più interiore armonia (di origine, in parte, senecana), maestra poi al Foscolo e al Manzoni.

L'anticipazione di impasti linguistici e ritmici, il saggio di accostamenti verbali, l'esperienza di certi corpo a corpo con le parole per la conquista dell'originalissimo linguaggio di concitazione tragica danno anche in questo caso il segno e la misura dell'inelusibile rapporto rime-tragedie.

L'avvio di un sonetto

> S'io t'amo? oh donna! io nol diria volendo.
> Voce esprimer può mai quanta m'inspiri
> Dolcezza al cor...
>
> (20)

già vibrava di quella caratteristica ardenza drammatica di sentimenti che con risonanze simili s'impenna in un gesto identico al centro del *Saul*:

> S'io l'amo? O ciel!... e la mia sposa,
> Dica, se il può, ch'io nol potrei, di quanto,
> Di quale amore io l'amo...
>
> (III 165 ss.);

come i cupi ossessionati lamenti di Elettra e di Micol

> Notte funesta... presente ognora
>
> (*Oreste*, I 1-2)

> Notte abborrita, eterna,
> Mai non sparisci?...
>
> *(Saul,* I 190-191)

avevano già provato la voce, con un abbandonato empito autobiografico, in un sonetto del '78:

> O Notte eterna! e che? pur anco tieni
> - Tutto del Ciel lo spazïoso campo...
>
> (359);

e la celebre coppia aggettivale per le tormentose ambivalenze di Saul, «impazïente fero», era già, con la stessa dieresi, nel sonetto 73. Così il motivo principale della *Virginia*, che campeggia raccolto epigraficamente in due versi,

> V'ha patria, dove
> Sol UNO vuole, e l'obbediscon tutti?
>
> (III 81-82)

già era accennato in un famoso fremito libertario

> Loco, ove solo UN contra tutti basta,
> Patria non m'è... (37);

e il verso famoso

> Mirra infelice strascina una vita
>
> (I 6)

trascriveva un'insistente nota autobiografica:

> Io strascino i giorni miei perversi
>
> (80)

> Misera vita strascino...
>
> (108)

> Di giorno in giorno strascinar la vita
>
> (304);

come il sospiro disperato e deserto della fanciulla empia-innocente:

> ... spesse volte
> La mestizia è natura...
>
> (II 149-150)

già aveva saggiato la sua modulazione in una delle più evocative rime di solitudine e di melanconia saturnina:

> ... la mestizia è in me natura
>
> (89).

E così fino all'ultima prova: la struggente elegia autobiografica che fa cantare di Alceste e Admeto «son duo corpi e un'alma» (*Alceste Seconda*, I 285) è in qualche modo anticipata da un sonetto indirizzato alla sua donna, due anni prima, dal poeta «non mesto abbastanza per sì sacra cosa»: «sola un'anima siam, sola una salma» (290).

Ma quelle grida le quali, anche perché avevan saggiato nelle rime la loro voce, potevano impennarsi come culmini del discorso drammatico, proprio dall'accentuarsi progressivo della intimità della tragedia alfieriana vengono moltiplicate e portate su registri diversi e più intensi, tanto da traboccare e da effondersi anche dal teatro alle rime.

L'invocazione, tragicamente straziante, della desolata solitudine di Clitennestra

> Sola
> Co' pensier miei...
> ... lasciami...
>
> (III 318-320)

balzava così direttamente da una «situazione» interiore costante nell'Alfieri, da dare l'avvio, qualche anno dopo, a una delle più abbandonate distensioni liriche di mestizia interiore, filtrata attraverso una tenerezza petrarchesca:

> Solo, fra i mesti miei pensieri...
>
> (135).

La coscienza, insieme dolorosa ed eroica, dell'umanità di proporzioni straordinarie dei grandi tiranni, di questi «fatalia monstra», era un elemento del dolente pessimismo del poeta «pallido in volto, più che un re sul trono» (*Rime*, 167): cercava di parlare in uno dei rari momenti alti e pensosi della *Congiura de' Pazzi*

> D'alti sensi è costui; non degno quasi
> D'esser tiranno...
>
> (IV 157-158);

ma trovava espressione intensa e definitiva solo poi, in una delle più grandiose ed enigmatiche chiuse di sonetto, quello in morte di Federico il Grande:

> Ma, di non nascer re forse era degno
>
> (162).

Gli abbandonati omaggi alla sua donna ritrovata:

> L'angoscia e il pianto al tuo apparir spariro
>
> (64)

> Parte di me miglior, mia donna,...
>
> (90)

sembrano ripresi dalla folla di tenere espressioni domestiche e coniugali del *Saul*, scritto l'anno prima:

> ...Al tuo sparire, Pace sparì,...
> Sposa, dell'alma mia parte migliore,
> (I 102-103 e V 10: cfr. *Lettere*, p. 247 «parte migliore di me»).

28

Così sempre, con questo scambio in doppia direzione, o meglio con questo processo circolare dalla lirica alla tragedia, e dalla tragedia alla lirica: e poi ancora e sempre con queste alternanze sui due piani, per esprimere più intensamente le abissali o complicate profondità della coscienza sua, sua o di Saul o di Mirra. Poche esplosioni prorompenti in mezzo ad un silenzio mortale — scrive Momigliano — bastano a far vivere una delle sue creature. Tutte, anche quelle che hanno una figura più complessa, anche Saul e Mirra, dicono relativamente poco di sé: ma le loro parole scaturiscono da un'origine remota, sembra che si siano maturate e concentrate in una lunga solitudine. E perciò chiudono nella loro massa dura e compressa una vicenda folta di tormenti, di furori, di disperazioni, come quelli che balenano anche nelle sue liriche, ma che solo nelle tragedie trovano linguaggio ed espressione propri.

Nella storia della tragedia alfieriana le rime rappresentano, in certo modo, il libro segreto in cui fermare le prime idee e le prime impressioni, in cui riporre il ricordo dei vari moti dell'anima, in cui saggiare il linguaggio più nuovo, in cui tentare i primi impasti di colore. E se queste note sono spesso nei sonetti ancora incerte, provvisorie, grezze, non è difficile scorgervi le filigrane più preziose del mirabile ordito delle tragedie.

Ma d'altra parte lo stesso linguaggio delle rime è tanto dominato e quasi tiranneggiato dal temperamento eccessivo e drammatico dello scrittore, da tendere — come ho dimostrato altrove — quasi sempre a un'intonazione coturnata, a una spezzatura teatrale, a una violenza tragica. I sonetti si pongono, sì, come il primo e più geloso momento nella genesi delle tragedie, ma spesso appaiono folgorati e attratti dal miraggio di quel clima eroico e sovrumano: e spesso nascono da un drammatico urto di sentimenti e di passioni in contrasto, da concitati dibattiti interiori, da furori eroici e da sdegni morali impennantisi su debolezze e incertezze sempre in agguato.

Come i momenti più alti delle sue tragedie, per la loro categorica intimità, ricorrono naturalmente a un linguaggio lirico, così le sue rime più inobliabili muovono prevalentemente da situazioni e da atteggiamenti drammatici, in atmosfera tragica. Tragedia, lirica, autobiografia si staccano (son. 249) da quell'unica ricca e generosa matrice sentimentale che già è stata definita con le amate parole di Montaigne: se ne staccano non quali contemplazioni di se stesso, ma come prorompenti rivelazioni, folgorazioni abbaglianti, impeti di furore. Il riflettersi continuo dei modi dell'una forma in quelli dell'altra, non è effetto di una consuetudine tecnica, quanto espressione di una necessità di fantasia: della suprema «ragione» teatrale dell'Alfieri scrittore, dell'Alfieri poeta del «*cri de la passion*», dei gridi dell'anima.

VITTORE BRANCA

ALFIERI, LIBERTARIO E ANTIRIVOLUZIONARIO, FRA ODIO E AMORE PER I SOVRANI*

Al mito solare e palingenetico, alla metafora della nuova luce folgorante e vittoriosa sulle antiche tenebre, sembra tutta ispirata la grandiosa ode dell'Alfieri, *Parigi sbastigliato*. In quel 14 luglio «Oltre l'usato il Sol sereno sorge». «Sorge su l'orror di negra Notte feral», «su un loco... che in Inferno avria Pregio» su una «rocca di squallor dipinta... atrobigia... ove non suona Raggio» (vv. 55 ss.). I prigionieri dopo l'assalto di popolo liberator ascendono alla luce, alla felicità, passando dalle «più riposte erme latébre», «dalle eterne orribili tenébre» alla «pura aura serena» (vv. 144 ss.).[1] Anche il compagno più fedele, in quei giorni, nella vita quotidiana e nel lavoro poetico dell'Alfieri, la sua *blanchisseuse* (come lo chiamava con ironia affettuosa il conte Vittorio), cioè Ippolito Pindemonte, aveva cantato con analoga metafora augurale: «Ecco Brillar una gran luce... Libertà scorgo di molt'or vestita... Versando tutti De la faccia ridente i bei tesori... Un cielo più sereno, un sol più bello ... Nuovo comincia interminabil corso» (*La Francia*).

Questa lettura immaginaria e immaginifica della Rivoluzione, identificata genialmente da Jean Starobinski in scritto-

---

* Il presente saggio è il risultato della fusione e rielaborazione di due studi pubblicati in precedenza in *Omaggio a Gianfranco Folena*, Padova 1993 e nella «Revue des Études Italiennes», XXXVIII 1992.

[1] Le citazioni dagli scritti dell'Alfieri sono fatte – salvo le eccezioni indicate esplicitamente – sull'Edizione Astese (Asti 1951 ss.) anche per la numerazione dei vari componimenti, delle lettere, dei versi e persino per le irregolarità grafiche nei testi francesi che appaiono nella detta edizione (e riflettono abitudini alfieriane?).

ri francesi e anche in William Blake e Klopstock,[2] sembra essere, nel luglio 1789, anticipata risolutamente nella intuizione poetico-profetica della più valida poesia italiana e del suo capofila, l'Alfieri.

Era da tre anni in Francia, prima a Colmar poi a Parigi, con la sua donna, Luisa Stolberg d'Albany (ormai vedova di Carlo Edoardo Stuart pretendente al trono di Inghilterra, e come tale pensionata del Re di Francia). E curava puntigliosamente, prima a Kehl nella tipografia del Beaumarchais e poi a Parigi in quella famosa del Didot, la stampa (o ristampa) dei suoi scritti. Era, non ancora quarantenne, nel pieno della sua maturità o meglio *virilità* come egli la definisce e la tratteggia fortemente nell'autobiografia: «Un animo risoluto, ostinatissimo, ed indomito; un cuore ripieno, ridondante di affetti di ogni specie, fra' quali predominavano con bizzarra mistura l'amore e tutte le sue furie, ed una profonda ferocissima rabbia e abborrimento contro ogni qualsivoglia tirannide» (IV 1). A questi affetti, o meglio a questi rombi e impennate di passione, si aggiungeva in quegli anni bruciante l'aspirazione a rendere duraturo il proprio messaggio poetico («E' ci vuol molto a far suonar la tromba Della ciarliera, che appelliam poi Fama Se dei secoli a Lei l'eco rimbomba» confidava a un altro amico suo, Andrea Chénier [*Rime*, 311]). Voleva rendere duraturo quel messaggio anche con la perfezione della pagina: renderlo perfetto nella parola e nella rappresentazione grafica della parola stessa. E in questa faticosa e lenta conquista[3] quotidianamente si impegnava e si tormentava l'Alfieri in quello che ora chiamava «sublime proposto» ora «lento sterile penoso, prosciugante, Lavoro ingrato»... «che a torto morte non si chiama» (*Rime*, 311 e 243): cioè le diurne battaglie con la propria incontentabilità

---

[2] J. STAROBINSKI, *1789: les emblèmes de la raison,* Parigi 1979. E cfr. anche B. BACZKO, *Lumières de l'utopie,* Parigi 1978.

[3] Ho cercato di descriverla e analizzarla in qualche direzione e in qualche testo, dalle *Rime* ai trattati, da qualche tragedia alle *Satire,* in *Alfieri e la ricerca dello stile,* Bologna 1983[3].

di scrittore e coi tipografi e con le sempre imperfette bozze di stampa.

Amore finalmente libero per la sua donna rimasta vedova; profondo ripensamento politico nel rivedere la giovanile e libertaria *Tirannide,* il più pacato *Del Principe e delle lettere,* il già costituzionalistico *Panegirico di Plinio a Trajano* e poi nella creazione della moralistica *Virtù sconosciuta* e di *Le Mosche e l'Api*; impegno letterario quasi ascetico nella rielaborazione e nella revisione della sua poesia: sono queste le tre ragioni di vita che caratterizzano per l'Alfieri gli anni fra l'87 e l'89, con un intreccio singolare e avvolgente di motivi («mia vita dolcemente mista Di gloria e amor» scriveva ancora a Andrea Chénier: vv. 42 s.).

In questo clima di revisioni e di ripensamenti, di riflessioni personali e sociali, poetiche e politiche, si inserivano sollecitanti e decisivi gli avvenimenti politici, specialmente quelli dopo il trasferimento[4] alla fine del 1787, a Parigi nella bella casa di rue Bourgogne. Nelle conversazioni con Du Theil, Villoison, Chénier, David e altri intellettuali e artisti liberali e nelle letture di *pamphlets* e di gazzette, l'Alfieri avvertiva e condivideva le «angustie» e le «inquietudini» anche dei più democratici fra i suoi amici. Suscitavano in lui, libertario e violento polemista antimonarchico nella *Tirannide,* riflessioni e moti e idee nuove. Non erano più astrattamente e letterariamente tirannicide, ma democratiche e costituzionalistiche in armonia alle speranze suscitate, dopo l'oblio secolare, dall'annuncio, il 24 gennaio 1789, della convocazione degli Stati Generali.[5]

---

[4] Per queste vicende, oltre la *Vita* scritta dall'Alfieri (nelle varie redazioni) e altre note autobiografiche, si tengano presenti le sempre valide e documentate biografie dell'Alfieri: E. BERTANA, *Vittorio Alfieri,* Torino 1904 (*ivi* p. 229 la definizione alfieriana di *blanchisseuse* per Pindemonte); P. SIRVEN, *Vittorio Alfieri*, Parigi 1934-1950; M. FUBINI, *Vittorio Alfieri*, in *Dizionario biografico degli Italiani*, vol. II, Roma 1961; L. BACCOLO, *Il signor conte non riceve,* Cuneo 1978.

[5] Scriveva già il 25 ottobre 1788 alla madre «Qui si sta in grande aspettativa di questi stati generali... ed è da sperare che riordineranno un poco le cose pubbliche, che sono veramente all'ultimo grado di dilapidazione» (ep. 197).

Ormai lontano dai drastici proclami e libelli giovanili l'Alfieri si avvicinava alle posizioni del Mably, padre ideale della Costituzione del '91: anche per lui la vera e giusta repubblica era ormai la monarchia parlamentare.

È questa la convinzione che, il 14 marzo, facendo riferimento al *Panegirico di Plinio a Trajano* allora in ristampa, gli fa scrivere un appello a Luigi XVI: «*Sire... j'ai tenté, dans une courte prose italienne, sous le nom de Pline, de conseiller à Trajan, mort, de renoncer à l'empire et de faire revivre la république romaine. J'ose prier Louis XVI, vivant, d'un sacrifice beaucoup moins grand, c'est de saisir tout simplement l'occasion qui se présente pour acquérir la gloire la plus singulière, la plus vraie et la plus durable à la quelle aucun homme puisse atteindre: c'est d'aller vous-même au devant de tout ce que le peuple vous demandera pour sa juste liberté; de détruire vous-même, tout le premier, l'affreux despotisme que l'on a exercé sous vôtre nom; de prendre avec le peuple des mesures immanquables pour en empêcher la résurrection à jamais*» (*Epistolario*, 204).

Meno di un mese dopo, il 12 aprile, l'ideale monarchico-costituzionale s'impenna nel capitolo a Andrea Chénier non più contro il potere regale ma, secondo una solita piega alfieriana – rilevata anche nell'autoritratto citato – «contro ogni qualsivoglia tirannide» e soprattutto quella militaresca:

> Non s'ode altro gridar che «Stati Stati»:
> Onde, se avran gli Stati e mente e lena
> Cesserà, pare, il regno dei soldati.
>
> (*Rime*, 311).

E già il mito solare della nuova età si affaccia, proprio sulle ali della fiducia negli Stati e in una loro intesa col Re; un'intesa che, come scrive l'Alfieri, farà uscire tutta la nazione «della notte... che in Francia v'era» (v. 39).

Una «notte» che è accentuata e esasperata nell'emblema di quella tomba tenebrosa da cui il popolo francese esce al libero e sereno cielo, quando il 18 maggio gli Stati Generali – dal 1614 non più convocati – finalmente si radunano. E l'Alfieri in un sonetto:

> Ecco... da un'ampia tomba
> Repente uscir la turba rediviva,
> Che ben trenta e più lustri ivi dormiva;
> E il suo libero dir già al ciel rimbomba...
> Popol, Patrizj, Sacerdoti, è questa
> La via, per cui quel sacro allor si miete
> Che il ben d'ogni uom nel ben di tutti innesta.
> (Son. *Altisonante imperíosa tromba*).

È una palingenesi, è l'inizio di una nuova età dell'oro; nuova età del bene e della felicità, universale matrice, secondo la visione russoviana, del bene e della felicità di ognuno, della concordia sociale, dell'unanimismo politico. È una nuova età che si libera dalle tenebre tombali per affermarsi nel sole del ciel sereno; è la realizzazione di quell'utopia di libertà e di fratellanza che era stato il grande miraggio della cultura illuministica.

Ma anche in queste settimane di passione politica, di speranze e di illusioni affascinanti, l'impegno, anzi l'accanimento letterario, domina prepotente la vita e l'agire stesso dell'Alfieri. Egli è tutto preso e avvolto nel suo ascetismo strenuo di scrittore, sempre teso alla parola, sempre intento alla perfezione espressiva dei suoi testi:

> ... instancabile sto, tenace, invitto
> Nel sublime proposto: e giorno e notte
> Limo, cangio, e riscrivo il già riscritto.
> (*Rime,* 311).

Questa instancabile e rigorosa tensione alla perfezione si scontra e si implica in quei giorni proprio con la situazione politica generale, con le inquietudini del mondo stesso operaio nel quale il conte Vittorio è di necessità coinvolto per quel suo implacabile lavorio di rielaborazione e di correzione. In quella aspirazione alla impeccabilità della rappresentazione grafica si impegnava e si affrettava nell'aprile – come scrive – «quanto più poteva; ma così» aggiunge «non facevano gli artefici della tipografia del Didot, che tutti travestitisi in politici, e liberi uomini, le giornate intere si consumavano a leggere gazzette e far leggi, in vece di comporre, correggere, e tirare le dovute stampe» (*Vita,* IV 19).

Un ineluttabile miraggio di perfezione, così per il vivere socio-politico come per il vivere poetico, tende fino all'estremo, fino all'utopia, l'Alfieri in quei mesi decisivi sia per lui che per la sua poesia ma soprattutto per l'Europa e per l'umanità.

E si impenna improvvisamente il 14 luglio, quando l'Alfieri – unico grande poeta – si mescola alla folla, rinunciando alle sue inamidature aristocratiche, per «saltar di gioia sulle rovine della Bastiglia», come narra testualmente il suo Segretario Gaetano Polidori.[6] E torna a quelle fatidiche rovine il giorno dopo, nonostante le difficoltà e le paure domestiche, in compagnia del Pindemonte (che annota nei suoi appunti segreti: «giorno 15. Andato alla Bastiglia col Conte Alfieri... Contessa d'Albany: nessun venne a pranzo; alarme, e suo Cuoco preparava l'acqua bollente»).[7]

Si ritira poi, l'Alfieri, nei giorni seguenti a meditare e riflettere se e come consacrare poeticamente quell'avvenimento, foriero allora per lui di impegno democratico e di libertà cosciente e conquistata; un po' come otto anni prima aveva evocato e cantato quale candido auspicio di nuova civiltà la rivoluzione e la guerra di liberazione americana.

È il momento magico nel rapporto Alfieri-Rivoluzione. Le attese palingenetiche e le visioni utopiche prevalgono ancora nettamente sul realismo politico, sulla diffidenza per la plebe, sulle stesse ripulse per le spietatezze dei nuovi tiranni che già si profilavano.

---

[6] Cfr. E. BERTANA, *op.cit.*, p. 230.
[7] Cfr. I. PINDEMONTE, *Abaritte*, a cura di A. Ferraris, Modena 1987, p. XXVIII.

Nei giorni dal 17 luglio al 5 agosto il conte Vittorio scrive tredici strofe di 234 versi, la quasi populistica ode *Parigi sbastigliato*. È l'unica alta composizione in versi ispirata da quell'avvenimento a un testimone oculare; una trascrizione epicolirica del presente, visto e vissuto personalmente (come poi sarà, in qualche modo, *Marzo 1821* del Manzoni). Ed è una interpretazione, al di là dell'evento, che fissa un modulo iconografico e offre scenari e scansioni all'*imagerie* rivoluzionaria da David in poi e alle stampe d'Epinal. Chiaramente lo rivela la «sapiente didascalia di regia teatrale» nella «idea in prosa, dalla seconda stanza»: «*2ª stanza*. Guardie e soldati francesi. *3ª stanza*. Necker cacciato. *4ª stanza*. L'armi dei monelli senza nuocere. *5ª stanza*. L'armi dei cittadini. *6ª stanza*. Presa della Bastiglia. *7ª stanza*. Esecuzioni. Launay e Flesselles. *8ª stanza*. Vittoria e descrizioncella di vista della Bastiglia. *9ª stanza*. Pace sforzata del Rè, auguri per la costituzione. *10ª stanza*. Assemblea nazionale».[8]

È una canzone da epopea popolare, unica nell'esperienza poetica dell'Alfieri; senza insistenze mitologiche, senza addobbi classicheggianti, senza pesanti personificazioni o metafore del meraviglioso come nel Pindemonte o come, soverchianti, nella stessa *America libera*. Unico mito dominante e ispirante, come abbiamo accennato all'inizio, quello solare: una luce alma che deve suscitare e avviare una nuova età dell'oro. Le prime quattro stanze, cogli intrighi di corte, col congedo di Necker, cogli scontri e i massacri in Place Vendôme sono tutte sprofondate nel buio di una «nube orrenda» (14), di una «negra notte feral» (55-56) «pria che in ciel la seconda alba sia sorta» (70).

Ma ecco il sole trasformare miracolosamente il popolo da passivo e sofferente a attivo e cosciente, farlo passare dall'oppressione abbrutente all'azione di libertà, di conquista

---

[8] Cfr. C. Ossola, «*Delirar nell'ode*», in *Miscellanea... a V. Branca*, Firenze 1983, cui molto deve questo saggio. E anche J. Starobinski, *op.cit.*, pp. 65 ss.

del bene, contro la «nube orrenda», la «negra notte feral», i «bruni» «impotenti mostri».

> Oltre l'usato il Sol sereno sorge...
> E spettacol sublime,
> Agli occhi miei sì desiato, porge.
> Con bella antiqua mescolanza, in sagge
> Torme, uno stuolo imprime
> Rispetto, in cui la securtà risorge.
> Rimiro io fatti i cittadin soldati...
> Già insieme tutti, a calda prova ognuno,
> Gl'impotenti sfidaro aulici mostri. –
>
> (vv. 73 ss.)

Il miracolo è reso evidente, più palpitante di luminosi auspici, dalla partecipazione del poeta continuamente rilevata («agli occhi miei», «rimiro io»). È presente, prepotentemente presente alla pugna, quasi nuovo Tirteo, quasi precursore dei testimoni attivi e felici alle «giornate del nostro riscatto» nell'ode del Manzoni. Lo stesso linguaggio letterario, così insistente e allusivo nell'Alfieri, punta solo con ripetute riprese dantesche (*Inf.*, XVIII 1 ss.; *Inf.*, V 18) a ottenebrare infernalmente il monumento-simbolo dell'età dell'oppressione e della nequizia, il castello del mostro della tirannide.

> Loco è in Parigi che in Inferno avria
> Pregio più assai: detto è *BASTIGLIA*; e dirsi
> Me' dovria Malebolge.
> Ampia profonda fossa, ond'è ogni via
> Intercetta all'entrar come al fuggirsi,
> Per ciascun lato il volge.
> Quadro-turrita in mezzo erge la ria
> Fronte una rocca di squallor dipinta:
> Atro-bigio è il gran masso...
> Del piè sotterra s'incaverna il fondo
> Più giù che il fosso, in parte ove non suona

> Raggio più omai...
> Fenestre no, ma taciti forami...
> Barlume danno a quelle stanze infami.
>
> (vv. 91 ss.)

L'assalto liberatorio del «gran popolo», della «plebe immensa», della «vincitrice piena» balza su e svetta «all'aure bianche», come un «inaudito volo» provocato dal Nume solare (vv. 120-29) per vincere le «orribili tenebre», per liberare gli uomini dal buio di un «carcere fello», di «atre interne carceri» e portarli all'«aura serena» (e significativamente intervengono ora riprese allusive dal *Purgatorio* più luminoso e liberatore: VIII 28 ss.):

> Ecco sgorgare, impetuoso fiume,
> Il gran popol da destra e da sinistra,
> Irresistibil stuolo
> Leggieri più che ventilate piume...
> Ve' scorrer già la vincitrice piena
> Entro alle più riposte erme latébre
> Del trionfato ostello...
> Già dall'eterne orribili tenébre
> Del lor carcere fello
> Tratti sono alla pura aura serena
> I prigionieri miseri innocenti.
>
> (vv. 130 ss.).

È una voluta e insistita allusione al contrasto manicheo e dinamico, tenebre e immobilità-luce e movimento: allusione che anticipa William Blake e il suo potente e balenante *French Revolution* («i prigionieri ascoltano nella loro tenebrosa caverna... e una luce passa gli oscuri torrioni: gli uomini del terzo Stato simili a spirito di fiamma, splendenti di sole, sono pronti a riscattarli dal nero abisso»).

Dalle «orribili tenébre» del dispotismo al «Sol sereno», alla «pura bianca aura» della libertà: questo è l'itinerario rinnovatore divinato per l'umanità dall'Alfieri (con suggestiva variazione sul mito solare), in questa fase aurorale della nuova era avviata dalla Rivoluzione e dalla presa della Bastiglia verso la «bella e terribil Dea Libertà» (vv. 21 s.).

La Rivoluzione è già però in quest'ode celebrata, sì, come apportatrice di libertà, ma di una libertà legata alla legge: creatrice di un ordine nuovo, sì, ma basato sulla legge: «legge A tutti imporre... I cittadin feri vedea, ma giusti» (vv. 68-69, 174).

Ancora concludendo:

> Negro sasso...
> ... atre interne carceri...
> A terra, a terra, o scellerata mole; ...
> Pompa diversa oggi rischiara il Sole
> Nelle affollate parigine vie...
>
> (vv. 185 s., 199 ss.).

E in questo momento magico di fede e di speranza democratico-costituzionalistico dopo la formazione dell'Assemblea Nazionale (15 luglio), l'Alfieri chiude il 17 luglio la canzone con un'affermazione speranzosa: il sole ha ormai vinto per sempre le tenebre, perché anche al Re-Sole, al «Franco Giove» «lo errar più mai Concede il nazional Consesso Augusto» (cioè l'Assemblea Nazionale: vv. 233-34).

Miti, fedi, speranze, immagini – dopo le prime scialbe stanze sugli antefatti dello storico episodio – si impongono nel testo sempre rilevate e avvalorate dalla prepotente presenza dell'*io* partecipante e narrante, attore e testimone insieme, spesso messo in evidenza dallo stesso pronome *haïssable* (come è già stato accennato) o da suoi equivalenti.

Oltre l'usato il Sol sereno sorge... agli occhi miei vv. 73 ss., *Rimiro io* v. 80, *mi si mostri* v. 82, *indarno io chiesi* v. 143, *ve'* v. 145, *vedeva io poi con gli occhi miei* v. 164, *io ne vedea* v. 173, *vedea* v. 174, *io volgo il piè* v. 182, *il core mi trabocca*

Solo in mirarmi attorno il negro sasso vv. 184-85, *a me descriver tocca* v. 187, la *vista... mi aggrava* v. 189, *potean trarmi* v. 197, *ecco* v. 207, *spero* v. 225.

Il poeta, vate presente alle gesta, si avanza risolutamente, nuovo Tirteo, in primo piano nell'apostrofe vibrante di entusiasmo preleopardiano, che conclude il momento culminante, la evocazione dell'assalto e del passaggio audace sul ponte ultimo:

> ... Oh generosi, oh forti,
> Voi che sovr'esso, che a stento cadeva,
> D'audace slancio ascesi,
> Primi sboccar nell'empia rocca ardiste! –
> Lor nomi indarno io chiesi,
> Perchè il debito onore a lor si acquiste.

(vv. 139 ss.).

Di fronte ai movimenti e alle azioni di massa, senza nome e senza responsabilità delle prime strofe, si impone, come è stato notato da Ossola (*art. cit.*), l'io profetico del vate isolato nella undecima stanza per il forte *enjambement* («di pietate il core mi trabocca Solo in mirarmi attorno il negro sasso»).

È una presenza e una partecipazione che persino nell'epifonema («Oh generosi, oh forti... Lor nomi indarno *io* chiesi») sembra eroicizzare l'episodio di cronaca, elevarlo a simbolo storico, coi colori forti, drammatici di un riflesso personale, di un intervento autobiografico. Autobiografico anche in senso interiore, spirituale: un po' come quelli del Manzoni proprio su apostrofi nelle sue odi storiche, o di Stendhal-Fabrizio nella rappresentazione di Waterloo, o del Leopardi nella canzone *All'Italia*.

Si esaltava e si appassionava, l'Alfieri, perché in quell'episodio si riflettevano in qualche modo insieme le passioni e le esaltazioni antitiranniche della sua giovinezza e le nuove convinzioni costituzionalistiche che già gli facevano temere le tirannie della plebe e dei liberti (il suo era – *Vita*, IV 1 – un aborrimento contro «ogni qualsivoglia tirannide»). Proprio al centro della *Parigi sbastigliato,* al macabro spettacolo delle teste di De Launay e Flesselles trionfalmente infilzate sulle picche, interviene apostrofando per la seconda volta:

> Cruda, ahi! ma forse necessaria insegna...
> E i cittadin feri vedea, ma giusti,
> L'alta vendetta lungamente attesa
> Sperar compiuta in que' scemati busti. –
> Ahi memorabil giorno!
> Atroce, è ver; ma fin di tutte ambasce:
> Di libertade adorno,
> Fia questo il dì che vera Francia nasce.
>
> (vv. 170 ss.).

Era un sussulto di angoscia e di dubbio anche nel momento più magico, in quel primo atto di una sequenza sanguinaria che egli avrebbe poi maledetto.

È un sussulto che si amplierà cogli anni a dismisura, fino a trasformare, nella oltracotanza verbale e insultante del *Misogallo,* l'episodio del 14 luglio in una violenza inutile e deprecabile «che diè la corona all'iniquità vincitrice», e i protagonisti da «generosi e forti» «di poema dignissimi e d'istoria» in tiranni peggiori di qualsiasi re-tiranno, «plebe vilissima», «schiavi scatenati», «feccia di plebe ubriaca», «canaglia degna di frusta e di forca»[9] (sembra sentire certi drastici giudizi

---

[9] Cfr. *Misogallo,* pp. 216 ss. Può esser interessante ricordare qualche passo del racconto-palinodia (pp. 221 ss.): «Verso le due o le tre di quell'istesso giorno, 14 luglio, si assaltò e si prese la Bastiglia in nome della Municipalità: né quella fortezza fece punto difesa, né avrebbe avuto dei viveri da sostenersi. E fu questo finalmente il momento, in cui il governo regio, da più e più giorni già morto, venne chiarito cadavere dalla totale impunità e riuscita degli accennati tumulti popolari: ma era stato necessario il vivamente tastarlo per accertarsene. Ma io qui, con mia somma vergogna, sono costretto di confessare candidamente, che in quel giorno della presa Bastiglia, credendo piuttosto quello che avrei desiderato, che non quel che era, io stesso stoltamente m'indussi a sperare un buon esito di sì fatto tumulto [seguono il passo citato a n. 10 e tre altri periodi dello stesso tono]... Non m'intendendo io dun-

di Casanova o le qualifiche del Leopardi nella *Maria Antonietta* e nel *Monumento a Dante*: «furie, barbari, ... tiranni, belve, abominio dei secoli, scellerati, neri»).

Ma allora, nell'89 (come testimonia la *Parigi sbastigliato*) e ancora nel '90 (come appare dalle lettere) non era certo bastato, come scrive Michaelstaedter, «un po' di sangue versato per far mutare principi» all'Alfieri, perché non avrebbe «approfondito le condizioni dei tempi tanto da intenderne e superarne ogni eccesso» (*Opere,* Firenze 1958, pp. 660 s.).

Quei versi or ora citati (come del resto tutta l'ode), quel riconoscere «forse necessaria» anche la crudeltà delle esecuzioni sommarie, quell'auspicare che le stesse «atrocità» fossero aurora di libertà e «fin di tutte ambasce» smentiscono chiaramente Michaelstaedter e tanti suoi illustri coopinanti fino ad oggi.

Più che la nota e studiatissima evoluzione di atteggiamenti fra l'89 e la morte, fino alla ripulsa della pubblicazione dei due trattati giovanili, fino all'anatema contro la tirannide rivoluzionaria,[10] conta per lo scrittore fra '89 e '90 quel decisi-

---

que affatto di schiavi, stupidamente andai credendo così l'impossibile; ed al vero negando fede, disonorai allora la mia penna scrivendo una Ode sopra l'impresa della Bastiglia ch'io reputai base di futura libertà... Non in tal guisa però, che io il mi credessi del tutto; ed in prova appiccicai a quella stessa mia Ode una Favoluccia che può assolvermi in parte della taccia di credulo stupido». Così circa tre anni dopo accentuava drasticamente quanto aveva scritto nell'autobiografia (cfr. IV 18 e qui note 10 e 11).

[10] Sono evoluzioni e posizioni ripetutamente analizzate e studiate già dal Bertana (specialmente pp. 231 ss., 238 ss., 280 ss., 309 ss., 408 ss., 444 ss., 517 ss.). Più recenti studi sull'argomento le cui conclusioni mi pare di poter condividere sono: G. A. LEVI, *Vittorio Alfieri,* Brescia 1950, pp. 230 ss.; M. BONI, *L'Alfieri e la Rivoluzione francese,* Bologna 1974; A. DI BENEDETTO, *Vittorio Alfieri: le passioni e il limite,* Napoli 1987 e *Alfieri e la Rivoluzione francese,* in «Critica letteraria», XVI 1988; G. SANTATO, *Alfieri e Voltaire: dall'imitazione alla contestazione,* Firenze 1988 e *Note sull'epistolario alfieriano,* in «Lettere Italiane», XLI 1989; e cfr. n. 4. Acutamente il Levi (p. 255) rileva a proposito di una riflessione nel *Misogallo* (p. 222) che si riferisce proprio ai sentimenti espressi nei passi citati sopra e a n. 9 («Io, mal avveduto, credei che un Re a cui sfuggiva di mano un'autorità illimitata, avrebbe potuto poi, rivestito di un'autorità più legittima e misurata, con utile di tutti esercitarla, senza pericolo nè per sè nè per gli altri. E questo credei, af-

vo riflesso autobiografico – accennato or ora – nella *Parigi sbastigliato*. Menzionandone la nascita nella *Vita* l'autore stesso le dà singolare rilievo – e proprio per l'idea e l'avvio – quale testimonianza autobiografica: «l'Ode di *Parigi sbastigliato* fatta per essermi trovato testimone oculare» (IV 18). Ma questa registrazione secca, anagrafica, nella stesura ufficiale della *Vita* aveva avuto un antecedente direttamente anticipatore della narrazione nel *Misogallo*, ma soprattutto ben più circostanziato e chiaroscurato autobiograficamente. È la pagina nella redazione della *Vita* provvisoria e segreta dell'aprile 1790, restata inedita fino al '51:[11]

Accaduto dappoi nel mezzo Luglio l'accidente della Bastiglia presa, a cui si potea pur dare un aspetto generoso, e che apriva il più vasto e nobil campo a fare un vero gran popolo, che alcuna nazione avesse avuto forse mai, m'infiammò di vera speranza per essi, e benché

fidandomi nella quasi universal volontà di quel regno, manifestatasi legittimamente per via delle istruzioni date ai rappresentanti», il passo fa parte della pagine da cui si è citato il racconto della Bastiglia a n. 9): «È in sostanza l'opinione che sta a fondamento del saggio del Manzoni sulla Rivoluzione francese. Due uomini molto diversi di carattere, di abiti mentali, di preparazione si accordano in un giudizio che, come osserva il Manzoni, non è quello dei più» (anche se il Manzoni confuta, senza nominarli, l'autore e il misogallismo alfieriano). Una concordanza ideologica accanto a quelle poetiche sopra accennate. Per curiose varianti antirivoluzionarie nelle rime, cfr. L. BRANCA, *Un ignorato apografo alfieriano*, in «Annali Alfieriani», IV 1985. E per l'atteggiamento in certo senso analogo del giovane Leopardi cfr. R. DAMIANI, *Leopardi e la rivoluzione francese*, in «Lettere Italiane», XLII 1989; e per il Manzoni cfr. ora P. PRINI, Introduzione a A. MANZONI, *Dell'invenzione*, Brescia 1986 e *Manzoni e la Rivoluzione francese*, in «Cultura e Scuola», XXVIII 1989; G. BOLLATI, in *L'albero della Rivoluzione*, Torino 1989; e il volume AA.VV., *L'eredità dell'Ottantanove e l'Italia*, Firenze 1992 (in cui primamente è apparso il saggio qui pubblicato, derivato da una lezione al XXXI Corso Internazionale della Fondazione Giorgio Cini).

[11] È quella pubblicata come *prima redazione* dal Fassò nella citata *Edizione Astese*, vol. II, della *Vita scritta da esso* (Asti 1951). Ma sull'elaborazione della *Vita* e i vari stadi delle stesure, sui problemi filologici che implica quel testo e su qualche integrazione necessaria cfr. G. DOSSENA, prefazione a V. ALFIERI, *Vita*, Torino 1967.

la mia stampa [cioè quella della sue opere presso Didot] ne patisse non poco, pure l'amor del vero, e il desiderio di veder distrutta una sì fiera ed ampia tirannide, mi fece cantar di cuore, e quanto più caldamente e altamente il sapeva quell'accidente, di cui pure avea anche veduta la *puerilità*, essendo stato il giorno dopo all'alba nella Bastiglia stessa, vistone i modi dell'attacco, e fra molte bugie, e favole, appurato quasi per certo, che i morti non erano stati al più al più che fra trenta, e cinquanta: e che il secondo ponte era per certo stato abbassato da quelli di dentro, di cui gran parte non volea difendersi, e l'altra disordinatamente, e male, e debilmente, e con dubbiezza il facea.

Ma aggiungeva: «Tuttavia queste freddezze del vero istorico non dovendo mai contaminare, nè impedir poesia, *delirai* nell'*Ode;* e ci posi soltanto per contravveleno dopo la favoletta, che era il mio più vero parere su costoro» (cioè l'apologo esopico in versi *Le Mosche e l'Api,* cioè i francesi, *mosche* incapaci di autogovernarsi come sanno fare gli inglesi, *api*: tale apologo fu stampato presso Didot con *Parigi sbastigliato* e il *Panegirico di Plinio*). E l'Alfieri – come nel *Misogallo* – continua dicendo che fece questo

affinché non mi acquistassi poi taccia in appresso di aver così poco amata, e conosciuta la libertà vera, per poter credere che in tal modo dovesse propagarsi, e mantenersi, avendo per base la rapina, l'ingiustizia, la vendetta, e la forza dell'errore. Così per tutto quell'anno '89 e gran parte del '90 in cui scrivo queste dicerie, io son andato vedendo, ed osservando tacitamente il progresso di tutti i lagrimevoli effetti della dotta *imperizia* di costoro, che niente intendono del maneggiar uomini... la sacra, e sublime causa della libertà in tal modo tradita, scambiata, e posta in discredito da questi semifilosofi [cioè i volterriani].

C'è, sì, in questa pagina segreta una profonda divaricazione tra quella riconosciuta pochezza, anzi *puerilità* dell'episodio e il *delirare* nell'ode. Ma è una divaricazione più spirituale e da scrittore che evenemenziale.

Perché quel «delirare» non è morale o intellettuale ma tutto poetico, tutto pindarico: quello stesso che l'Alfieri esalta nell'*America libera* e nel *Panegirico* e chiudendo il suo poetare con la *Teleutodìa,* «un'ode pindarica ultima produzione» nell'antro della Sibilla, con «frementi labbra», «tutto *delirante* di caldi accenti» (cfr. n. 13). È il «delirare» poetico che vuole interpretare e profetare la storia al di là degli eventi e delle loro miserie: vuole «vedere nel futuro, vate dei fatti» come immagina di sé l'Alfieri nella prima idea della *Teleutodìa* e poi facendosi lodare dai posteri quale «vate» per «le sublimi età, che profetando andava» (*Misogallo*, conclusione).

«Si consuma con l'Alfieri» ha scritto efficacemente Ossola «tra l'ode *L'America libera* e *Parigi sbastigliato* (con la significativa ma meno radicale appendice del Monti e del Manzoni) l'ultima speranza di fare poesia del presente, atto politico. Appena qualche lustro più tardi il Leopardi rinserrerà e preserverà l'atto poetico come "scavo archeologico" nella parola (poesia come archeologia) e "discesa" verso il destino arcano, come più tardi verso l'inconscio (Pascoli).»

Vuole «cantare» dunque l'Alfieri un episodio «generoso» come simbolo e emblema di libertà nell'avvenire, anche se poi è stato seguito da «la rapina, l'ingiustizia, la vendetta, ... l'errore». Quando voleva far storia evenemenziale di quegli avvenimenti dell'estate '89, rispondendo a un amico che gliela chiedeva, la faceva (sottolinea egli energicamente) «essendo stato presente a *quelle* vicende» con un epigramma:

> Nobili senza onore,
> Senza veleno preti,
> Plebei senza pudore,
> Frammischiano i lor ceti
> Pari al tutto in valore;

> Mentre un Re senza testa,
> Senza ferro, e senz'oro,
> Senza saperlo appresta
> Di libertà il tesoro:
> Se pur tal Diva è questa,
> Che ha stragi senza alloro...

(L'epigramma dalla redazione segreta della *Vita,* IV 19 passerà con alcune varianti nel *Misogallo*).

L'Alfieri aveva proprio cominciato a far *storia* dei grandi rivolgimenti francesi nel febbraio-marzo con due sarcastici epigrammi antiregali (XXII e XLII):

> Gli equestri re, che *instaurarsi* al vivo
> Veggio pe' trivj, erano un marmo in trono,
> E un marmo inutil sono.
> Nulla di lor, tranne il nostr'odio, è vivo.

> Dio la corona innesta
> Sul busto ai re; sul busto all'uom, la testa.

Dai fulminei e moralistici epigrammi era passato all'altezza lirica dei sonetti (p. es. quello enfatico per l'inaugurazione degli Stati Generali); poi al *sermo humilis* della quotidianità nel capitolo a Andrea Chénier (*Rime,* 311). Sembrava – come ha ancora rilevato Ossola – voler misurare quasi la «storia» col metro della diversa intonazione dei generi. L'«amor del vero», l'«aspetto generoso» dell'episodio della Bastiglia, che apriva le più alte speranze, richiedeva però poi una impostazione di voce e di parole diversa. Al di là della corrosiva rampogna dell'epigramma, del parenetico elogio della lirica, del discorsivo «comico» del capitolo, ci voleva un «genere che in positivo... iscrivesse il presente "il più *caldamente* e *altamente* possibile". E la forma dell'ode... è il genere poetico che richiede e consente – come scrive un teorico contemporaneo della poesia, Ireneo Affò – "entusiasmo pindarico", l'enfasi dell'evento autorizzata dall'amplificazione profetica del *vates*» (Ossola, *art. cit.*, p. 301).

Questo perseguimento letterario di generi diversi, sollecitato nell'Alfieri dalla Rivoluzione proprio per farne storia poetica, punta però a una risoluzione più decisiva per l'uomo e per lo scrittore. Punta non solo a far poesia del presente ma anche a discendere in quell'intimo dello spirito, in quell'inconscio per cui sono stati appena citati Leopardi e Pascoli. Punta cioè alla scoperta dell'io interiore e narrante; punta al traguardo della più mossa e folgorante autobiografia che sia stata scritta nel rigoglioso grappolo settecentesco disceso dal Porcia e dal Vico fino, proprio in queglianni, al Goldoni e al Rousseau.[12]

Gli strappi, le lacerazioni, le eccezionalità di quei mesi fino alla Bastiglia, hanno provocato nell'Alfieri il ripiegamento su se stesso, la revisione di tutte le esperienze, la ricerca delle ragioni stesse d'anima e di vita (un po' come l'esilio in Dante sollecitò la trasfigurazione autobiografica della *Comedìa*). È una nuovissima situazione storica e personale insieme, che rinnova nell'Alfieri il quadro e le basi stesse della vita e della attività di scrittore. È il crollo della grande illusione libertaria e antitirannica, già sentita come una palingenesi nella giovinezza, a costringere l'Alfieri a riconsiderare le idee-forza che avevano sotteso la sua vita: riconsiderarle per esaminare a fondo se avesse «così poco amata, e conosciuta la libertà vera, per poter credere che ... dovesse propagarsi, e

---

[12] Sul determinarsi e il fiorire del genere nel '700 cfr. J. STAROBINSKI, *Le style autobiographique*, in «Poétique», 3, 1970; PH. LEJEUNE, *Le pacte autobiographique*, Parigi 1975, e *Je, est un autre*, Parigi 1980; C. DE MICHELIS, *Letterati e lettori nel Settecento veneziano*, Firenze 1979; V. BRANCA, Introduzione a V. ALFIERI, *Vita*, Milano 1983. Si ricordi che nel 1787 il Goldoni aveva stampato i suoi *Mémoires* a Parigi (presentandoli onorevolmente l'Alfieri), e che nel 1788 appariva la seconda parte delle *Confessions* del Rousseau. E appunto al Rousseau l'Alfieri poteva far riferimento anche per il suo disinganno politico: perché, proprio come il Rousseau, aveva creduto che all'operare virtuoso gli uomini non avessero altro ostacolo che la perversità degli ordinamenti politici.

mantenersi, avendo per base la rapina, l'ingiustizia, la vendetta...». L'eroe del libertarismo, che aveva declamato e tuonato nella *Tirannide* e nelle più artificiose tragedie politiche, comincia a dubitare del suo personaggio e delle sue ragioni.

Un'ombra meditativa e preoccupata si allunga così – come testimoniano le lettere – proprio fra l'estate dell'89 e l'inverno del '90 (p. es. «questa libertà inquisitoria e impiccante» 7 novembre al Pindemonte; «abbiamo in prospettiva la guerra civile, la fame, il fallimento» 20 novembre al Savioli; «qui massimi i mali e gli abusi» 10 febbraio alla madre). E in queste sospensioni riflessive e lungo questi angosciosi interrogativi morali e politici, mentre, come scrive nelle prime righe, aveva «molti tristi presentimenti» – accentuati forse dalle *Reflections* del Burke – il 3 aprile l'Alfieri inizia la stesura della prima e segreta sua autobiografia.

È una autobiografia intellettuale e letteraria, morale e politica: un vero esame di coscienza culturale e umana che nella *Parigi sbastigliato* ha una premessa necessaria, anzi quasi una prefigurazione.

Mai come in quell'ode – lo abbiamo visto – l'*io* dello scrittore era stato volutamente, vistosamente, insistentemente presente; quasi l'episodio fosse in qualche modo proiezione autobiografica. Mai il mito dell'ascesa dalle tenebre alla luce era stato così dominante: sarà poi il mito-motivo conduttore della *Vita,* una storia del passaggio dalla oscurità abissale in cui si dibatteva la vocazione letteraria e morale dell'Alfieri fino al suo emergere prepotente e trionfale nella sfolgorante luce della dedizione alla poesia e quindi alla verità. Mai il passaggio dalla violenza libertaria nel rifiuto della legge e del monarca a un ideale di legalità e di costituzionalismo, era stato così chiaro e esplicito, dalle prime strofe all'ultima, a prefigurare l'evoluzione dalle violenze e dai disordini incontrollati della «giovinezza» alla pacatezza della «virilità» e poi alla meditatività della seconda virilità: a prefigurare anche il risoluto costituzionalismo che domina l'autobiografia.

Rivelatrici della prefigurazione due riprese linguistiche.

L'assalto e la distruzione della Bastiglia sono ironizzati – come abbiamo visto – quali «puerilità», proprio come nella narrazione autobiografica «puerizia» e «puerili» sono ironicamente definiti gli atti e gli episodi inconsulti e forieri di disordini delle due prime «epoche» (e così specularmente, nei due testi, campeggia *imperizia*).

E «delirare» è definita la successiva intuizione epico-profetica dell'episodio del 14 luglio: proprio come l'Alfieri usa il termine *delirare* quando vuole chiudere con la pindarica *Teleutodìa* la sua autobiografia lirica, col *Panegirico di Plinio* il suo trattare politico-morale, coll'emblematica, letterariamente e spiritualmente, creazione dell'Ordine d'Omero – in cui domina Pindaro – l'ultima pagina della sua autobiografia e della sua vita stessa.[13]

Dalla «puerilità» al «delirio» poetico, teso al di là dell'evento e del contingente cronachistico e biografico – e quasi oltre la vita («muto aspettando il non lontan mio fato» è l'ultimo verso della *Teleutodìa*) –: questo è proprio la storia intima e ideale dell'io alfieriano sia nella *Parigi sbastigliato* che nella procellosa e folgorante autobiografia.

In quei mesi parigini tra '89 e '90 e fra quegli eventi fatidici e angosciosi, fra immense speranze e tragiche disillusioni, fra auspicate concordie e atroci violenze, l'Alfieri aveva maturato la volontà e la capacità di «sbastigliare» se stesso. Come sulle rovine della «ampia rocca» faceva nascere «il verace uomo», che «errar più mai» non può, così per poter giungere a

---

[13] Cfr. per la *Teleutodìa*, p. 46 e V. BRANCA, *Alfieri e la ricerca dello stile*; per il *Panegirico* «... Panegirico che io avea scritto delirando» (*Vita*, IV 15); per la *Vita*, cap. IV 31 (nelle due redazioni).
Nelle lettere degli ultimi anni, specialmente in quelle al Caluso, Pindaro è citato come maestro di poesia amato e studiato accanto a Omero e alla Bibbia: «di Omero, di Pindaro e della Bibbia non v'è parola né virgola ch'io non abbia alla meglio studiata e verificata e lettine i commenti e spedantizzato insomma a tutto andare. Pindaro mi è già passato due volte intero intero» (III, p. 62); «finito Pindaro mi son preso a sviscerare l'Eschilo» (p. 63: e cfr. pp. 7, 48, 55, 76, 157).

«disappassionar*si*», a «dir *di sé* tutto il vero» (come dichiara nella premessa alla *Vita*), doveva abbattere in se stesso gli irti bastioni dei lunghi pregiudizi e della sua «cultura infranciosata», delle sue intemperanze giovanili, dei suoi complessi familiari e aristocratici. Doveva liberare dai carceri delle semifilosofie volterriane imperanti (quelle che anche il Leopardi chiamerà «mezze filosofie») e dalle tenebre dei suoi orgogli, dei suoi rancori e delle sue presunzioni, e portare alla luce redentrice la sua umanità sempre combattuta e tormentata fra ambivalenze tirannicida-tiranno, libertario-despota: fra il «gigante e il nano» come dice di sé nella *Vita* (IV 6), o meglio fra Achille-Tersite, come egli si definisce nel sonetto del balenante autoritratto («Or stimandomi Achille e or Tersite»: *Rime*, 167). Riprende proprio – come ho rilevato nel presentare la *Vita (*Milano 1985) – un'espressione di uno dei profeti della Rivoluzione e dei modelli di proiezioni autobiografiche, Rousseau (*Confessions*, I 3: «j'avais toujours été trop haut ou trop bas: Achille ou Tersite, tantôt héros et tantôt vaurien»).

E in certo senso egli, tirannicida «pallido in volto più che un re sul trono» (*Rime*, 167), riflette così le contraddizioni nefande che egli soffriva in quei mesi rivoluzionari: tra chi asseriva da una parte l'universalità di valori e di concetti non meramente politici (libertà, uguaglianza, fraternità) e dall'altra voleva identificare quei valori con una ben determinata forma politica, e la voleva attuare con spietata tirannia; di chi proclamava da una parte le indipendenze e i diritti dei popoli e dall'altra era brutalmente imperialista e depredatore (proprio come, nei due sensi, sono stati e sono i moderni totalitarismi).

Prospetta già quelle contraddizioni, l'Alfieri, quando, nello sbastigliamento parigino, canta da una parte «vera speranza», «amore del vero», «generoso grido», «aspetto generoso» e dall'altra «puerilità», «orribil festa», «vendette atroci». Così quello sbastigliamento fatidico che sembrava aver distrutto per sempre le mura della menzogna e del dispotismo diveniva in certo modo l'emblema dello sbastigliamento di se stesso, del «disappassionarsi» per far trionfare l'amore del vero e la vera speranza (come scrive l'Alfieri introducendo la sua autobiografia).

I due volti di quella rivoluzione angosciavano e esasperavano l'Alfieri perché in un certo senso riflettevano i due volti della sua anima, da Giano bifronte: il nero e il bianco, le tenebre e la luce, il tiranno e l'«uom, di sensi, e di cor, libero nato» (*Rime,* 288).

Nei protagonisti della rivoluzione e dei fatti di luglio l'Alfieri vedeva proprio coesistere Achilli «generosi, forti» «di poema degnissimi e di istoria», veri *héros*, e uomini «atroci», «vile plebaglia», Tersiti, veri *vauriens*. Si sarebbe tentati di ripetere per quei protagonisti quello che fu detto dei protagonisti delle tragedie: che Alfieri rifletteva in loro le sue diverse tendenze – eroismi e miserie –, divideva in loro se stesso: «Per presentare eroe e amico e re Prese se stesso e si divise in tre».

Quel rinnovamento intimo e segreto si sviluppa nell'evoluzione degli atteggiamenti politici – teorici e militanti – lungo il corso degli anni: dall'infatuazione illuministica e volterriana all'anatema per quella semifilosofia, dall'imitazione alla contestazione di Voltaire, dall'ateismo irridente alla sua satira nell'*Antireligioneria* e al volgersi «bramosamente eretto Per iscoprir di Eternità le cime» nelle ultime rime (291: e cfr. 287), dalla declamazione libertaria nella *Tirannide* e in certe tragedie enfaticamente tiranncide alle sconfessioni nelle *Satire* e al costituzionalismo esaltato nella *Vita,* fino al rifiuto dei primi scritti politici nel finale della *Vita* stessa (IV 28), nelle estreme sue volontà e nell'ansietato carteggio col Caluso nel 1802-1803.

È un rinnovamento, questo, avviato da quello «sbastigliamento» di se stesso che abbiamo descritto come avvenuto fra il luglio '89 e il marzo '90: sollecitato da quel memorabile episodio che aveva aperto le porte a violenze e a tirannie peggiori delle precedenti.

Quell'evoluzione non è certo, come troppo facilmente è stato detto (e lo abbiamo già ricordato con le parole di un alto spirito come Michaelstaedter), un'involuzione senile reazionaria in questo fervidissimo quarantenne: felicissimo scrittore di quel capolavoro che è la *Vita* («opera stilistica di incredibile valore espressivistico» ha detto Gadda), ispirato rielaboratore dei suoi capolavori, estroso creatore del *Misogallo* e della pirandelliana *Finestrina,* impavido e energico lottatore contro le nuove tirannie demagogiche, contro il nuovo assolutismo napoleonico calpestatore, come proclamava l'Alfieri, dei diritti delle persone e dei popoli, predatore dei paesi e delle genti che illudeva con promesse di libertà.

È piuttosto una conquista di libertà morale e di indipendenza intellettuale, una piena realizzazione di personalità, come rivela la corrispondenza del 1802-1803 col Caluso.[14]

[14] È una esplicitazione chiara e definitiva del rinnovamento degli atteggiamenti politici (che dovrebbe essere riedita ora, dopo 140 anni di occultamento). Scrive l'Alfieri:
«Non potete credere quanto io sia dolente della pubblicazione di codeste Opere [*Tirannide, Del Principe*], fatta in tal paese ed in tali circostanze... Darei dieci anni di vita perché questo non fosse mai seguito... Il motore di codesti libri fu l'impeto di gioventù, l'odio dell'oppressione, l'amor del vero, o di quello ch'io credeva tale... approvo... tutto quanto quasi è in quei libri, ma condanno senza misericordia chi li ha fatti, ed i libri medesimi, perché non c'era il bisogno che ci fossero; e il danno può essere maggiore assai dell'utile» (ep. 416, gennaio 1802).

Gli risponde il Caluso, senza esitazioni o blandimenti:
«La fantasia viva, le passioni e sopra ogni altra l'intolleranza di soperchianze, principalmente nella prima vostra gioventù, non vi lasciavano considerare le cose... Voi giudicate [quelle opere] un traviamento di gioventù bollente... ora che avete giudizio più maturo e la sperienza v'ha mostrato nella rivoluzione a quali scelleratezze e sciagure que' principi conducano... più rettorici e sofistici che veramente filosofici, benché siano reputati filosoficissimi dico Montaigne, Elvezio, Voltaire... Il sommo dei mali è la rabbia,... quindi l'odio, l'invidia, l'orgoglio... sono le più infelici *in uno stato* (*Vita* ecc., a cura di Emilio Teza, Firenze 1857, pp. 548 ss.).

L'Alfieri accetta in pieno il giudizio, come rivela lo scambio di lettere successivo: e non permette né approva in conseguenza, mai, finché è vivente, la stampa di quei suoi trattatelli. La proibizione contenuta nei vari *Avvisi al pubblico* (*Vita*, vol. II, pp. 295 ss.) è ribadita così nelle *Ultime volontà*:
«Queste opere [*Principe* e *Tirannide*], scritte da me in altri tempi, ch'io non avrei mai voluto pubblicare in questi, per non far Eco ai ribaldi e ai vili, hanno forse in sé degli errori cagionati da inesperienza e trasporto».

La citazione dalla *Vita*, IV 29 si riferisce ai nuovi Accademici piemontesi, repubblicani zelanti.

È una conquista che caratterizza il gesto liberatorio nell'intraprendere l'esame totale di coscienza e il bilancio di tutta una vita. E caratterizza nello stesso tempo il ripensamento e la nuova valutazione dell'illuminismo, delle visioni volterriana e russoviana, che presentavano gli ordinamenti politico-democratici come panacee universali, come magici e infallibili creatori di uomini onesti e virtuosi.

«Io non sono mai stato, nè sono realista» cioè monarchico, scrive l'Alfieri chiudendo la *Vita*, «ma non perciò son da essere misto con tale genia» di repubblicani faziosi e servi; «la mia repubblica non è la loro, e sono, e mi professerò sempre d'essere in tutto quel ch'essi non sono... permanendo libero e puro uomo» (IV 29-30). Non è incomprensione storica questa, ma giudizio civile e morale che guida anche quello politico: come suscitò e guidò, dopo gli entusiasmi, le ripulse simili di grandi spiriti quali il Verri, il Parini, il Foscolo, il Manzoni, il Rosmini, il Leopardi, per ricordare solo italiani e contemporanei.

Del resto ancora più di un secolo dopo, una persona non sospettabile certo di antistoricismo e di volontà reazionaria, Rosa Luxembourg, con accenti tutti alfieriani, scriveva dal carcere, nel 1917, a Louise Kautsky: «La grande rivoluzione francese vista da vicino doveva apparire prima come una farsa sanguinosa e del tutto senza scopo; e poi dal 1793 al 1815 una catena ininterrotta di guerre dove tutto il mondo aveva di nuovo l'aria di un manicomio in libertà» (*Lettere ai Kautsky*, Roma 1971 e cfr. A. Di Benedetto, *art. cit.*).

Sembrava del resto interpretare, Rosa Luxembourg, da politica realista, la visione dello sdegno dell'Alfieri abbozzata da un poeta francese liberale e indipendente, come Alfred de Vigny, cinquant'anni prima. Rivolgendosi in una prosopopea all'Alfieri, aveva scritto: «*tu te repentis lorsque tu vis en France les rois plébéiens... que tu avais en horreur... dans leurs horribles actes et leurs hideux discours... élever leur tour de Babel, assemblée souveraine, hydre à mille têtes... tu avais vu tout un peuple de fous*». E allora Vittorio con la sua donna «*comme deux cygnes dédaigneux... s'envolaient plus loin et plus haut... et s'enfermaient dans le nuage d'or de la poésie*» (Alfred de Vigny, *Mémoires inédits: fragments et projets*, Paris, Gallimard 1958, pp. 408 ss.).[15]

VITTORE BRANCA

---

[15] Dopo l'esposizione nella citata lezione (cfr. n. 10), sull'argomento, oltre quello che è stato detto in altri interventi in quel corso (cfr. il volume *L'eredità dell'Ottantanove*, segnalato pure a n. 10), vari contributi interessanti e chiarificatori sono stati apportati in un Convegno a Parigi alla Sorbonne, diretto da Christian Bec, «Gli Scrittori italiani e la Rivoluzione francese» (26-27 febbraio 1990: «Revue des Études Italiennes», N.S., XXXVIII 1992) e in alcune pubblicazioni appena posteriori: per esempio G. SANTATO, *Note sull'Epistolario alfieriano*, in «Lettere Italiane», XLII 1990; D. GORRET, *La «voltolazione»: l'interpretazione misogallica dei fatti di Francia*, in «Giornale Storico della Letteratura italiana», CLXVI 1989 (ma 1990) e *Il poeta e i mille tiranni*, Salerno 1991; O. RAGUSA, *Alfieri between France and Italy as reflected in the «Vita»*, in AA.VV., *Voltaire, the Enlightenment and the Comic Mode. Essays in Honor of Jean Sareil*, New York 1990; G. SANTATO, *Il giacobinismo italiano*, Padova 1990, e *Le mosche sul Panegirico*, in «Lettere Italiane», XLIV 1992, e *Lo stile e l'idea*, Milano 1994 (ed è in corso di stampa anche un saggio sulle *Satire* negli «Annali alfieriani», VI 1998), studi chiarificatori anche per il significato e il valore dei testi citati a pp. 45 s.

NOTA SULL'ELABORAZIONE DELLE TRAGEDIE

Tra le varie acquisizioni della critica alfierana in questi ultimi decenni, una si è imposta fra tutte come risolutiva e decisiva a livello sia filologico-ermeneutico che storico-critico. È quella che — prelusa da Maggini nell'edizione delle *Rime* (1933) e impostata da Calcaterra e Jannaco negli *Annali Alfieriani* (1941-42) — ha ispirato la nuova Edizione Astese, con il largo apparato diacronico, comprendente la pubblicazione integrale dei progetti e delle redazioni diverse di ogni scritto e della selva di correzioni e di varianti. È quella stessa che — sollecitata dal mio *Alfieri e la ricerca dello stile* (1948) — ha illuminato la conquista della poesia e del linguaggio da parte dello scrittore astigiano attraverso la minuta ricostruzione del suo avventuroso e avventurato comporre, affidato a continue variazioni, a fitte correzioni, a imprevedibili ritorni.

Così si è delineata, suggestiva e chiarificatrice, la storia del «farsi» della poesia alfieriana, colta nel suo momento genetico e dinamico. Alfieri, ha scritto un critico-poeta come Parronchi, «nel suo aspetto di eroe delle lettere, ma singolarmente arricchito da onde di patetismo preromantico, balza intatto dal susseguirsi minuto delle notazioni lungo le quali si distribuisce la sua giornaliera fatica» («Il Mattino dell'Italia Centrale», 27 maggio 1948). A livello filologico e a livello critico, si è cioè scoperto e identificato il significato decisivo della elaborazione alfieriana non come limitato e solo formale *labor limae* ma come intuizione poetica risolutrice, non come momento marginale e statico ma come creazione dinamica, sempre in movimento, sempre *in fieri*.

La poesia è conquistata istante per istante, nella struttura, nella pagina, nel verso, nella parola. Non è un essere opposto assolutamente a un non essere, non è una folgorante rivelazione che scoppia in un buio amorfo di non poesia. È un continuo divenire, una lenta e faticata conquista.

Del resto l'Alfieri stesso, pur con gesto di sconsolato scetticismo ma con speranza nei posteri, volle richiamare l'attenzione sulla importanza decisiva anche delle minime correzioni stilistiche proprio nelle sue tragedie. Scriveva a proposito dell'edizione Didot: «il colorito e la lima si fanno parte assolutamente integrante d'ogni qualunque poesia... finito di stamparle tutte [le tragedie], ricominciai da capo a ristampar quelle prime tre; a solo fine di soddisfare all'arte e a me stesso: e forse a me solo; chè pochissimi al certo vorranno o sapranno badare alle mutazioni fattevi quanto allo stile; le quali, ciascuna per sè sono inezie; tutte insieme, son molte e importanti, se non per ora, col tempo» (*Vita*, IV 17). E, come abbiamo notato nella Prefazione, insisteva anche altrove: «Non il numero, ma la lima Fa ricchezza nei carmi» e definiva quel «Lento... Lavoro ingrato che apparir non dei» come «necessario» e «Dello egregio compor parte integrante» (*Rime*, 389 e 243). Sono affermazioni che al di là del loro valore assoluto per la poesia, e per ogni poesia, hanno quasi il tono di confessioni autobiografiche. Forse nessun artista come l'Alfieri ha lasciato traccia più larga e dichiarata di quel continuo corpo a corpo con la parola che condizionò continuamente le sue creazioni (e cfr. anche *Parere*, specialmente pp. 158 ss.)

Lo aveva del resto intuito primo, e per molto tempo unico fra quei posteri in cui lo scrittore confidava, il Foscolo. Quando la Contessa d'Albany gli mostrò gli autografi crivellati di correzioni e di varianti, scrisse subito alla Martinetti: «ho imparato sul carattere del suo ingegno e dell'ani-

mo suo più di quello ch'io avevo saputo dalla sua Vita»
(*Epistolario*, IV, Firenze 1954, p. 148).

Nell'impossibilità di dare in questa sede le diverse redazioni
e le successive correzioni e varianti delle due tragedie (registrate nell'Edizione Astese: vol. XVI *Agamennone*, vol.
XXIII *Mirra*) abbiamo fatto di ogni tragedia la storia della
composizione e dell'elaborazione. È la migliore introduzione alla lettura critica e alla comprensione storico-poetica
delle tragedie stesse; e mostra con evidenza la diversa temperie creativa dell'Alfieri nell'*Agamennone* e nella *Mirra*.
L'una, quartogenita fra tutte le tragedie appartiene ancora
al primo periodo (1776) e ha un'elaborazione lunga e faticata; l'altra è concepita nell'ultima stagione tragica (1784)
ed è caratterizzata da una stesura ben più rapida e sicura.

Si tenga presente preliminarmente il noto passo in cui,
nella *Vita* (IV 4), l'Alfieri descrisse la più consueta articolazione in stadi successivi dell'elaborazione delle tragedie:
«Ideare dunque io chiamo, il distribuire il soggetto in atti e
scene, stabilire e fissare il numero dei personaggi, e in due
paginucce di prosaccia farne quasi l'estratto a scena per
scena di quel che diranno e faranno. Chiamo poi stendere,
qualora ripigliando quel primo foglio, a norma della traccia
accennata ne riempio le scene dialogizzando in prosa [*prima in francese e poi in italiano per il «Filippo»*] come viene
la trageida intera, senza rifiutar un pensiero, qualunque ei
siasi, e scrivendo con impeto quanto ne posso avere, senza
punto badare al come. Verseggiare finalmente chiamo non
solamente il porre in versi quella prosa, ma col riposato intelletto assai tempo dopo scernere tra quelle lungaggini del
primo getto i miglior pensieri, ridurli a poesia, e leggibili.
Segue poi come di ogni altro componimento il dover successivamente limare, levare, mutare; ma se la tregedia non
v'è nell'idearla e distenderla, non si ritrova certo mai più
con le fatiche posteriori. Questo meccanismo io l'ho osser-

vato in tutte le mie composizioni drammatiche cominciando dal *Filippo*, e mi son ben convinto ch'egli è per se stesso più che i due terzi dell'opera».

Per l'elaborazione si tenga conto, oltre che del *Parere* formulato dall'autore per ogni singola tragedia, delle osservazioni generali stese alla fine del *Parere* stesso (pp. 144 ss.: *Invenzione*; *Sceneggiatura*; *Stile*).

NOTA BIOBIBLIOGRAFICA

LA VITA E LE OPERE[1]

Vittorio Alfieri nasce il 16 gennaio 1749 ad Asti, in famiglia di nobiltà antica, dal conte Antonio Alfieri di Cortemilia e da Monica Maillard di Tournon (tre anni prima era nata la sorella Giulia). Il padre muore alla fine dello stesso anno. È inviato a Torino nel 1758 a studiare all'Accademia, in cui vive penosamente fino al 1766, quando, nel maggio, è nominato alfiere dell'esercito regio e assegnato al reggimento provinciale di Asti. Nell'ottobre inizia il suo primo «viaggio» a Milano, Firenze, Roma; poi a Napoli, Roma, Bologna, Venezia (aprile 1767), Padova, Genova, Marsiglia, Parigi (agosto).

Il 1° gennaio 1768 è presentato a Versailles a Luigi XV; a metà gennaio parte per Londra; in primavera viaggia per l'Inghilterra; nel giugno parte per l'Olanda dove ha il «primo intoppo amoroso» e la prima nostalgia di studi; in settembre rientra in Piemonte. Nell'inverno del 1769 a Torino legge gli illuministi e Rousseau, si entusiasma per Plutarco; nel maggio parte per l'Austria, la Germania e la Danimarca, prosegue per la Svezia (marzo 1770) e la Finlandia; arriva a Pietroburgo (maggio); ritorna in Germania (giugno), e passa poi in Re-

---

[1] Il presente «schema» cronologico della vita e dell'attività letteraria dell'Alfieri, è, in certo senso, uno scialbo e forse inutile sommario della *Vita* e degli *Annali*. È stato compilato non tanto per rettificare alcuni dati inesatti in quegli scritti autobiografici, quanto per offrire al lettore una sintesi rapida e di facile consultazione per un orientamento generale. Le citazioni fra virgolette sono tratte dalla *Vita* e dagli *Annali Letterari*.

nania e in Olanda (settembre); inizia in novembre il secondo soggiorno londinese. A Londra nell'inverno del 1771 ha il «secondo intoppo amoroso» con Penelope Pitt; nel luglio parte per l'Olanda, poi viaggia in Francia, Spagna, Portogallo, dove l'inverno soggiorna a Lisbona (ivi conosce l'abate Tommaso di Caluso). Viaggia poi attraverso la Spagna (febbraio-aprile) e ritorna a Torino nel maggio del 1772. A Torino partecipa nei mesi seguenti a una società letteraria, per cui scrive l'*Esquisse du Jugement Universel*. Incappa nella «terza rete amorosa», quella di Gabriella Falletti di Villafalletto, moglie del marchese Turinetti di Priè; e mentre veglia l'«odiosamata signora» ammalata abbozza i primi atti della *Cleopatra* (febbraio 1774), recitata poi il 16 giugno 1775 al teatro Carignano.

Nel gennaio 1775 rompe i rapporti coll'«odiosissima signora», riprende la composizione della *Cleopatra*, scrive *I Poeti*, decide di darsi agli studi e alle lettere. Concepisce l'*idea* del *Filippo* e del *Polinice* (marzo-maggio) e poi stende le tragedie in francese; sta l'estate a Cesana per studiare, e riduce in italiano il *Filippo* e il *Polinice*; tenta «un'infinità di composizioni in rima d'ogni metro e tutte infelici». Nell'inverno del 1776, rimessosi «sotto il pedagogo a spiegar Orazio», verseggia e riverseggia il *Filippo*; parte in aprile per un «viaggio letterario in Toscana» durante il quale verseggia il *Polinice*, idea e stende l'*Antigone*, concepisce l'*Agamennone*, l'*Oreste* e il *Don Garzia*, e ritorna nell'ottobre a Torino. Partecipa nei mesi seguenti alla società letteraria «Sampaolina», scrive il sonetto primo accolto poi nelle *Rime*, verseggia l'*Antigone*, traduce Sallustio. Parte nel maggio del 1777 per il «secondo viaggio letterario in Toscana», idea la *Virginia* e si lega d'amicizia, a Siena, con «il degnissimo Francesco Gori Gandellini». Ivi concepisce *La Congiura de' Pazzi*, scrive il trattato *Della Tirannide*, stende l'*Agamennone*, l'*Oreste* e la *Virginia*; nell'ottobre si trasferisce a Firenze dove lo «allaccia finalmente per sempre» «degno amore», quello per Luisa Stolberg d'Albany (moglie separata di Carlo Edoardo

Stuart pretendente al trono d'Inghilterra) e dove comincia a verseggiare la *Virginia*.

Nel 1778 si «spiemontesizza» donando alla sorella tutto il patrimonio immobiliare in cambio di una pensione, per esser libero di stare fuori del Regno di Sardegna. A Firenze studia assiduamente i classici; successivamente verseggia la *Virginia*, l'*Agamennone*, inizia il poemetto *L'Etruria vendicata* (sull'uccisione del granduca Alessandro da parte di Lorenzino de' Medici), stende *La Congiura de' Pazzi* e il *Don Garzia*, idea e incomincia a comporre il trattato *Del Principe e delle Lettere*, concepisce la *Maria Stuarda* e verseggia l'*Oreste*. Sempre a Firenze verseggia nel 1779 *La Congiura de' Pazzi*, idea la *Rosmunda*, l'*Ottavia*, il *Timoleone*, stende la *Rosmunda* e la *Maria Stuarda*, verseggia il *Don Garzia*, continua *L'Etruria vendicata*, scrive in questo e negli anni seguenti molte rime. Verseggia nel 1780 la *Maria Stuarda* e la *Rosmunda*, stende l'*Ottavia* (e la verseggia in parte) e il *Timoleone*, riverseggia il *Filippo*, continua *L'Etruria vendicata*. Nel febbraio del 1781 va a Roma per seguir l'amata; poi a Napoli, dove termina di verseggiare l'*Ottavia* e riverseggia il *Polinice*. Ritorna a Roma nel maggio e ivi riverseggia l'*Antigone*, la *Virginia*, l'*Agamennone*, l'*Oreste*, *La Congiura de' Pazzi*, il *Don Garzia*, il *Filippo*, e verseggia il *Timoleone*. Nel dicembre scrive le odi a *L'America libera* e continua *L'Etruria vendicata*. Nel 1782 idea la *Merope* e il *Saul*, poi le stende e le verseggia. Nello stesso anno corregge in generale le prime quattordici tragedie e riverseggia particolarmente il *Don Garzia*, la *Maria Stuarda*, la *Rosmunda*, l'*Ottavia*, il *Timoleone*, e recita l'*Antigone*.

Nell'inverno del 1783 decide la stampa delle prime dieci tragedie a Siena, presso Vincenzo Pazzini, stampa che si compie in questo e nell'anno seguente. Nel maggio si allontana da Roma e dall'amata, costretto dal cognato di lei, cardinale Stuart; e passa a Siena, Bologna, Ravenna (ove visita la tomba di Dante), Venezia (dove compone la V ode per *L'America libera*), Padova (visita la casa e la tomba del Petrarca ad Arquà, e s'incontra col Cesarotti), Ferrara (visita la tomba dell'Ariosto), Bologna e Milano, dove incontra il Parini. Va poi a Torino e quindi nuovamente in Toscana, soprattutto a Siena, nella quale città scrive la risposta al Calzabigi sui giudizi che quest'ultimo aveva dato sulle tragedie pubblicate dal Pazzini; e compone moltissime rime e i primi epigrammi. Fa poscia il terzo viaggio in Inghilterra, attraversando la Francia (visita Valchiusa) e arriva a Londra nel mese di dicembre.

Nel maggio del 1784 ritorna in Italia, prima a Torino (qui fa recitare la *Virginia*), poi a Siena (continua *L'Etruria vendicata*); quindi, nell'agosto, è in Alsazia, a Martinsbourg presso Colmar, dalla sua donna. Idea l'*Agide*, la *Sofonisba* e la *Mirra*. Nel settembre gli muore l'amico Francesco Gori Gandellini e nel novembre si trasferisce a Pisa, dove stende l'*Agide* e compone «molte rime, in ogni luogo, e il capitolo de' cavalli». Scrive nel 1785 il *Panegirico di Plinio a Trajano*, continua il trattato *Del Principe e delle Lettere* e stende la risposta al Cesarotti e il *Parere sull'arte comica*. Nel settembre ritorna in Alsazia presso la sua donna e compone la *Sofonisba* e la *Mirra*, e finisce di stendere l'*Agide*. «Dal marzo al settembre fatte ricopiare le dieci tragedie stampate e leggiermente correttele... Molte rime in tutto l'anno.» Sempre a Martinsbourg, nel 1786, finisce *Del Principe e delle Lettere*, stende *La Virtù sconosciuta*, idea e verseggia in parte la tramelogedia *Abele*, concepisce e stende il *Bruto Primo* e il *Bruto Secondo*, verseggia l'*Agide*, la *Sofonisba*, la *Mirra*, corregge *La Congiura de' Pazzi*, il *Don Garzia*, il *Saul*, la *Maria Stuarda*, *L'Etruria vendicata*, il *Panegirico di Plinio a Trajano*, e compone la *I Satira* e molte rime. Nel dicembre parte con la sua donna per Parigi. Nell'inverno verseggia in questa città il *Bruto Primo* e riverseggia la *Sofonisba*, combina col Didot la stampa delle sue tragedie che ancora corregge. Ritorna nel giugno con la sua donna a Colmar, dove ha la visita dell'abate Caluso che assiste alla sua «malattia fierissima», e progetta a Kehl di stampare le opere sue non tragiche nella tipografia del Beaumarchais. Corregge *L'America libera*, riscrive *La Virtù sconosciuta* e verseggia il *Bruto Secondo*. Nel dicembre del 1787 ritorna a Parigi, dove si stabilisce per tre anni con la sua donna e ha amichevoli relazioni con vari letterati (Beaumarchais, Chénier, Suard ecc.).

Nel 1788 ha notizia della morte a Roma di Carlo Edoardo Stuart, marito di Luisa Stolberg. Corregge in quell'anno le tragedie, *La Virtù sconosciuta*, le *Rime* (costituendone la prima silloge) per le edizioni di Kehl e del Didot, e stende i *Pareri* sulle tragedie. L'anno dopo assiste alle prime manifestazioni della Rivoluzione francese e scrive l'ode *Parigi sbastigliato*. Corregge *Del Principe e delle Lettere*, la *Tirannide*, i *Pareri* per le edizioni di Kehl e del Didot (cui fa ristampare le prime tre tragedie). Nel 1790 traduce l'*Eneide* (I-IV), tre commedie di Terenzio, alcuni scritti del Pope, termina la stampa di Kehl, idea il *Conte Ugolino*, stende l'*Abele* e nell'aprile-maggio scrive la prima parte della *Vita*. Nei mesi seguenti continua le traduzioni. Parte nell'aprile del 1791 con la sua donna per l'Inghilterra, donde nell'ottobre – dopo aver visitato Belgio e Olanda – rientra in Parigi. È un «anno, sul totale, quasi perduto». Traduce ancora Virgilio e Terenzio. Nell'agosto del 1792, dopo l'imprigionamento di Luigi XVI, fugge a stento con la sua donna a Bruxelles; quindi nel novembre si trasferisce definitivamente a Firenze: «molte rime: fatte le satire prima e la seconda». Nei mesi successivi finisce le traduzioni di Virgilio e di Terenzio, corregge quella di Sallustio e va componendo prose e poesie che poi raccoglierà nel *Misogallo*. Recita anche il *Saul* e scrive la *Satira III*. Ma in generale in quell'anno ha «pensato poco, scritto meno, e temuto molto».

Nel 1794 recita il *Saul*, il *Bruto Primo*, il *Filippo* («si dice ch'io recitava assai bene») e compra «di nuovo quasi tutti i libri stati *gli* predati» a Parigi. Ha «sul fine dell'anno una fastidiosa diarrea di sonetti». Dal 1795 comincia a studiare intensamente i classici antichi: inizia cioè i «due anni su i confini della Grecia». Corregge la traduzione di Virgilio e il *Misogallo*, continua a recitare, scrive le *Satire IV* e *V* e finisce la

III. L'anno dopo intraprende lo studio del greco, compone varie *Satire* (VI-VII), corregge l'*Abele*, rivede e accresce il *Misogallo*, traduce l'*Alceste* e una parte del *Filottete*, ricopia e lima le *Rime* (II parte): «anno infausto per l'Italia invasa dai Barbari». Nel 1797 inizia la lettura nei testi originali dei grandi classici dell'Ellade antica, continua a tradurre il *Filottete* e comincia i *Persiani*. Scrive anche varie *Satire* (VIII-XVII), corregge e ordina le *Rime* (II parte). «Comprato pazzamente libri, ed in questi ho trovata consolazione non piccola di tutti i dispiaceri e danni e pericoli e timori e servitù in cui viviamo.» Il 1798 «sul totale è un anno più di studio del greco che d'altro». Continua a tradurre i *Persiani*, a verseggiare il *Filottete*; scrive l'*Alceste Seconda*, perfeziona e termina il *Misogallo*, corregge le *Satire*, l'*Abele*, le *Rime*, la prima parte della *Vita*. È sempre più amareggiato dall'invasione francese d'Italia. L'anno dopo ordina definitivamente la II parte delle *Rime* (finisce la *Teleutodìa*), corregge le traduzioni di Virgilio, Sallustio, Terenzio, ed inoltre le *Satire* e le due *Alcesti*. Continua assiduo lo studio del greco, specie sulla *Bibbia*, e all'entrare dei Francesi in Firenze (25 marzo 1799) si ritira «in una villa... presso a Montughi», e lavora alla revisione delle *Alcesti*. Gioisce per la fuga dei Francesi avvenuta il 5 luglio 1799 e idea le sei commedie. È rattristato dal ritorno dei Francesi («il dì 15 ottobre [1800], ricadde Firenze nella schiavitù dei Francesi»); concepisce e abbozza «a un parto» le sei commedie, corregge la traduzione del *Filottete*. Scrive qualche epigramma: «Il tutto con ostinazione molta, e frutto pochissimo, stante la natura del suolo omai vecchiotto e spossato».

La «orribil sedicente pace» di Lunéville, nel 1801, rende più sicura e tranquilla la vita del poeta e della sua donna. Stende in prosa le *Commedie*, e verseggia le prime quattro «con tanta ostinazione, ardore frenetico, e fatica che nel settembre» si ammala gravemente. Finisce le traduzioni del *Filottete* e dei *Persiani*. Nel 1802 verseggia le *Commedie* e traduce Aristofane; rivede dopo quindici anni l'abate Caluso; è ancora fieramente malato. Nell'anno seguente continua a verseggiare le due ultime commedie; inventa l'«Ordine di Omero» e se ne decora per aver «spuntata la difficoltà del greco». Corregge la I parte e stende la II parte della *Vita* (aprile-maggio 1803). Muore l'8 ottobre, assistito dalla sua donna.

LA CRITICA

Le linee generali e i motivi particolari della precedente prefazione,[2] svolta per accenni sommari e spesso allusivi, potranno essere chiariti e approfonditi tenendo presente qualche opera critica, che indico con molta discrezione e soltanto in servizio degli argomenti accennati nell'introduzione. Per la resistenza dell'immagine dell'Alfieri «poeta della volontà eroica» vedi l'informato, puntuale volume di G. G. FERRERO, *Alfieri*, Torino 1945; per la visione romantico-risorgimentale e per la sua continuità fino ad oggi vedi da una parte G. CARDUCCI, *Opere*, ed. naz., Bologna 1935 ss., IV pp. 280 ss., VI pp. 371 ss., VII pp. 369 ss.; e dall'altra V. GIOBERTI, *Pensieri e giudizi*, Firenze 1856, pp. 209 ss.; G. MAZZINI, *Scritti editi e inediti*, ed. naz., Imola 1906, I pp. 259 ss., 320 ss.; G. CATTANEO, *Opere*, Firenze 1925, I pp. 11 ss.; F. DE SANCTIS, *Saggi critici*, Bari 1952, I pp. 100 ss., e *Storia della letteratura italiana*, cap. XX; B. CROCE, *Poesia e non poesia*, Bari 1950, pp. 1 ss., e *Discorsi di varia filosofia*, Bari 1945, II pp. 240 ss., e *La letteratura italiana del Settecento*, Bari 1949, pp. 325 ss., 375 ss.; G. GENTILE, *L'eredità di Vittorio Alfieri*, Venezia 1926, e *Vittorio Alfieri uomo*, Asti 1942 (e anche A. PASSERIN D'ENTRÈVES, *Dante politico e altri saggi*, Torino 1955, pp. 173 ss.); V. MASIELLO, *L'ideologia tragica di Vittorio Alfieri*, Roma 1964. Per le discussioni su Alfieri «protoro-

---

[2] *Alfieri poeta dell'interiorità* riproduce sostanzialmente, non senza integrazioni e aggiornamenti di un certo rilievo, quanto scrissi nei *Linguistic and Literary Studies in honor of N. A. Hatzfeld*, Washington 1964.

mantico», oltre i saggi del Croce, cui spetta la definizione, vedi specialmente W. BINNI, *Vita interiore dell'Alfieri*, Bologna 1942, e *Preromanticismo italiano*, Napoli 1959[2], e *L'Arcadia e il Metastasio*, Firenze 1964, e *Classicismo e Neoclassicismo*, Firenze 1964, e *Saggi alfieriani*, Firenze 1969. Per le citazioni dal Momigliano, vedi *Introduzione ai poeti*, Roma 1946, pp. 101 ss., e *Studi di poesia*, Bari 1948[2], pp. 122 ss. (a lui appartiene sostanzialmente anche la definizione dell'Alfieri «poeta dei gridi dell'anima»). Per le basi settecentesche dell'esperienza alfieriana, scarsissime – a causa delle prevenzioni accennate – le trattazioni: vedi in generale A. MONGLOND, *Le préromantisme français*, Grenoble 1930; e specialmente l'acuto saggio di L. VINCENTI, *Alfieri e lo «Sturm und Drang»*, Firenze 1966 («troppo forte era sullo spirito dell'Alfieri il potere dell'educazione illuministica e troppo salda la sua ragione, per non cercar di portare a chiarezza e di misurare alla stregua del lecito e del virtuoso gli oscuri moti interiori... l'Alfieri si trova fra gli Stürmer e i classici tedeschi in posizione intermedia»); le varie documentazioni offerte da V. BRANCA, *Alfieri e la ricerca dello stile*, Firenze 1949 (Bologna 1981[3]), e *Momenti autobiografici e momenti satirici nell'opera di Vittorio Alfieri* nel vol. *Studi alfieriani* a cura dell'Università di Firenze, Firenze 1950; le prospettive indicate, specialmente per le idee e le raffigurazioni politiche, anche tassiane, da G. MARZOT, *Concordanze e discordanze secentesche in Vittorio Alfieri*, in «Convivium», R.N., 1949; i rapidi, fini accenni di M. FUBINI, *Ritratto dell'Alfieri*, Firenze 1951, pp. 1 ss. (e vedi anche *Vittorio Alfieri*, Firenze 1966[2], pp. 3 ss.; *Alfieri Vittorio* in *Dizionario biografico degli italiani*, II, Roma 1961). Per il petrarchismo muratoriano dell'Alfieri, oltre Branca e Fubini, *opp.citt.*, vedi U. BOSCO, *Lirica alfieriana*, Asti 1943 (anche per il neoclassicismo); E. RAIMONDI, *Lo stile tragico alfieriano e l'esperienza della forma petrarchesca*, in «Studi petrarcheschi», IV 1951. Per la formazione settecentesca giovanile vedi il penetrante, rivelatore studio di E. RAIMONDI, *La giovinezza letteraria dell'Alfieri*, in «Memorie dell'Accademia delle Scienze di Bologna», S.V., IV-V 1952-53; e M. BONI, *Plutarchismo alfieriano*, in «Convivium», R.N., 1949 (specie per il plutarchismo e tacitismo). Per l'anglomania, l'ammirazione e le traduzioni del Pope, le teorie dell'imitazione, vedi V. BRANCA, *op.cit.*, pp. 159 ss., 272 ss., 36 ss. Per la vena neoclassica canoviana vedi F. BOYER, *Le Monde des Arts en Italie et la France de la Révolution et de l'Empire*, Torino 1969, pp. 23 ss.; AA.VV., *Arte neoclassica*, Atti del Convegno canoviano, Venezia 1964. Per le forme del barocco letterario francese e della sua tragedia, per il «tempo barocco» vedi J. ROUSSET, *La littérature de l'âge baroque en France*, Paris 1954; G. POULET, *Études sur le temps humain*, I e II, Paris 1952-58; e per un equilibrato bilancio dei rapporti, documentabili, con la tragedia francese G. M. PASQUINI, *Di alcuni rapporti della tragedia dell'Alfieri con la tragedia francese*, in *Studi alfieriani*, 1950, cit. Sull'ispirazione lirica, troppo esclusivamente rilevata di recente, molto, e in sensi molto diversi, è stato scritto, a cominciare dal FOSCOLO (*Della nuova scuola drammatica in Italia* e *Storia del sonetto*), dal CARRER (*Prose*, Firenze 1855, I, pp. 260 ss.), dal GIOBERTI (*op.cit.*), dal TOMMASEO (*Dizionario estetico*, Alfieri), dal VIGNY (*Mémoires* ecc., Paris 1958, pp. 408 ss.) fino alle esasperazioni – sul piano di «poesia e non poesia» – del Croce e di alcuni suoi seguaci (p. es. G. CITANNA, *Il Romanticismo e la poesia italiana dal Parini al Carducci*, Bari 1949[2]; R. RAMAT, *Alfieri tragico lirico*, Firenze 1940; L. RUSSO, *Ritratti e disegni storici*, Bari 1946, pp. 5 e ss.: «il poeta della solitudine preistorica o, se piace meglio, metastorica, dell'uomo...») o all'esagerazione della tesi individualistica nel volume del CALOSSO (*L'anarchia di Vittorio Alfieri*, Bari 1924) che molto influì anche sui crociani. Vedi anche le prospettive, di carattere prevalentemente stilistico, tracciate da ULRICH LEO, *Der Dichter Alfieri* (*Psychologie und Komposition*), e *Der Dichter Alfieri* (*Vielgestaltige Emphase*), in «Romanistisches Jahrbuch», IV 1951 e V 1952, e *Der Dichter Alfieri* (*Monologe, Scheinmonologe, Visionen*), in «Letterature Moderne», IV 1953. Nelle pagine precedenti seguo invece l'impostazione drammatico-stilistica, sostanzialmente teatrale, che già in parte ho dato al problema nei miei scritti: *Alfieri e la ricerca dello stile*, cit., e *Stazioni liriche di un tragico*, in «La Fiera Letteraria», IV 1949: con una visione europea più che nazionale, per la quale può esser utile tener presenti le pagine alfieriane di VALERY LARBAUD, *Sous l'invocation de Saint Jérôme*, Paris 1946, pp. 275 ss., e quelle di W. DILTHEY, *Die grosse Phantasiedichtung und andere Studien* ecc., Göttingen 1954, pp. 187 ss. Per l'elaborazione delle opere alfieriane vedi in generale le introduzioni ai volumi finora pubblicati nell'Edizione del Bicentenario, Asti 1951 ss., i saggi di C. JANNACO, *Studi alfieriani vecchi e nuovi*, Firenze 1974 (anche per gli interventi del Parini e del Du Theil sulle prime tragedie e le reazioni dell'Alfieri rivelatrici di una diversa poetica), e gli studi indicati nella *Avvertenza* al mio *Alfieri e la ricerca dello stile*.

Alle indicazioni bibliografiche già fornite aggiungo quelle di alcune monografie fondamentali non ancora citate: E. BERTANA, *Vittorio Alfieri*, Torino 1902; M. APOLLONIO, *Alfieri*, Milano 1930 e Brescia 1950; P. SIRVEN, *Vittorio Alfieri*, Paris 1934-50, voll. 7; G. A. LEVI, *Vittorio Alfieri*, Brescia 1950.

Delle altre monografie e degli altri studi sui vari aspetti e sulle varie opere dell'Alfieri, delle principali edizioni e commenti si potrà trovare indicazione nei seguenti volumi: G. BUSTICO, *Bibliografia di Vittorio Alfieri*, Firenze 1927[3]; C. CAPPUCCIO, *La critica alfieriana*, Firenze 1951; B. MAIER, *Alfieri*, Palermo 1962[2]. Le quali opere sono aggiornate dalle rassegne bibliografiche alfieriane pubblicate periodicamente su «Lettere Italiane» (a cura di A. Fabrizi, XX 1968 e XXII 1970; a cura di C. Domenici, XXV 1973; a cura di G. Santato, XXX 1978; a cura di B. M. Da Rif, XXXIX 1987), su «Annali alfieriani» (a cura di G. Santato, III 1983), e da quelle sul Settecento redatte da W. Binni sulla «Rassegna della letteratura italiana» a partire dal 1953.

Notevoli contributi allo studio dell'Alfieri hanno portato in questi ultimi vent'anni, a parte gli scritti già citati: G. LANZA, *Alfieri Ibsen Pirandello*, Milano 1960; L. CARETTI, *Il «fidato» Elia e altre note alfieriane*, Padova 1961; G. STEINER, *The Death of Tragedy*, London 1961, pp. 213 ss.; R. SCRIVANO, *La natura teatrale dell'ispirazione alfieriana*, Milano 1963; A. FABRIZI, *Studi inediti di Vittorio Alfieri sull'Ossian del Cesarotti*, Asti 1964; G. SANTARELLI, *Studi e ricerche sulla genesi e le fonti delle commedie alfieriane*, Milano 1971; A. SIGNORINI, *Individualità e libertà in Vittorio Alfieri*, Milano 1972; C. F. GOFFIS, *La tragedia dall'Alfieri al Manzoni*, Genova 1973; V. PLACELLA, *Alfieri tragico*, Napoli 1970, e *Alfieri comico*, Bergamo 1973; M. BONI, *L'Alfieri e la rivoluzione francese*, Bologna 1974; E. PARATORE, *Dal Petrarca all'Alfieri*, Firenze 1975; F. PORTINARI, *Di Vittorio Alfieri e della tragedia*, Torino 1976 e *La recita in palazzo*, in «Lettere Italiane», XXIX 1977; G. DEBENEDETTI, *Vocazione di Vittorio Alfieri*, Roma 1977; J. JOLY, *Le désir et l'utopie*, Clermont Ferrand 1978; G. MARIANI, *La vita sospesa*, Napoli 1978; E. RAIMONDI, *Il concerto interrotto*, Pisa 1979 (che ripubblica anche aggiornati i due saggi sopra citati). Per l'influenza arcadico-classicistica dello zio Benedetto e la rivalutazione della lezione di questo grande architetto si veda A. GRISERI, *Le metamorfosi del barocco*, Torino 1967, *passim* ma specialmente pp. 208, 276, 330 ss., 350 ss.; A. CAVALLARI MURAT, *Attualità e inattualità di Benedetto Alfieri*, in «Boll. Soc. Piemontese di Archeologia e Belle Arti», N.S., XXII 1968; A. BELLINI, *Benedetto Alfieri*, Milano 1978.

Le opere dell'Alfieri sono pubblicate in edizione critica, anche con apparato diacronico, a cura del Centro Nazionale di Studi Alfieriani di Asti dal 1951 in poi (citata come Edizione Astese): da tale edizione sono riprodotte le tragedie qui pubblicate e tratte le citazioni dalle altre opere dell'Alfieri. Per gli scritti non ancora stampati nell'Edizione Astese bisogna ricorrere alle *Opere di Vittorio Alfieri. Ristampate nel primo centenario della sua morte* dall'Editore Paravia, Torino 1903.

Si mantengono naturalmente tutti gli usi grafici dell'Alfieri, anche quando si discostano dai moderni (p. es. gli accenti sempre gravi, le lineette indicanti sospensioni).

Aggiungo ora (1998): alcune delle principali recensioni a V. ALFIERI, *Filippo – Saul*, introduzione e note di V. Branca (Milano, Rizzoli 1980), e *Agamennone – Mirra*, introduzione e note di V. Branca (*ivi* 1981) sono: G. SANTATO, *Rinnovata fortuna di Alfieri*, in «Giornale italiano di filologia», XXXIII, 2, 1981, pp. 267-71, rec. a V. BRANCA, *Alfieri e la ricerca dello stile, con cinque nuovi studi*, Bologna, Zanichelli 1981, e a V. ALFIERI, *Filippo – Saul*, introduzione e note di V. Branca, cit., e *Agamennone – Mirra*, introduzione e note di V. Branca, cit.; A. DI BENEDETTO, rec. a V. ALFIERI, *Filippo – Saul*, introduzione e note di V. Branca, cit., in «Giornale storico della letteratura italiana», a. XCVIII, fasc. 503, 1981, p. 473; L. FELICI, rec. a V. ALFIERI, *Filippo – Saul*, introduzione e note di V. Branca, cit., in «La rassegna della letteratura italiana», 3, 1982, p. 628; J. A. MOLINARO, rec. a V. ALFIERI, *Agamennone – Mirra*, introduzione e note di V. Branca, cit., in «Quaderni d'Italianistica», 6, 1985, 2, pp. 277-78. Come edizioni più autorevoli delle tragedie posteriori al 1982 cito: V. ALFIERI, *Tragedie*, a cura di L. Toschi, introduzione di S. Romagnoli, Firenze, Sansoni 1985, voll. 3 (2ª ed. 1990) [edizione completa]; V. ALFIERI, *Tragedie (Filippo, Oreste, Saul, Mirra, Bruto Secondo)*, a cura di S. Jacomuzzi, Milano, Mondadori 1988; V. ALFIERI, *Tragedie*, introduzione e note di B. Maier, Milano, Garzanti 1989 (contiene: *Filippo, Antigone, Agamennone, Oreste, Saul, Mirra, Bruto Secondo)*; V. ALFIERI, *Tragedie*, t. I, *Filippo, Antigone, Agamennone, Oreste, Ottavia*, a cura di L. Toschi, introduzione e appendice di S. Romagnoli, e t. II, *Merope, Maria Stuarda, Saul, Mirra, Bruto Secondo*, a cura di L. Toschi, appendice di S. Romagnoli, Torino, Einaudi 1993 (Il teatro italiano, IV). Per gli studi generali sull'opera dell'Alfieri si potrà far riferimento a: V. Branca, *Tragedia classica e commedia borghese nell'elaborazione del linguaggio teatrale alfieriano*, in AA.VV., *Les innovations théâtrales et musicales italiennes en Europe aux XVIII et XIX siècles*, Paris, Presses Universitaires 1991; V. Branca, *Sbastigliamenti alfieriani* ecc., in AA.VV., *Les écrivains italiens et la Révolution française*, in «Revue des Études Italiennes», N.S., XXXVIII 1992; G. Santato, *opp.citt.*, qui a p. 55 di *Alfieri, libertario*. Per ulteriori informazioni sull'attività artistica dell'autore si vedano le opere collettive: *Dizionario critico della Letteratura Italiana*, Torino, UTET 1986[2], 1993[3] (la voce Alfieri è redatta da C. Jannaco e G. Santato); AA.VV., *Dizionario della letteratura italiana. Le opere*, Torino, TEA 1989 (le voci *Filippo, Mirra* e *Saul* sono state redatte da S. Jacomuzzi); AA.VV., *Dizionario dei capolavori*, Milano, Biblioteca Europea Garzanti 1994, voll. 3 (voci *Filippo, Mirra* e *Saul* redatte da S. Jacomuzzi). Per una più completa visione del genio alfieriano si vedano i volumi monografici e le raccolte di saggi alfieriani pubblicati dopo il 1982: S. Costa, *Lo specchio di Narciso: autoritratto di un «homme de lettres». Su Alfieri autobiografo*, Roma, Bulzoni 1983; J. Joly, *Il teatro dell'Alfieri come autoanalisi e psicodramma*, in «Annali alfieriani», IV 1985, pp. 39-53 [in particolare su *Merope* e *Rosmunda*]; S. Ferrone, *Fortuna di Alfieri nell'Ottocento: dall'autobiografia al repertorio, ivi*, pp. 185-98; C. Bonfitto, *Alfieri e la civiltà del teatro, ivi*, pp. 199-220; C. Leri, *Ut musica poesis: la rinascita settecentesca della poesia biblica*, in «Intersezioni», V, 3, 1985, pp. 489-512 [su Alfieri pp. 505 e 508-11]; A. Di Benedetto, *Vittorio Alfieri. Le passioni e il limite*, Napoli, Liguori 1987; nuova ed., riveduta e accresciuta, con il titolo *Le passioni e il limite. Un'interpretazione di Vittorio Alfieri, ivi* 1994 (tre studi alfieriani sono stati inoltre raccolti da Di Benedetto in *Tra Sette e Ottocento. Poesia, letteratura e politica*, Alessandria, Edizioni dell'Orso 1991); G. Santato, *Alfieri e Voltaire. Dall'imitazione alla contestazione*, Firenze, Olschki 1988; S.

CALABRESE, *Una giornata alfieriana. Caricature della Rivoluzione francese*, Bologna, Il Mulino 1989; D. GORRET, *Il poeta e i mille tiranni. Per una rilettura critica del «Misogallo» di Vittorio Alfieri*, Salerno, Laveglia 1991; M. CERRUTI, *Il Settecento e il primo Ottocento*, Torino, UTET 1992 (pp. 147-74 per l'Alfieri); A. FABRIZI, *Le scintille del vulcano (Ricerche sull'Alfieri)*, Modena, Mucchi 1993; A. GRANESE, *La «cornice» nel sistema tragico di Vittorio Alfieri*, Salerno, Edisud 1993; N. MINEO, *Per una rilettura del teatro tragico alfieriano*, in «Annali alfieriani», V 1994, pp. 43-64; G. SANTATO, *Lo stile e l'idea. Elaborazione dei trattati alfieriani*, Milano, Angeli 1994; M. STERPOS, *Il primo Alfieri e oltre*, Modena, Mucchi 1994; W. BINNI, *Studi alfieriani*, Modena, Mucchi 1995, voll. 2 [raccolta di tutti gli studi alfieriani dell'Autore]; J. LINDON, *L'Inghilterra di Vittorio Alfieri e altri studi alfieriani*, Modena, Mucchi 1995; G. CARNAZZI, *L'altro Alfieri. Politica e letteratura nelle «Satire»*, Modena, Mucchi 1996. Come volumi miscellanei e atti di congressi alfieriani si veda *Vittorio Alfieri e la cultura piemontese fra illuminismo e rivoluzione*, Atti del Convegno internazionale di San Salvatore Monferrato (22-24 settembre 1983), a cura di G. Ioli, Torino, Bona 1985, e come volumi alfieriani e monografie critiche dedicate in larga parte all'Alfieri si vedano: M. RIVA, *Saturno e le Grazie. Malinconici e ipocondriaci nella letteratura italiana del Settecento*, Palermo, Sellerio 1992 [al tema generale della malinconia in Alfieri è dedicata tutta la Parte seconda del volume, pp. 199-289]; M. GUGLIELMINETTI, *Saul e Mirra*, Roma, «L'Erma» di Bretschneider 1993.

Gli «Annali alfieriani» proseguono anche se con cadenza non regolare: vol. III, 1983; vol. IV, 1985; vol. V, 1994 (il vol. VI è in corso di stampa).

AGGIORNAMENTO BIBLIOGRAFICO

In prossimità del bicentenario della morte di Alfieri vi sono state diverse iniziative e convegni dedicati a una rilettura della sua opera. Tra di essi andranno almeno segnalati *Alfieri in Toscana*. Atti del Convegno internazionale di studi. Firenze, 19-20-21 ottobre 2000, a c. di G. TELLINI e R. TURCHI, Firenze, Olschki, 2002, 2 voll.; *Alfieri e il suo tempo*. Atti del Convegno internazionale. Torino-Asti, 29 novembre-1 dicembre 2001, a c. di M. CERUTI, M. CORSI e B. DANNA, Firenze, Olschki, 2003; *Letture alfieriane*, a c. di G. TELLINI, Firenze, Polistampa, 2003; *Il poeta e il tempo: la Biblioteca Laurenziana per Vittorio Alfieri*, catalogo della mostra, Firenze, Biblioteca Medicea Laurenziana, 2003; *Alfieri tragico*, a c. di E. GHIDETTI e R. TURCHI, numero speciale de «La Rassegna della Letteratura Italiana», CVII, 2, 2003. Tra gli studi usciti dopo il 1998 andranno almeno ricordati, oltre alla pubblicazione del vol. VI degli «Annali alfieriani», il saggio di A. BORSOTTI, *Alfieri e la scena: da fantasmi di personaggi a fantasmi di spettatori*, Roma, Bulzoni, 2001.

La grande aula d'ingresso del palazzo Alfieri, ad Asti, ove il poeta nacque il 16 gennaio 1749, dall'ultracinquantenne conte Antonio Amedeo e da Monica Maillarad de Tournon, di nobile famiglia savoiarda. L'eleganza della dimora — che fu interamente ristrutturata a metà del Settecento dal famoso architetto Benedetto Alfieri, cugino del poeta — attesta l'importanza della famiglia, una delle più antiche e cospicue dell'astigiano. Alfieri si compiacque sempre del nome «egregio ed alto» dei suoi, riconoscendo che l'esser nato nobile gli era servito «per poter poi, senza taccia d'invidioso e di vile, dispregiare la nobiltà per se sola.» Ma nel palazzo avìto — ove ora ha sede il Centro di studi alfieriani — egli trascorse solo i primi nove anni della sua inquieta e taciturna fanciullezza, prima d'essere «ingabbiato» nell'Accademia reale di Torino; e ad esso definitivamente rinunciò nel 1778, con la famosa donazione alla sorella Giulia.

Vittorio Alfieri, in una incisione di Gonin e Ballarini, premessa all'edizione illustrata delle *Tragedie*, uscita a Milano, presso Sonzogno, nel 1870. Il poeta vi figura, secondo i moduli tipici dell'iconografia tardo romantica, nell'atteggiamento meditativo e solenne del vate, maestro di libertà.

François-Xavier Fabre, *La Contessa d'Albany* (Firenze, Uffizi). Di tre anni più giovane dell'Alfieri, ma spiritualmente temprata dalle esperienze di una vita difficile (le ristrettezze della famiglia d'origine, nobile, ma economicamente decaduta; il naufragio del matrimonio col principe Carlo Edoardo Stuart, pretendente al trono d'Inghilterra) Luisa di Stolberg-Gedern, contessa d'Albany, fu il grande e duraturo amore del poeta, che affermò d'aver trovato in lei «*sprone e conforto ed esempio ad ogni bell'opera*».

Pagina autografa della I versificazione dell'*Agamennone*. (Mss. «Alfieri» 27, c. 167, Firenze, Biblioteca Laurenziana). I manoscritti dell'Alfieri, conservati alla Biblioteca Laurenziana, permettono di seguire la tormentata elaborazione delle tragedie, nelle tre successive fasi di ideazione, stesura, versificazione.

Pagina autografa della stesura in prosa della *Mirra* (Mss. «Alfieri» 26[11], c. 123, Firenze, Biblioteca Laurenziana). La *Mirra* nacque nell'agosto 1784; l'idea fu scritta di getto il giorno 11 ottobre. Alla stesura in prosa l'Alfieri attese l'anno successivo, dal 24 al 28 dicembre 1785.

Agamennone. Illustrazione per la scena IV dell'atto II, dalle *Tragedie* di Vittorio Alfieri, Milano, Sonzogno, 1870. La scena, ideata da Guido Gonin, raffigura l'ingresso di Agamennone, reduce da Troia, nell'atrio del palazzo reale.

EURICLEA. Ove sì ratti i passi tuoi rivolgi?

Mirra. Illustrazione per la scena IV dell'atto II, dalle *Tragedie* di Vittorio Alfieri, Milano, Sonzogno, 1870. Vi è raffigurato il colloquio di Mirra con la nutrice Euriclea, che vanamente tenta di esplorare le ragioni della tristezza da cui è oppressa la fanciulla.

Adelaide Ristori nella *Mirra*. Bellissima, raffinata, di grande sensibilità drammatica, Adelaide Ristori (1822-1906) fu tra le prime interpreti della tragedia alfieriana, da lei portata al successo sulle scene di Parigi nel 1855. Per suo merito, la *Mirra* si impose al pubblico francese, suscitando i consensi entusiastici della critica.

Giorgio Albertazzi e Anna Proclemer nell'*Agamennone* (edizione televisiva del 1968). Nello stesso anno la tragedia era stata rappresentata al Teatro Olimpico di Vicenza, sempre con la regia di Davide Montemurri, che apportò al testo alfieriano alcune modifiche, per attenuarne le asperità. Altri interpreti dello spettacolo furono Franco Graziosi, nella parte di Egisto e Daniela Nobili in quella di Elettra.

AGAMENNONE

INTRODUZIONE ALL'«AGAMENNONE»

L'*Agamennone*, come l'*Oreste*, è il primo frutto della seconda fioritura d'ispirazione tragica nell'Alfieri. Nel 1776, dopo aver composto o almeno ideato *Cleopatra*, *Filippo*, *Polinice* e discusso delle sue tragedie a Pisa con «tutti i più celebri professori», «mi diedi» narra «anche molto a leggere le tragedie di Seneca... la lettura di Seneca m'infiammò e sforzò d'ideare ad un parto le due gemelle tragedie, l'*Agamennone* e l'*Oreste*» (*Vita*, IV 2). Questo avveniva fra il maggio e il giugno, contemporaneamente o poco dopo l'*idea* dell'*Antigone* (22 maggio) e l'esercizio di tradurre «in versi sciolti... i giambi di Seneca... per... doppio studio di latino e di italiano, di verseggiare e grandeggiare» (*ivi*: questi esercizi senecani sono conservati nel ms. Laurenziano Alfieri 4, cc. 2-56).

L'*idea* col titolo «La morte di Agamennone», porta la data «19 maggio 1776. Pisa». Questa breve sceneggiatura di primo getto ebbe poi modificazioni e riscrizioni varie, soprattutto in due momenti principali. Il titolo divenne *Agamennone - Tragedia* e fu eliminato un quinto personaggio, Euribate, di senecana memoria. Fu rifatta prima la quarta scena dell'ultimo atto e poi tutto l'atto; e fu sostituito nella quinta scena all'idea di un dialogo Elettra-Clitennestra quello Elettra-Egisto. Alcune postille segnano già la direzione degli sviluppi in senso interiore e divaricante che caratterizzeranno la stesura in prosa: per esempio nella lista dei personaggi accanto al nome di Clitennestra è aggiunto: «sia fin dal principio sempre sforzata, risuscitando Agamennone, o a fuggire o ad ucciderlo».

Dopo tredici mesi, a Siena, quando già aveva verseggiato l'*Antigone* e aveva abbozzato il *Della Tirannide* e l'aveva letto all'amico Gori Gandellini (*Vita*, IV 4), l'Alfieri procedette alla stesura in prosa (*Vita*, IV 5) che porta la data d'inizio «Siena li 16 luglio 1777» e quella di conclusione «Siena li 23 luglio 1777». Successivamente rivide questa redazione dialogata, correggendola e corredandola di note per varianti e per la versificazione, rifacendo *ex novo* nel primo atto la seconda scena e la terza, rimanipolando la quarta sempre del primo atto e le prime battute della seconda scena del secondo atto. Ritornò anche sul suo manoscritto, forse al tempo della *prima versificazione*, con appunti e osservazioni varie da tener presenti nella elaborazione della stesura in versi.

Dopo sette mesi (in cui avvengono probabilmente correzioni nella redazione in prosa) l'Alfieri cominciò la *prima versificazione* a «Firenze li 17 Febbraio 1778» e la concluse il «23 giugno 1778». Notò sul frontespizio: «Prima d'uno stile forte, e più che mediocre». Allude forse alla tormentata elaborazione stilistica che caratterizza in vari luoghi questa stesura in 1232 versi, specialmente al confronto con la successiva.

La quale *seconda versificazione* in 1337 versi fu condotta a Roma dall'Alfieri molto più rapidamente: dal «17 agosto» segnato all'inizio al «1° settembre. Roma», come è scritto alla fine. Offre un testo, come scrivono i curatori dell'edizione astese, «quasi riposatamente steso e pulito... nel quale gli interventi più notevoli sono quelli eseguiti a lapis in preparazione della Copia Ambrosiana» (ms. Y 186 dell'Ambrosiana di Milano). Tale copia, in cui i versi giunsero a 1356 e ai personaggi fu aggiunto il *Popolo*, servì per la prima edizione senese del 1783 (vol. II): la quale, con varie correzioni e rielaborazioni (fra cui l'aggiunta dei *Soldati* nella lista dei personaggi) che portarono i versi a 1359, fu riprodotta nel secondo volume dell'edizione parigina del 1788, perfezionata, come è noto, con la ritiratura di pagine (cfr. Edizione Astese vol. XVI).

È l'Alfieri stesso che nel passo già citato della *Vita* (IV 2) indica nelle tragedie di Seneca la sua fonte prima. Ma aggiunge subito: «Non mi pare con tutto ciò ch'elle mi siano riuscite in nulla un furto fatto da Seneca» (e più circostanziatamente nella prima redazione: «... l'*Agamennone* e l'*Oreste*, soggetti di cui quel Seneca mi aveva invasato: e da cui pure non credo di averne rubato nulla nel piano, e pochissimo poi ne' pensieri; perchè quando le stesi l'anno dopo non le rilessi più niente in Seneca»). Egli giudicava «pessimo» il dramma di Seneca e non lo volle rileggere «per non divenir plagiario» (*Vita*, IV 5). Eppure sappiamo che l'Alfieri compì sulle tragedie senecane trascrizioni di estratti, traduzioni, postille ora conservate, come abbiamo detto, nel ms. Laurenziano Alfieri 4 (1776-78). Anzi la trascrizione di testi senecani si apre, proprio come la tragedia alfieriana, con l'evocazione dell'ombra di Tieste e con versi simili (cfr. *Agamennon*, vv. 4-6 e *Agamennone*, vv. 3-5). E due, di alta drammaticità nell'*Agamennon*, sembrano veramente offrire lo spunto per l'ispirazione e l'impostazione della tragedia alfieriana (Clitennestra: «Aegisthe, quid me rursus in praeceps agis Iramque flammis iam residentem incitas?»: vv. 260-61), la quale di senecano ha anche, come nota Paratore, «l'abilità dell'impianto teatrale» e qualche derivazione dal *Thyestes* (p. es., per contrasto, nel profilo di Agamennone).

L'Alfieri conosceva però anche l'*Agamennone* di Eschilo nel compendio, piuttosto psicologizzato in ambiguità e perplessità, del Brumoy (*Le Théâtre des Grecs*, Paris 1730: cfr. *Vita*, IV 2) e forse in qualche traduzione latina o francese (notevoli certe coincidenze col Brumoy: p. es. III 24 e 148; V 139 e 180: cfr. note). E gli dovette esser presente pure il *Macbeth*, probabilmente nella traduzione, o meglio riduzione, diffusissima di Pierre Le Tourneur. Proprio di Shakespeare scrive in quello stesso capitolo della *Vita* (IV 2): «per questa ragione anche avea abbandonato ... la lettura di Shakespeare (oltre che mi toccava di leggerlo tradotto in francese). Ma quanto più mi andava a sangue quell'autore (di cui però benissimo distingueva tutti i difetti) tanto più me ne volli astenere» (e cfr. IV 25).

Sostanzialmente l'Alfieri si attenne ai miti tantalidi quali sono presentati da Seneca nell'*Agamennon* e nel *Thyestes*. L'antefatto della tragedia, cui continuamente i personaggi e l'azione stessa si riferiscono, è questo (che riporto dalla precisa e finalizzata esposizione della Zuradelli): «Tantalo, re della Lidia, nato da Zeus e dalla Ninfa oceanina Plota, aveva trucidato il figlio Pelope per imbandirne le carni agli dèi ospiti ed era stato precipitato nell'Averno, dove fu tormentato dalla fame e dalla sete. Pelope, risuscitato, uccise Mirtilo, che pure lo aveva aiutato a diventare re dell'Elide; da Ippodamia egli ebbe numerosi figli, fra cui Atreo e Tieste; quest'ultimo sedusse la moglie del fratello, Aeropa, ed Atreo si vendicò imbandendogli le carni dei figli. Allora Tieste, a cui era stato predetto che sarebbe stato vendicato per mezzo della figlia Pelopia, si unì con lei: dalla incestuosa unione nacque Egisto che Pelopia, divenuta nel frattempo sposa di Atreo, espose sopra un monte, dove fu raccolto da alcuni pastori e allevato con latte di capra (αἴξ in greco, da cui sembra derivare il nome stesso di Egisto); in seguito, Egisto fu accolto da Atreo ed allevato come un figlio. Quando Tieste ritornò alla reggia del fratello, riconobbe in Egisto suo figlio e lo indusse ad uccidere lo zio. Riconquistato il regno, Tieste ed Egisto bandirono i figli di Atreo, Agamennone e Menelao, che, rifugiatisi a Sparta, presso il re Tindareo, ne ottennero in matrimonio le figlie Clitennestra ed Elena; essi, in seguito, riacquistarono il trono, uccidendo Tieste ed esiliando Egisto. Durante la lunga assenza da Argo di Agamennone, comandante supremo dell'esercito greco nella guerra di Troia, Egisto, fatto ritorno alla reggia dell'Atride e sedottane la moglie Clitennestra, medita la vendetta».

L'Alfieri volle rappresentare il momento culminante della leggenda argiva: il ritorno di Agamennone in patria, dopo la vittoriosa conclusione della guerra di Troia, e la sua uccisione da parte della moglie Clitennestra, sedotta e indotta al delitto da Egisto. Più che come tragedia di odi ancestrali e fratricidi, secondo i miti ellenici, impostò l'*Agamennone* come tragedia di una donna dominata e sconvolta da passioni smisurate, non più padrona della sua volontà e dei suoi atti. Protagonisti non sono né Agamennone né Egisto, ma Clitennestra: i due eroi mitici non sono tanto divisi dalle efferate faide familiari e dai banchetti cannibaleschi, quanto da un disperato amore di donna.

L'atmosfera non è quindi mitica ma domestica, se non da tragedia borghese a triangolo (come sembra accennare persino l'Alfieri nel *Parere*); il motore dell'azione non è nel fato o negli odi tribali e a catena, ma nel *raptus* passionale e nella divaricazione psicologica di Clitennestra. La quale non è più il «demone della stirpe», come nel mito greco, ma una vittima di tempeste interiori più grandi di lei.

Specialmente attraverso la rielaborazione, la tragedia di origine senecana diventa così tutta alfieriana, fatta cioè specialmente di tormenti e di ambivalenze interiori. E coerentemente la rappresentazione e tutto il tessuto linguistico-stilistico – accantonando il dettato preciso, razionale, univoco senecano – si fanno ambigui, viscerali, svolti su sottintesi e allusioni: gli stessi toni orrorosi (p. es. Seneca, vv. 44 ss., 889 ss.) sfumano in termini e accenni generici. Si precisano e si accentuano progressivamente nei protagonisti stessi quelle impostazioni e quei motivi conduttori cui accennavamo come più caratteristici (anche se ritorni e implicazioni non mancano in questo itinerario elaborativo, come in tutti quelli dell'Alfieri e del resto di quasi tutti gli scrittori).

La rielaborazione punta soprattutto – e in senso eccezionale nell'Alfieri stesso – a costruire progressivamente i personaggi nella loro vita interiore, cioè nella loro consistenza stessa di personaggi.

Clitennestra, la figura più puntigliosamente identificata attraverso le successive redazioni, si impone per il rilievo che acquistano le sue indecisioni, le sue lacerazioni intime fra passioni diverse e alfierianamente «smisurate» (l'attrazione morbosa per Egisto e l'amore viscerale per i figli, l'ira vendicativa e la tenerezza materna). Era, prima, donna eschilea autoritaria e decisa, polemica e quasi crudele, implacabile furia vendicatrice (nell'*idea*: «tacciando Elettra d'impostura», «tenta di sollevare Elettra contro il padre», «parte per dar Oreste nelle mani ad Egisto»). Diventa attraverso le elaborazioni, come poi sia pur in tono minore nell'*Oreste*, una delle più tormentate raffigurazioni dell'ondeggiare continuo fra situazioni diverse che caratterizza la sempre perplessa vita interiore dell'Alfieri («Sperar, temere, rimembrar, dolersi; Sempre bramar, non appagarsi mai»: *Rime*, 155). Per questo le sue parole sono ora sussurrate e sospirate ora gridate e imprecanti. È un processo che già si delinea nelle due stesure della seconda scena del primo atto, sia nell'*idea* che nella redazione in prosa. E si impenna quasi nelle stesse punte verbali di quel famoso sonetto, proprio alla conclusione dell'atto, nella *prima versificazione*: «Misera me: quel che bramar io deggia Quel che sperar, non sò, ne' detti tuoi Traveggo il ver: ma così breve lampo Al cor mi splende di ragion, ch'io tremo» (I 251-54). E dopo vari ingorghi e ritorni, che caratterizzano il passaggio dalla *prima* alla *seconda versificazione*, si fissa nel grido più contenuto ma straziato dall'ansia e dal tremore alfieriani «Ahi me infelice! Or ne' tuoi detti il vero Ben mi traluce: ma sì breve un lampo Di ragion splende agli occhi miei, ch'io tremo» (I 280-82: cfr. p. es. *Antigone*, V 176; *Rime*, 65, 79, 304, 364).

Così, coerentemente, ogni successiva modificazione strutturale e stilistica. L'ampia risposta ad Agamennone trionfatore dominata dalla «stabile quiete, imperturbabil pace» si riduce poi a un angosciato interrogativo «Io mesta?...» (II 247: e cfr. 252); la conclusione del terzo atto scandita dall'incalzare della stessa lacerante deprecazione prende il posto di dibattiti ragionati («Omai mi lascia al mio terribil fato», «Mi lascia Figlia innocente di colpevol madre», «Sola Co' pensier miei, colla funesta fiamma Che mi divora, lasciami»: III 312, 314,

318-20); il «lampo feral» rivelatore dell'empio pensiero (anticipando la *Mirra*: «qual terribil lampo»: V 184) si impone particolarmente nel tessuto stilistico finale come un urlo di fronte a una terrificante realtà sconosciuta («Oh quale Lampo feral d'orribil luce a un tratto La ottusa mente a me rischiara»: IV 103-105: basti rilevare *orribil*, *ottusa*, *a me* emergenti nelle due ultime versificazioni). E in fine il chiaroscurarsi, fra dire e non dire, dell'esitazione di fronte al delitto (V 2) si impone come emblematico:

«Mi tremerà la mano nell'uccidere lo sposo» (*red. prosa*), «Mi tremerà la destra Nel ferire il consorte» (*I vers.*), «Mi tremerà la mano Nel ferire il marito» (*II vers.*), «Con man tremante Io ... nel ... marito ... il ferro ... » (ed. definitiva: V 119-20; analoghe le radicali elaborazioni dall'*idea* in III sc. 4, IV sc. 1).

Al sempre più disperato brancolare psicologico di Clitennestra è dato rilievo dalla insistente riduzione delle battute a brevi interrogazioni o esclamazioni, spesso anzi a monosillabi: e l'ansia esitativa, l'ambiguità fra dire e non dire e tra finzione e realtà sono prolungate dai puntini di sospensione, quasi inesistenti nelle prime stesure (cfr. p. es. I 20-23 e 125; II 110-12, 141-42, 198-201; III 227-29, 266-67; IV 75-79, 116-17; V 103). Sono proprio queste esitazioni che approfondiscono il gemito da belva ferita quando Clitennestra, ucciso il marito, ricompare in scena come una sopravvissuta, come un'assente nella sua follia: e non ha neppure più bisogno di esplicitare i timori per il figlio o di bollare con una deprecazione l'istigatore al delitto. Tutto è ormai detto e tutto è sottinteso. «Oreste? ... oh cielo! ... Or ti conosco Egisto ... » (V 172; ma prima: «Or ti conosco O scelerato Egisto: il figlio ancor Vuoi trucidarmi»; «Or ti conosco. O scelerato Egisto: anco del figlio Orba mi vuoi?»). Continuamente il dettato espositivo, ragionativo, asseverativo è trasformato in uno esclamativo, passionale, ansietato ma sempre sospeso e ambiguo. E le stesse addizioni o profonde modificazioni di versi e versi nella *seconda* e *terza versificazione* puntano in questa direzione (cfr. p. es. II 141-42; V 34-36, 82-85).

Questa tensione elaborativa per fare dell'*Agamennone* soprattutto una tragedia di dissimulazione e di sottintesi si esercita pure su quella che è la «cattiva coscienza» di Clitennestra, Egisto (un personaggio che era quasi passivo in Eschilo). «Egisto esorta lei [Clitennestra] ad uccidere il marito ... minaccia d'abbandonarla» era scritto nell'*idea* (IV 1). Ma via via, attraverso le varie redazioni, Egisto non esorta, non minaccia più: lascia intendere, insinua dissimulando, suggerisce senza dire nulla o dicendo l'opposto di quello che vuole. Esemplare la rielaborazione del dialogo che, come si è visto or ora e vedremo più innanzi, folgora in Clitennestra l'idea del delitto (IV 1) con le battute-silenzio di Egisto: «Nulla» (invece di «Nulla che non sia delitto», «un orrendo delitto») ... «Io taccio ...» (invece di «Io non tel consiglio; io anzi Tel vieto»). Egisto da aggressivo e irruente si fa sempre più calcolatore lucido e subdolo: non «prepara ... la necessità del delitto» fin dal principio, non manifesta alla notizia della morte di Agamennone «l'odio che egli aveva contro di lui e le sue pretenzioni sul trono di Argo a danno del figliuolo Oreste» (*idea*). Mira soltanto a conquistare il dominio assoluto di Clitennestra, sollecitandone anche la pietà, per poi farsene uno strumento: vuole non tanto agire quanto insinuarsi e insinuare (si veda p. es. l'elaborazione nell'ultimo atto: scene 2, 3, 5). È più vicino al Polifonte della *Merope* che non all'Egisto dell'*Oreste*, che è uno dei tiranni stizzosi e vili dell'Alfieri. Le esclamazioni sono spesso anfibologiche (p. es. I 132, dalla *prima* alla *terza versificazione*), le affermazioni o esortazioni impetuose e odiose si stemperano coerentemente in lamenti sommessi, in un vittimismo ostentatamente rassegnato (esemplare l'elaborazione per I sc. 1 e 2; III sc. 2; IV 80-87) oppure in constatazioni quasi di ordinaria amministrazione. Quella che per Clitennestra è «Del mio delitto orribile ... L'atrocitade immensa» (V 11-12), che per Egisto stesso era «il gran colpo» (*red. in prosa*), diventa semplicemente «l'opra» («L'opra compiesti?» V 36). E queste luci ambigue sono accentuate dai versi o dalle espressioni aggiunte nella *seconda* e *terza versificazione* (p. es. IV 49-52, 69-73; V 99-101, 140-42).

Emblematicamente indicativa – anche per motivi diversi – dell'evoluzione nella rappresentazione dei due personaggi-chiave è l'elaborazione della scena d'addio studiata sempre meglio da Egisto per gettare Clitennestra nella disperazione e indurla così al delitto (IV 1). Nella stesura in prosa, discorsivamente: «Regina per l'ultima volta io Ti dico addio». Poi l'insinuazione si fa insieme più penetrante e imperativa nell'acme dell'ultima battuta (vv. 116 ss.): «EG. Alfin ricevi L'ultimo addio di Egisto. CLI. Arresta... solo All'amor nostro ostacol'ei?». Quindi per respingere ogni musicalità morbida, per rendere più spezzato e quasi singhiozzato il contrasto, per farlo campeggiare sull'esitazione che può suggerire, per farlo scoppiare sul cozzo di nomi-emblema di amore e di odio: «EG. Al fin ... ricevi ... L'ultimo addio ... d'Egisto ... CLI. Ah! m'odi ... Atride solo All'amor nostro ... al viver tuo?... ... Sì; nullo Altro ostacolo» (e l'Alfieri era tanto preso dai suoi ideali di asprezza tragica da non avvertire che l'endecasillabo diviso fra Egisto e Clitennestra era divenuto di 13 sillabe: v. 117). Così sempre è accentuato il carattere perfidamente subdolo del figlio di Tieste persino nell'attenta modifica della struttura di certe scene (p. es. I sc. 2 e 3). Egisto rivela se stesso, parla risoluto e crudele, al di là di ogni finzione, solo nei monologhi o quando ha raggiunto lo scopo (p. es. I 1 ss.; II 159 ss.; V 134 ss., 148 ss., 270 ss.). L'elaborazione cambia coerentemente direzione in questi momenti, l'aggettivazione si fa turgida e sonante.

In direzioni diverse, oltre che in misura più limitata, opera l'elaborazione strutturale-psicologica per gli altri due personaggi del dramma. La presentazione di Agamennone tende a passare da quella di un duce vittorioso, di un re potente, di uno sbrigativo uomo di azione a quella di un marito e di un padre tenero e preoccupato, incline al dolce fascino dei ricordi, al sentirsi colpevole verso i suoi cari. A questo mirano macroscopicamente i versi del tutto nuovi inseriti, per approfondire di sentimentalità domestica il suo ritorno in patria, nella *seconda versificazione* e poi, con piccole varianti, nella *terza*, quella definitiva (p. es. II 189-92, 223-30, 238-44 con quel finale abbandono «Io spesso Chiuso nell'elmo in silenzio piangeva; Ma nol sapea che il padre»). E così, pure nuovi e pure intrisi di lagrime («o meco Perchè non piangi? il mio pianto disdegni?») sono i versi che ombreggiano, con dolorosa nostalgia di Ifigenia, l'estremo colloquio con Clitennestra (IV 254-63: analoghe le modifiche in III 1-15 e 265-76). Quanto più Agamennone, lontanissimo dai più soliti tiranni dell'Alfieri, è presentato come padre dei suoi e del suo popolo («quanti al mio fianco Veggo, amici mi son: figlia, consorte, Popol mio fido»: II 181 ss.) fino a consentire di incontrarsi persino con Egisto (rivoluzionaria innovazione, ha notato Paratore), quanto più diviene tenero e umano, interiormente angosciato e sofferente, tanto più la follia passionale e delittuosa di Clitennestra si accende tragicamente.

Meno elaborata di tutte la figura di Elettra, portata dall'Alfieri fin dall'inizio in primo piano al confronto dell'angusto spazio datole da Seneca solo alla fine. Si accentua specialmente in lei la generosità giovanile e irruente che, pur nel contrasto, investe e tenta di salvare la madre, con interventi appassionati, spesso esclamativi (significativi anche in questo caso i nuovi versi: p. es. II 77-84 e 142-44 e 247-51; III 88-97, 296-98, 321). Le ambivalenze sentimentali che tormentano Clitennestra sembrano riflettersi così, sia pure in direzioni e in luci diverse, anche in Elettra. Da giudice risoluta e vendicatrice (come poi sarà ancora nell'*Oreste*) tende a divenire tormentata e dilacerata spettatrice di atroci enormità («Misera me! Misera madre» aggiunto in III 321). Clitennestra uxoricida bollata come «dell'Averno Spietata furia» (*I vers.*) è sentita poi da Elettra solo come sciagurata, come «madre .... iniqua donna» (V 166-67: e cfr. p. es. IV 165-66).

La tragedia, così, da tragedia di eroi e di fati tende a farsi tragedia di uomini tormentati e incerti tra passioni abnormi, ma in atmosfera domestica. L'ombra stessa delle situazioni familiari sofferte dall'Alfieri nell'infanzia (*Vita*, I 1 e 2) sembra allungarsi così su questi intrecci di risentimenti e di affetti stroncati o smorzati come sulla tenerezza sororale di Elettra (*Vita*, I 2 e II 5). Da tragedia fra Egisto e Agamennone diventa soprattutto, come già è stato rilevato, tragedia della donna che li divide, di Clitennestra, del suo graduale e fatale precipitare in una morbosa seduzione che la porterà al delitto (esemplare è in questo senso l'elaborazione strutturale stessa di II sc. 1). L'urlo straziante che rimbalza sul «Nulla» di Egisto, nella scena elaboratissima (cfr. p. 94) che il De Sanctis giudicava «degna di Shakespeare» (IV 1), è l'acme della tragedia:

– Oh quale
Lampo feral di orribil luce a un tratto
La ottusa mente a me rischiara! oh quale
Bollor mi sento entro ogni vena! – Intendo:
Crudo rimedio,... e sol rimedio,... è il sangue
Di Atride.

(103-108).

Così la esasperata passionalità che sempre più viene a dominare la tragedia la può staccare risolutamente dall'ipoteca di impostazioni politiche che pesava sulle tragedie precedenti o contemporanee (*Filippo*, *Polinice*, *Antigone*, *Virginia*). La avvia già verso la rappresentazione dei conflitti tutti interiori, del «cupo, ove gli affetti han regno» (Parini, *Tanta già di coturni*), che può essere espresso solo da un linguaggio fatto di silenzi e di sospensioni, di sottintesi e di allusioni, di parole ora sussurrate ora urlate, spesso equivoche tra verità e fabulazioni (cfr. p. es. I 96 ss. e 185 ss.). Così può coerentemente svolgersi il grande e tragico tema dell'*Agamennone*: il maturare lento, nascosto, fatale di un delitto, di un uxoricidio che porterà poi a un matricidio. Da ogni parte, da ogni indizio – come ha scritto Momigliano – «la catastrofe balena e trapela, come nella *Mirra* la confessione dell'amore incestuoso»: e in queste due tragedie e nel *Saul* quel senso della catastrofe che incalza, presente sempre nell'Alfieri tragico, trova la sua misura più calibrata.

> ... Io di dolor moriva
> Se più veder te non dovea: ma almeno
> Innocente moriva...
>
> (V 78-80)

grida Clitennestra, travolta dalla subdola e morbosa seduzione di Egisto, disfatta e vinta come i più grandi eroi alfieriani, consapevole che non c'è salvezza per lei («null'altro a far ne resta»: V 84), e per questo isolata in una squallida solitudine: come poi Rosmunda e Merope, e soprattutto Mirra direttamente prelusa anche nelle ultime disperate parole («Io moriva... innocente»: V 220).

Per l'*Agamennone*, oltre le opere citate nella Bibliografia generale, si tengano presenti alcuni scritti specifici che alle volte sono citati col semplice nome dell'autore nelle pagine precedenti e nelle note al testo: B. AUGUGLIARO, *Seneca nel teatro alfieriano*, Trapani 1899; E. SANTINI, *Vittorio Alfieri*, Messina 1931, pp. 76 ss. (soprattutto per le riprese del teatro greco); R. RUGANI, *L'«Agamennone» di Vittorio Alfieri*, in «La Nuova Italia», XII 1941; G. G. FERRERO, *Lingua e poesia nelle tragedie alfieriane*, in «Annali alfieriani», II 1942; A. PASTORE, *Senso e valore del teatro tragico di Vittorio Alfieri*, in «Convivium», R. N., 1949; E. PARATORE, *Dal Petrarca all'Alfieri*, Firenze 1975, pp. 441 ss. (soprattutto per il modello senecano).

Le traduzioni senecane utilizzate nelle note sono di E. PARATORE, in L. A. SENECA, *Tragedie*, Roma 1956; quelle eschilee di M. VALGIMIGLI, in *La Orestea... di Eschilo*, Firenze 1948.

I commenti che più ho tenuto presenti sono quelli di: D.

BIANCHI (Palermo 1924), di M. PORENA (*Tragedie scelte di V. A.*, Firenze 1925), di C. JORIO (Milano 1931), di R. RUGANI (Firenze 1937), di D. MATTALIA (Firenze 1952), di P. CAZZANI (in V. A., *Opere*, I, Milano 1957), di M. DELL'AQUILA (Roma 1963), di F. CAMON (Padova 1967), di G. ZURADELLI (*Tragedie di V. A.*, Torino 1973), di P. CAZZANI (in V. A., *Tragedie e scritti scelti*, Brescia 1975), di A. DI BENEDETTO (in V. A., *Opere*, I, Milano-Napoli 1977).

L'*Agamennone* fu tradotto in versi latini da Giuseppe Gregorio Solari come ho segnalato nel mio *Alfieri e la ricerca dello stile*, Bologna 1980, p. 172.

Per cortesia del collega e amico Professor Fiorenzo Forti – che ringrazio vivamente – ho potuto anche leggere la tesi di laurea da lui diretta, *L'elaborazione dell'«Agamennone» di Vittorio Alfieri* di Ottorino Castagna, presentata alla Facoltà di Lettere e Filosofia dell'Università di Bologna, che con le sue ampie documentazioni può confermare le approssimazioni da me accennate in argomento.

Aggiungo ora (1998) anche i seguenti studi: G. VELLI, *Ispirazione e allusività nell'«Agamennone» dell'Alfieri*, in *Tra lettura e creazione. Sannazaro. Alfieri. Foscolo,* Antenore, Padova 1983, pp. 73-81; V. BRANCA, *Una proposta di lettura: «Agamennone» e «Oreste»*, in AA.VV., *Teatro italiano*, Laterza, Bari 1993. Per le rappresentazioni della tragedia alfieriana indico: *Agamennone*, regia di Gianni Garella, interpreti Virginio Gazzolo, Paolo Bessegato, Nicoletta Languasco, Stefania Stefanin (Brescia, aprile 1988; Milano, ottobre 1988).

PERSONAGGI

Agamennone
Clitennestra
Elettra
Egisto
Popolo
Soldati

scena: la Reggia in Argo

ATTO PRIMO

SCENA PRIMA

EGISTO

A che m'insegui, o sanguinosa, irata
Dell'inulto mio padre orribil ombra?[1]
Lasciami.... va; cessa, o Tieste: vanne,
Le Stigie rive[2] ad abitar ritorna.
Tutte ho in sen le tue furie;[3] entro mie vene 5
Scorre pur troppo il sangue tuo: d'infame
Incesto,[4] il so, nato al delitto io sono:
Nè, ch'io ti veggia, a rimembrarlo è d'uopo.[5]

---

[1] L'irata ombra invendicata («inulto» dal lat. *inultus*: cfr. *Filippo*, II 299) di Tieste (cfr. *Introduzione*, p. 89) iniziava con un monologo l'*Agamemnon* di Seneca: la situazione è interiorizzata in questo monologo disperato di Egisto. Nell'edizione critica dell'*Agamennone* si osserva che «la trascrizione dei relativi testi senechiani nel ms. 4 (c. 25r) si apre in modo da ricordarci il forte attacco con cui l'Alfieri dà inizio alla sua tragedia: «Thyestis umbra. / ... / Fugio Thyestes inferos, et superos fugo. / En horret animus, et pavor membra excutit: / video Paternos, immo Fraternos lares». («Fuggo, io, Tieste, gli spiriti infernali e metto in fuga gli spiriti della luce. L'anima mia è gonfia d'orrore: lo spavento mi raggriccia le membra: scorgo i Lari di mio padre..., no, di mio fratello!»). Per le visioni nelle tragedie alferiane cfr. *Polinice*, V 3; *Oreste*, V 13; *Mirra*, V 3; e soprattutto *Saul*, V 117. E in generale per l'ispirazione senecana di questi lamenti imprecazioni di Egisto cfr. Augugliaro e Paratore, *opp. citt.*

[2] Lo Stige era il fiume degli Inferi.

[3] *il terribile odio*: cfr. III 189.

[4] Cfr. *Introduzione*, p. 90, e qui vv. 43 e 46-47 e *passim*.

[5] *nè è necessario che compaia la tua ombra a ricordarmelo*. Cfr. per i vv. ss. Seneca, *Agam.*, 39 ss.

So che da Troja vincitor superbo
Riede carco di gloria in Argo Atride.   10
Io qui l'aspetto, entro sua reggia: ei torni;
Sarà il trionfo suo breve, tel giuro.
Vendetta è guida ai passi miei: vendetta
Intorno intorno al cor mi suona: il tempo
Se n'appressa: l'avrai: Tieste, avrai   15
Vittime qui più d'una; a gorghi[6] il sangue
D'Atréo: berai. Ma, pria che il ferro, l'arte
Oprar[7] conviemmi: a re possente incontro,
Solo ed inerme sto: poss'io, se in petto
L'odio e il furor non premo, averne palma?[8]   20

SCENA SECONDA

EGISTO, CLITENNESTRA

CLITENNESTRA

Egisto, ognora a pensier foschi in preda
Ti trovo, e solo? Tue pungenti cure[9]
A me tu celi, a me?... degg'io vederti
Sfuggendo andar chi sol per te respira?

EGISTO

Straniero io sono in questa reggia troppo.   25
Tu mi v'affidi,[10] è vero; e il piè mai posto
Io non v'avrei, se tu regina in seggio
Qui non ti stavi: il sai, per te ci venni;

---

[6] *a fiotti*: Seneca. *Agam.*, 44: « Iam iam natabit sanguine alterno domus » (« Fra poco la casa gronderà del sangue sparso in espiazione dell'altro ramo della stirpe »).

[7] *usare l'abilità, l'inganno, la finzione*: cfr. III 8.

[8] *vincerlo*.

[9] *Le preoccupazioni che ti angosciano*.

[10] *mi dai fiducia (a restarvi)*.

E rimango per te. Ma il giorno, ahi lasso!
Già già si appressa il giorno doloroso,[11]   30
In cui partir tu men farai,... tu stessa.

CLITENNESTRA

Io? che dicesti? e il credi? ah, no! — Ma poco,
Nulla vale il giurar; per te vedrai,
S'altro pensier, che di te solo, io serri
Nell'infiammato petto.   35

EGISTO

           E ancor che il solo
Tuo pensiero foss'io, se a me pur cale
Punto il tuo onor,[12] perder me stesso io debbo,
E perder vo', pria che turbar tua pace;
Pria che oscurar tua fama, o torti in parte
L'amor d'Atride. Irne ramingo, errante,   40
Avvilito, ed oscuro, egli è il destino[13]
Di me prole infelice di Tieste.
Tenuto io son d'infame padre figlio
Più infame ancor, benchè innocente: manca
Dovizia, e regno, ed arroganti modi,   45
A cancellare in me del nascer mio
La macchia, e l'onta del paterno nome.
Non d'Atride così: ritorna ei fero
Distruggitor di Troja: e fia, ch'ei soffra
In Argo mai l'abbominato figlio   50

---

[11] Cfr. Seneca, *Agam.*, 226-27: «Quod tempus animo semper ac mente horrui / adest profecto, rebus extremum meis» («Il momento cui ho pensato sempre con orrore, il momento estremo della mia esistenza è giunto!»); e anche vv. 302 ss.

[12] *se, anche solo poco, mi sta a cuore il tuo onore* (dal lat. *calere*).

[13] Seneca, *Agam.*, 302: «Exilia mihi sunt haud nova: assuevi malis» («Conosco già l'esilio: sono abituato agli affanni»).

Dell'implacabil suo mortal nemico?[14]

CLITENNESTRA

E, s'ei pur torna, agli odj antichi or fine
Posto avranno i suoi nuovi alti trofei:[15]
Re vincitor non serba odio a nemico,
Di cui non teme.   55

EGISTO

...È ver, che a niun tremendo[16]
Son io, per me; ch'esule, solo, inerme,
Misero, odiarmi Agamennón non degna;
Ma dispregiar mi puote: a oltraggio tale
Vuoi ch'io rimanga? a me il consigli, e m'ami?

CLITENNESTRA

Tu m'ami, e il rio pensier pur volger puoi   60
D'abbandonarmi?

EGISTO

Il lusingarti è vano,
Regina, omai. Necessità mi sforza
Al funesto pensiero. Il signor tuo,
Ove obliar volesse pur le offese
Del padre mio, sperar puoi tu ch'ei voglia   65
Dissimulare, od ignorar l'oltraggio,
Che all'amor suo si fa? Sfuggir tua vista
Io dovria, se qui stessi; e d'ogni morte
Vita trarrei peggiore. Al tuo cospetto
S'io venissi talvolta, un solo sguardo,   70
Solo un sospiro anco potria tradirmi:

---

[14] Tieste: cfr. *Introduzione*, p. 90. E cfr. vv. 48-49 e i vv. 249 ss. di Seneca.
[15] *le sue recenti gloriose vittorie.*
[16] *temibile.*

E allor, che fora?[17] È ver, pur troppo! un solo
Lieve sospetto in cor del re superbo
Rei ne fa d'ogni fallo. A me non penso,
Nulla temo per me; d'amor verace   75
Darti bensì questa terribil prova
Deggio, e salvarti con l'onor la vita.

CLITENNESTRA

Forse, chi sa? più che nol credi, or lungi
Tal periglio è da noi: già rinnovate
Più lune son, da che di Troja a terra   80
Cadder le mura; ognor sovrasta[18] Atride,
E mai non giunge. Il sai, che fama suona
Da feri venti andar divisa, e spersa,
La greca armata. Ah! giunto è forse il giorno,
Che al fin vendetta, ancor che tarda, intera   85
Della svenata figlia mia[19] darammi.

EGISTO

E se pur fosse il dì; vedova illustre
Del re dei re,[20] tu degneresti il guardo
Volgere a me, di un abborrito sangue
Rampollo oscuro? a me, di ria fortuna   90
Misero gioco? a me, di gloria privo,
D'oro, d'armi, di sudditi, di amici?...

---

[17] *sarebbe*. I vv. 69-74 possono ricordare *Filippo*, I 133-36, II 298 99, V 152, 155 ss.

[18] *incombe*, cioè *sta per tornare*.

[19] È Ifigenia, sacrificata da Agamennone ad Artemide per ordine del sacerdote Calcante (cfr. 103), al fine di propiziare la partenza della flotta greca contro Troja: cfr. vv. 94 ss., 165-67, 228 e II 226-30.

[20] «Rex regum» era l'appellativo che spettava ad Agamennone quale comandante supremo dell'esercito greco: ricorre nel testo di Seneca e – oltre che in questa tragedia (cfr. I 251, II 90, III 127) – nell'*Oreste* (p.es. II 198, V 139).

CLITENNESTRA

E di delitti: aggiungi. — In man lo scettro
Non hai di Atride tu; ma in man lo stile [21]
Non hai del sangue della propria figlia   95
Tinto e grondante ancora. Il ciel ne attesto;
Nullo in mio cor regnava, altri che Atride,
Pria ch'ei dal seno la figlia strapparmi
Osasse, e all'empio altar vittima trarla.
Del dì funesto, dell'orribil punto   100
La mortal rimembranza, ognor di duolo
M'empie, e di rabbia atroce.[22] Ai vani sogni
Di un augure fallace,[23] alla più vera
Ambizïon d'un inumano padre,
Vidi immolare il sangue mio, sottratto   105
Di furto a me, sotto mentita speme
Di fauste nozze.[24] Ah! da quel giorno in poi,
Fremer di orror mi sento al solo nome
D'un cotal padre. — Io più nol vidi; e s'oggi
Al fin Fortuna lo tradisse...   110

EGISTO

Il tergo
Mai non fia che rivolga a lui Fortuna,
Per quanto stanca [25] ei l'abbia. Essa del Xanto [26]
All'onde il mena condottier de' Greci;
Più che virtù, fortuna, ivi d'Achille
Vincer gli fa la non placabil ira,   115

---

[21] *il pugnale.*
[22] «Pudet doletque...»: Seneca, *Agam.*, 162.
[23] È Calcante. E cfr. *Saul*, IV 233-34; *Iliade*, I 141.
[24] Ulisse e Diomede sottrassero Ifigenia alla madre col pretesto («di furto»: cfr. *Saul*, IV 134) di condurla sposa ad Achille: cfr. Seneca, *Agam.*, 158-68.
[25] *stancata.*
[26] Lo Xanto o Scamandro era il fiume che scorreva presso Troia. E cfr. questo e i vv. ss. con Seneca, *Agam.*, 203 ss.

E d'Ettorre il valore:[27] essa di spoglie
Ricondurrallo altero e pingue[28] in Argo.
Gran tempo, no, non passerà, che avrai
Agaménnone a fianco; ogni tuo sdegno
Spegner saprà ben ei: pegni v'avanza   120
Del vostro prisco amore,[29] Elettra, Oreste;
Pegni a pace novella: al raggiar suo
Dileguerassi, come al sole nebbia,[30]
Il basso amor che per me in petto or nutri.

CLITENNESTRA

...Mi è cara Elettra, e necessario Oreste,...   125
Ma, dell'amata Ifigenia spirante
Mi suona in cor la flebil voce ancora:
L'odo intorno gridare in mesti accenti:
Ami tu madre, l'uccisor mio crudo?
Non l'amo io, no. — Ben altro padre Egisto,   130
Stato saresti ai figli miei.[31]

EGISTO

Potessi,
Deh, pure un dì nelle mie man tenerli!
Ma, tanto mai non spero. — Altro non veggio
Nell'avvenir per me, che affanni, ed onta,

---

[27] È uno dei grandi temi dell'*Iliade*: Achille, ritiratosi sotto la sua tenda per sdegno contro Agamennone che gli aveva sottratto la schiava Briseida, si indusse a combattere ancora per vendicare la morte dell'amico Patroclo e uccise Ettore, preparando così la caduta di Troia.

[28] *ricco, carico*.

[29] *vi restano Elettra e Oreste quali pegni dell'antico amore, dell'amore che vi ha uniti*.

[30] Cfr. Petrarca, *Rime*, CCCXVI 5: «ché, come nebbia al vento si dilegua».

[31] È l'espressione più tormentata ed equivoca — quasi anticipatrice del delitto — in questi continui trasalimenti di madre offesa e di amante ardente che punteggiano gli interventi di Clitennestra (vv. 85 s., 93 ss., 125 ss.).

Precipizj, e rovina. Eppur qui aspetto 135
Il mio destin, qual ch'egli sia; se il vuoi.
Io rimarrò, finchè il periglio è mio;
Se tuo divien, cader vittima sola
Ben io saprò di un infelice amore.

CLITENNESTRA

Indivisibil fare il destin nostro 140
Saprò ben io primiera. Il tuo modesto
Franco parlar vieppiù m'infiamma: degno
Più ognor ti scorgo di tutt'altra sorte. —
Ma Elettra vien; lasciami seco: io l'amo;
Piegarla appieno a tuo favor vorrei. 145

SCENA TERZA

ELETTRA, CLITENNESTRA

ELETTRA

Madre, e fia ver, che il rio nostro destino
A tremar sempre condannate ci abbia;
E a sospirar, tu il tuo consorte, invano,
Io 'l genitore? A noi che giova omai
L'udir da sue radici Troja svelta,[32] 150
Se insorgon nuovi ognor perigli a torre[33]
Che il trionfante Agamennón qui rieda?

CLITENNESTRA

Si accerta dunque il grido,[34] che dispersi

---

[32] *distrutta dalle fondamenta*: Petrarca, *Rime*, CCCXXIII 33-35: «e da radice / quella pianta felice / subito svelse». Per l'immagine ricorrente nell'Alfieri cfr. qui IV 291-92; *Filippo*, I 169-70; *Rosmunda*, I 219-20; *Ottavia*, IV 155-56; *Saul*, IV 91; *Mirra*, IV 66-67.

[33] *a impedire... che ritorni*.

[34] *si fa dunque certa la voce...*

Vuole, e naufraghi, i legni degli Achei?

ELETTRA

Fama ne corre assai diversa in Argo: 155
V'ha chi fin dentro al Bosforo sospinte
Da torbidi austri[35] impetuosi narra
Le navi nostre: altri aver viste giura
Su queste spiagge biancheggiar lor vele:
E pur troppo anco v'ha chi afferma infranta 160
La regal prora ad uno scoglio, e tutti
Sommersi quanti eran sovr'essa, insieme
Col re. Misere noi!... Madre, a chi fede
Prestare omai? come di dubbio trarci?
Come cessar dal rio timore? 165

CLITENNESTRA

I feri
Venti, che al suo partir non si placaro
Se non col sangue,[36] or nel ritorno forse
Vorran col sangue anco placarsi. — Oh figli!
Quanto or mi giova in securtà tenervi
Al fianco mio! per voi tremare almeno, 170
Come già son due lustri,[37] oggi non deggio.

ELETTRA

Che sento? e ancor quel sagrificio impresso
Nel cor ti sta? terribile, funesto,
Ma necessario egli era. Oggi, se il cielo
Chiedesse pur[38] d'una tua figlia il sangue: 175
Oggi, piena di gioja, all'ara io corro;

---

[35] *tempestosi venti*: cfr. Orazio, *Carm.*, III 3, 4-5: «Auster, / dux inquieti turbidus Hadriae». L'Austro era il vento che soffiava da sud.
[36] Cfr. I 86 n.
[37] Cioè dieci anni prima, quando fu sacrificata Ifigenia, alla partenza degli Achei per Troia.
[38] *ancora*.

Io; per salvare a te il consorte, ai Greci
Il duce, ad Argo il suo regal splendore.

CLITENNESTRA

So, che il padre t'è caro: amassi tanto
La madre tu! 180

ELETTRA

V'amo del par: ma in duro
Periglio è il padre;... e nell'udir sue crude
Vicende, oimè! non ch'io pianger ti vegga,
Nè cangiar pur veggo il tuo aspetto? O madre,
Lo amassi tu quant'io!...

CLITENNESTRA

Troppo il conosco.

ELETTRA

Che dici? oh ciel! così non favellavi 185
Di lui, più lune addietro. Ancor trascorso,
Da che fean vela i Greci, intero un lustro
Non era, e sospirar di rivederlo
Ogni dì pur t'udiva io stessa. A noi
Narrando andavi le sue imprese; in esso 190
Tutta vivevi, e ci educavi in esso:
Di lui parlando, io ti vedea la guancia
Rigar di amare lagrime veraci...
Più nol vedesti poscia; egli è qual s'era:
Diversa tu fatta ti sei, pur troppo; 195
Ah! sì, novella havvi ragion, che il pinge[39]
Agli occhi tuoi da quel dì pria diverso.

CLITENNESTRA

Nuova ragion? che parli?... Inacerbito

[39] *dipinge.*

Contr'esso il cor sempr'ebbi... Ah! tu non sai...
Che dico?... O figlia, i più nascosi arcani 200
Di questo cor, s'io ti svelassi...

ELETTRA

                Oh madre!
Cosi non li sapessi!

CLITENNESTRA

           Oimè! che ascolto?
Avria fors'ella penetrato?...

ELETTRA

         Avessi
Penetrato il tuo cor io sola almeno!
Ma, nol sai tu, che di chi regna ai moti 205
Veglian maligni, intensi,[40] invidi, quanti
Gli stan più in atto riverenti intorno?
Omai tu sola il mormorar del volgo
Non odi; e credi che ad ogni uom nascoso
Sia ciò, che mal nascondi, e che a te sola 210
Dir non si ardisce. — Amor t'acceca.

CLITENNESTRA

               Amore?
Misera me! Chi mi tradia?...

ELETTRA

           Tu stessa,
Gran tempo è già. Dal labro tuo non deggio
Di cotal fiamma udire: il favellarne
Ti costeria pur troppo. O amata madre, 215
Che fai? Non credo io, no, che ardente fiamma
Il cor ti avvampi: involontario affetto
Misto a pietà, che giovinezza inspira

---

[40] *attenti*: cfr. anche qui *Filippo*, I 27 ss., 96 s., 180 ss.; III 310 s.

Quando infelice ell'è; son questi gli ami,
A cui, senza avvedertene, sei presa. 220
Di te finor chiesto non hai severa
Ragione a te: di sua virtù non cadde
Sospetto in cor conscio a se stesso; e forse
Loco non ha:[41] forse offendesti appena,
Non il tuo onor, ma del tuo onor la fama:[42] 225
E in tempo sei, ch'ogni tuo lieve cenno
Sublime ammenda esser ne può. Per l'ombra
Sacra, a te cara, della uccisa figlia;
Per quell'amor che a me portasti, ond'io
Oggi indegna non son; che più? ten priego 230
Per la vita d'Oreste: o madre, arrétra,
Arrétra il piè dal precipizio orrendo.
Lunge da noi codesto Egisto vada:
Fa che di te si taccia; in un con noi
Piangi d'Atride i casi: ai templi vieni 235
Il suo ritorno ad implorar dai Numi.

CLITENNESTRA

Lungi Egisto?

ELETTRA

Nol vuoi?... Ma il signor tuo,
Mio genitor, tradito esser non merta;
Nè il soffrirà.

CLITENNESTRA

Ma; s'ei... più non vivesse?...

ELETTRA

Inorridir, raccapricciar mi fai. 240

---

[41] *non dubita di sé un cuore consapevole della propria virtù; e forse (il sospetto) non ha ragione d'essere, non ha motivo di allignarvi.*
[42] Cfr. *Filippo*, I 158 ss.

CLITENNESTRA

Che dico?... Ahi lassa!... Oimè! che bramo?[43] — Elettra,
Piangi l'error di traviata madre,
Piangi, che intero egli è. La lunga assenza
D'un marito crudel,... d'Egisto i pregj,...
Il mio fatal destino...   245

ELETTRA

　　　　Oh ciel! che parli?
D'Egisto i pregj? Ah! tu non sai qual sia
D'Egisto il core: ei di tal sangue nasce,
Che in lui virtude esser non può mai vera.
Esule, vil, d'orrido incesto figlio;
In tuo pensier tal successor disegni   250
Al re dei re?

CLITENNESTRA

　　　Ma, e chi son io? Di Leda
Non son io figlia, e d'Elena sorella?[44]
Un sangue stesso entro mie vene scorre.
Voler d'irati Numi, ignota forza
Mal mio grado mi tragge...   255

ELETTRA

　　　　　　Elena chiami
Ancor sorella? Or, se tu il vuoi, somiglia
Elena dunque: ma di lei più rea

---

[43] È il primo brancolare di Clitennestra nella sua follia amorosa e omicida.

[44] Anche qui, come per Egisto, un destino di colpa: Clitennestra era infatti figlia di Leda che tradi il marito Tindareo con Zeus, e sorella di Elena, l'adultera sposa di Menelao e causa prima della guerra di Troia. E cfr. Seneca, *Agam.*, 123 s.: «Quid timida loqueris furta et exilium et fugas? Soror ista fecit»; 907: «Est hic Thyeste natus, haec Helenae soror» («Ma perché così timidamente parli di tresca amorosa, di esilio, di fuga? Tua sorella ha agito così»: e «L'uno è figlio di Tieste, l'altra è sorella di Elena»).

Non farti almeno. Ella tradia il marito,
Ma un figlio non avea: fuggi; ma il trono
Non tolse al proprio sangue. E tu, porresti, 260
Non pur te stessa, ma lo scettro, i figli,
Nelle man d'un Egisto?

CLITENNESTRA

                Ove d'Atride
Priva il destin pur mi volesse, o figlia,
Non creder già che Oreste mio del seggio
Privar potessi. Egisto, a me consorte, 265
Re non saria perciò; saria d'Oreste
Un nuovo padre, un difensore...

ELETTRA

                Ei fora[45]
Un rio tiranno; dell'inerme Oreste
Nemico; e forse (ahi, che in pensarlo agghiaccio!)
L'uccisor ne sarebbe. O madre, il figlio 270
Affideresti a chi ne ambisce il trono?
Affideresti di Tieste al figlio
Il nepote d'Atréo?...[46] Ma, invano io varco
Teco il confin del filïal rispetto.
Giova a entrambe sperar, che vive Atride; 275
Il cor mel dice. Ogni men alta fiamma
Fia spenta in te, solo in vederlo: ed io,
Qual figlia il dee pietosa, in petto sempre
Premer ti giuro l'importante arcano.[47]

CLITENNESTRA

Ahi me infelice! Or ne' tuoi detti il vero 280
Ben mi traluce: ma sì breve un lampo
Di ragion splende agli occhi miei, ch'io tremo.[48]

---

[45] *sarebbe.*
[46] Oreste.
[47] *affondare, tener nascosto il terribile segreto.*
[48] Altro lampeggiare di follia tra ragione e passione.

ATTO SECONDO

SCENA PRIMA

CLITENNESTRA, EGISTO

EGISTO

Io tel dicea pur dianzi: or vedi tempo
Non più di speme; or di tremare è il tempo.
Fortuna, i Numi, ed i placati venti
Guidano in porto a piene vele Atride.
Io, che sgombrar potea d'Argo poc'anzi,   5
Senza tuo rischio almen, senza che macchia
La tua fama ne avesse, or dal cospetto
Fuggir dovrò del re; lasciarti in preda
A sua regal dispotica possanza:
E andarne, io non so dove, da te lungi: 10
E di dolor morire. — A che ridotto
M'abbia il soverchio tuo sperare, or mira.[1]

CLITENNESTRA

Reo di qual colpa sei? Perchè fuggirti?
Tremar, perchè? Rea ben son io: ma in core
Soltanto il son; nè sa il mio core Atride.   15

EGISTO

Verace amor, come si asconde? il nostro
Già pur troppo è palese. Or come speri,
Ch'abbia a ignorarlo il re?

---

[1] Comincia il rovesciamento della situazione che sarà condotto sistematicamente da Egisto: colpevole di tutto diviene Clitennestra invece di Egisto.

CLITENNESTRA

                    Chi fia che ardisca
Svelarlo al re, pria di saper se avranne
D'infame avviso o guiderdone, o pena?[2]   20
Tu di corte i maneggi empj non sai.[3]
Soglionsi appor[4] falsi delitti spesso;
Ma non sempre i veraci a re si svela,
Qualor n'è offeso il suo superbo orgoglio. —
Io dal timor scevra[5] non son; ma in bando   25
Posta del tutto dal mio cor la speme
Non è perciò. Ti chieggo sol per ora,
Non mel negare, Egisto, un dì ti chieggio
Di tempo, un dì. Finor credea il periglio
Lontano, e dubbio; indi al rimedio scarsa[6]   30
Mi trovo. Lascia, che opportuno io tragga
Dell'evento il consiglio.[7] I moti, il volto
Esplorerò del re. Tu forse in Argo
Starti potresti ignoto...

EGISTO

               In Argo, ignoto,
Io di Tieste figlio?   35

CLITENNESTRA

                Un giorno almeno,
Sperare il voglio; ed a me basta un giorno,[8]
Perch'io scelga un partito. Abbiti intanto
Intera la mia fè: sappi, che pria

---

[2] *per l'indegna delazione o premio o castigo?*
[3] Cfr. *Filippo*, I 96-97.
[4] *attribuire.*
[5] *priva, libera:* cfr. *Rime*, 137, 1: «Scevro di speme e di timor...»
[6] *impreparata.*
[7] *Lascia che gli avvenimenti stessi mi consiglino le decisioni opportune.*
[8] Iterazione appassionata di «un giorno» come prima di «un dì» (vv. 28-29).

Ferma son di seguir d'Elena i passi,[9]
Che abbandonarti mai...   40

EGISTO

                    Sappi, ch'io voglio
Perir pria mille volte, che il tuo nome
Contaminar io mai. Del mio non parlo,
Chè ingiusto fato a eterna infamia il danna.
Deh, potess'io saper, ch'altro che vita
Non perderei se in Argo io rimanessi!   45
Ma, di Tieste io figlio, insulti e scherni
D'Atride in corte aspetto. E che sarebbe,
Se di te poscia ei mi sapesse amante?
È ver, ne avrei la desiata morte;
Quanto infame, chi 'l sa? Sariati forza[10]   50
Infra strazj vedermi; e in un dovresti
Da quell'orgoglio insultatore udirti
Acerbamente rampognar; quand'egli
Più non facesse.[11] — A paventar m'insegna
Il solo amor; tremo per te. Tu dei   55
Obliarmi, n'hai tempo: oscuro[12] io nacqui,
Lascia che oscuro io pera: al mio destino,
Qual ch'ei sia, m'abbandona: eterno esiglio
Mi prescrivo da te. L'antico affetto
Rendi al consorte tuo: di te più degno   60
Se amor nol vuol, fortuna, i Numi il vonno.

CLITENNESTRA

Numi, ragion, fortuna, invano tutti
All'amor mio contrastano. O a' miei preghi

[9] Cioè sono risoluta a fuggire con te, come fece Elena con Paride: cfr. IV 25-26.

[10] *Saresti costretta a..., Dovresti.*

[11] Reticenza gravida di minacce: Agamennone potrebbe punire Clitennestra in modo inimmaginabile.

[12] Qui «oscuro» può riferirsi sia all'ignominia del suo concepimento che alla sua nascita tenuta nascosta perché frutto d'incesto.

Tu questo di concedi, o ch'io co' detti
Ogni pietosa tua cura deludo.[13]   65
Incontro a morte, anco ad infamia incontro,
Io volontaria corro: al fero Atride
Corro a svelar la impura fiamma io stessa,
Ed a perdermi teco. Invan divisa
Dalla tua sorte speri la mia sorte: 70
Se fuggi, io fuggo; se perisci, io pero.

EGISTO

Oh sfortunato Egisto!

CLITENNESTRA

            Or via, rispondi.
Puoi tu negare ad amor tanto, un giorno?

EGISTO

Chieder mel puoi? Che far degg'io?

CLITENNESTRA

                  Giurarmi,
Di non lasciar d'Argo le mura, innanzi   75
Che il sol tramonti.

EGISTO

          A ciò mi sforzi? — Io 'l giuro.

SCENA SECONDA

ELETTRA, CLITENNESTRA, EGISTO

ELETTRA

Ecco sereno il dì; caduto ai venti
L'orgoglio, e queto il rio mugghiar dell'onda.

---

[13] *rendo vana, eludo.*

Nostra speme è certezza: in gioja è volto
Ogni timore. Il sospirato porto 80
Per afferrar già stan le argive prore;[14]
E torreggiar le antenne lor da lungi
Si veggon, dense quasi mobil selva.
O madre, è salvo il tuo consorte; il mio
Genitor vive. Odo, ch'ei primo a terra 85
Sulla spiaggia balzò; che ratto ei muove
Ver Argo, e già quasi alle porte è giunto.
O madre, e ancor qui stai?

CLITENNESTRA

Rimembra, Egisto,
Il giuramento.

ELETTRA

Egisto esce fors'anco
Ad incontrare il re dei re con noi? 90

CLITENNESTRA

Punger d'amari detti un infelice,
Ella è pur lieve gloria, o figlia...

EGISTO

Il nome
D'Egisto spiace a Elettra troppo: ancora
D'Egisto il cor noto non l'è.

ELETTRA

Più noto,
Che tu nol pensi: all'accecata madre 95
Così tu il fossi!

CLITENNESTRA

Il fero odio degli avi

---

[14] *le navi del re d'Argo* che riconducono Agamennone.

Te cieca fa: ch'ei di Tieste è figlio,
Null'altro sai di lui. Deh! perchè sdegni
Udir quant'egli è pio, discreto, umile,
Degno di sorte e di natal men reo? 100
Conscio del nascer suo, d'Argo partirsi
Volea pur ora; e alla superba vista
Del trionfante Agamennón sottrarsi.

ELETTRA

Or, che nol fece? a che rimane?

EGISTO

                  Io resto
Per poco ancora; acquetati: l'aspetto 105
D'uom che non t'odia, e che tu tanto abborri,
Al nuovo dì tolto ti fia dagli occhi
Per sempre. Elettra, io lo giurai poc'anzi
Alla regina; e l'atterrò.[15]

CLITENNESTRA

              Qual duro
Cor tu rinserri! Or vedi; al crudo fiele, 110
Onde aspergi tuoi detti, ei nulla oppone,
Che umiltà, pazïenza...

ELETTRA

           Io di costui
I rari pregi ad indagar non venni.
A farti accorta[16] del venir del padre,
Il mio dover mi trasse; a dirti a un tempo, 115
Che d'ogni grado, e d'ogni etade, a gara,
Con lieti plausi festeggianti in folla
Escon gli Argivi ad incontrarlo. Io pure

---

[15] *lo manterrò.*
[16] *A informarti.*

Del sospirato padre infra le braccia
Già mi starei; ma di una madre i passi
Può prevenir la figlia? i dolci amplessi,
A consorte dovuti, usurpar prima?
Omai che tardi? andiamo. In noi delitto
Ogni indugiar si fa.

CLITENNESTRA

            Ti è noto appieno
Del mio cor egro[17] il doloroso stato;
E si pur godi in trafiggermi il core,
Con replicati colpi.

ELETTRA

            Il sanno i Numi,
Madre, s'io t'amo; e se di te pietade
Albergo in seno: amor, pietà mi stringe
A quanto io fo: vuoi, che d'Egisto al fianco
Ti trovi il re? Ciò che celar tu speri
Col più tardar, palesi: andiamo.

EGISTO

            Donna,
Ten prego, io pur; deh! va; non ostinarti
In tuo danno.

CLITENNESTRA

           Tremar non potrei tanto,
Se a certa morte andassi. Oh fera vista!
Orribil punto! Ah! donde mai ritrarre
Tal coraggio poss'io, che a lui davante
Non mi abbandoni? Ei m'è signor: tradito
Bench'io sol l'abbia in mio pensier, vederlo
Pur con l'occhio di prima, io no, non posso.

[17] *esulcerato, malato.*

Fingere amor, non so, nè voglio... Oh giorno
Per me tremendo!

ELETTRA

    Oh per noi fausto giorno!
Non lunge io son dal racquistar la madre.
Rimorso senti? omai più rea non sei.[18]

EGISTO

Rea fosti mai? Tu il tuo consorte estinto 145
Credesti; e, di te donna,[19] a me di sposa
Dar disegnavi mano. Un tal pensiero
Chi può a delitto apporti?[20] Ei, se nol dici,
Nol sa. Tu non sei rea; nè a lui davanti
Tremar dei tu. Vedrai, ch'ei più non serba 150
Rimorso in sen della tua uccisa figlia.
Di securtà prendi da lui l'esempio.

ELETTRA

O mortifera lingua, osi tu il nome
Contaminar d'Atride? Andiam, deh! madre;
Questi gli estremi fian consigli iniqui, 155
Che udrai da lui; vieni.

CLITENNESTRA

    Giurasti, Egisto;
Rimembrati; giurasti.

EGISTO

    Un dì rimane.

---

[18] Seneca, *Agam.*, 243: «quem paenitet peccasse paene est innocens» («chi si pente d'aver peccato è quasi innocente»). I vv. 132-42 riflettono del resto i vv. 234-43 senecani.

[19] *di tua piena volontà*, cioè senza alcuna costrizione esterna: cfr. *Mirra*, I 41; oppure *e pienamente padrona di te stessa*, cioè del tutto libera per la creduta morte del marito.

[20] *attribuirti a colpa.*

CLITENNESTRA

Oh cielo! un dì?...

ELETTRA

Troppo ad un empio è un giorno.

SCENA TERZA

EGISTO

Odiami, Elettra, odiami pur; ti abborre
Ben altrimenti Egisto: e il mio profondo 160
Odio, il vedrai, non è di accenti all'aura
Vani: il tremendo odio d'Egisto, è morte. —
Abbominevol stirpe, al fin caduta
Sei fra mie man pur tutta. Oh qual rammarco
M'era al cor, che dell'onde irate preda 165
Fosse Atride rimaso! oh, di vendetta
Qual parte e quanta mi furavan[21] l'onde!
Vero è, col sangue loro avrian suoi figli
L'esecrando d'Atréo feral convito
Espiato, col sangue: avrei tua sete 170
Così, Tieste, io disbramata[22] alquanto:
Se tutto no, così compiuto in parte
Il sanguinoso orribil giuramento...
Ma, che dico? Il rivivere del padre,
Scampa i figli da morte? — Ecco il corteggio 175
Del trionfante re. Su via, si ceda
A stolta gioja popolare il loco.
Breve, o gioja, sarai. — Stranier qui sono
Ad ogni festa, che non sia di sangue.

---

[21] *rubavano* (dal lat. *furari*).
[22] *saziata*: cfr. *Filippo*, I 135 e V 183. È un dantismo (*Purg.*, XXXII 2) che ricorre anche nella *Vita* (Epoca III, cap. I).

SCENA QUARTA

Popolo, AGAMENNONE, ELETTRA, CLITENNESTRA
Soldati

AGAMENNONE

Riveggo al fin le sospirate mura[23]   180
D'Argo mia: quel ch'io premo, è il suolo amato,
Che nascendo calcai: quanti al mio fianco
Veggo, amici mi son; figlia, consorte,
Popol mio fido, e voi Penati Dei,
Cui finalmente ad adorar pur torno.   185
Che più bramar, che più sperare omai
Mi resta, o lice?[24] Oh come lunghi, e gravi
Son due lustri vissuti in strania[25] terra
Lungi da quanto s'ama! Oh quanto è dolce
Ripatriar dopo gli affanni tanti   190
Di sanguinosa guerra! Oh vero porto
Di tutta pace, esser tra' suoi! — Ma, il solo
Son io, che goda qui? Consorte, figlia,
Voi taciturne state, a terra incerto
Fissando il guardo irrequieto? Oh cielo!   195
Pari alla gioja mia non è la vostra,
Nel ritornar fra le mie braccia?

---

[23] Cfr. Seneca, *Agam.*, 782-91: «Tandem revertor sospes ad patrios lares / o cara salve terra... / ... / optatus ille portus aerumnis adest. / Festus dies est»: («Finalmente ritorno incolume ai Lari paterni! Salve, o terra diletta!... ormai sei giunta al porto agognato, sei al riparo dalle tue traversie. È giorno di festa»); e *Thyestes*, 404-407: «Optata patriae tecta et Argolicas opes / miserisque summum ad maximum exulibus bonum, / tractum soli natalis et patrios deos / (si sunt tamen di) cerno» («O agognati tetti della patria, o splendore d'Argo, o distesa del suolo natale, bene supremo e incomparabile per gl'infelici esuli, o dei della mia terra [se pure gli dei esistono], vi rivedo»). E anche Eschilo, *Agamennone*, III 2: «Ad Argo e agli dei della terra di Argo vuole giustizia che io rivolga la prima parola! agli dei che favorirono il mio ritorno...».

[24] *mi è permesso.*
[25] *straniera.*

ELETTRA

              Oh padre!...

CLITENNESTRA

Signor;... vicenda in noi rapida troppo
Oggi provammo...[26] Or da speranza a doglia
Sospinte, or dal dolore risospinte 200
A inaspettato gaudio... Il cor mal regge
A sì diversi repentini affetti.

ELETTRA

Per te finor tremammo. Iva la fama
Dubbie di te spargendo orride nuove;
Cui ne fean creder vere i procellosi 205
Feroci venti, che più di lo impero
Tenean del mar fremente; a noi cagione
Giusta di grave pianto. Al fin sei salvo;
Al fin di Troja vincitor tu riedi,
Bramato tanto, e così invan bramato 210
Da tante lune, e tante. O padre, al fine
Su questa man, su questa man tua stessa,
Su cui, bambina io quasi al partir tuo,
Baci infantili impressi, adulti imprimo
Or più fervidi baci. O man, che fea 215
L'Asia tremar, già non disdegni omaggio
Di semplice donzella: ah no! son certa,
Più che i re domi, e conquistati regni,
Spettacol grato è al cor d'ottimo padre
Il riveder, riabbracciar l'amata 220
Ubbidïente sua cresciuta prole.

AGAMENNONE

Sì, figlia, sì; più che mia gloria caro

---

[26] Allude alla voce del naufragio di Agamennone (I 155 ss.) poi fugata dalla notizia del suo arrivo.

M'è il sangue mio: deh, pur felice io fossi
Padre, e consorte, quant'io son felice
Guerriero, e re! Ma, non di voi mi dolgo, 225
Di me bensì, della mia sorte. Orbato[27]
M'ha d'una figlia il cielo: a far qui paga
L'alma paterna al mio ritorno appieno,
Manca ella sola. Il ciel nol volle; e il guardo
Ritrar m'è forza dal fatale evento. — 230
Tu mi rimani, Elettra; e alla dolente
Misera madre rimanevi. Oh come
Fida compagna, e solo suo conforto
Nella mia lunga assenza, i lunghi pianti
E le noje, e il dolor con lei diviso 235
Avrai, tenera figlia! Oh quanti giorni,
Oh quante notti in rimembrarmi spese!...
Ed io pur, sì, tra le vicende atroci
Di militari imprese; io, sì, fra 'l sangue,
Fra la gloria, e la morte, avea presenti 240
Voi sempre, e il palpitare, e il pianger vostro,
E il dubitare, e il non sapere. Io spesso
Chiuso nell'elmo in silenzio piangeva;
Ma, nol sapea che il padre.[28] Omai pur giunge
Il fin del pianto: e Clitennestra sola 245
Al mesto aspetto, al lagrimoso ciglio,
Più non ravviso.

CLITENNESTRA

Io mesta?...

ELETTRA

Ah! sì; di gioja,
Quand'ella è troppa, anco l'incarco[29] opprime,

[27] *Privato.*
[28] *piangeva soltanto il padre* e non il condottiero che alla patria aveva potuto sacrificare persino la figlia.
[29] *il peso.*

Quanto il dolore. Oh padre, or lascia ch'ella
Gli spirti suoi rinfranchi. Assai più dirti   250
Vorria di me, quindi assai men ti dice.

AGAMENNONE
Nè ancor d'Oreste[30] a me parlò...

CLITENNESTRA
                D'Oreste?...

ELETTRA
Deh! padre, vieni ad abbracciarlo.

AGAMENNONE
                  Oreste,
Sola mia speme, del mio trono erede,
Fido sostegno mio; se al sen paterno   255
Ben mille volte non ti ho stretto pria,
Non vo', nè[31] un solo istante, alle mie stanche
Membra conceder posa. Andiam, consorte;
Ad abbracciarlo andiam: quel caro figlio,
Che a me non nomi, e di cui pur sei madre;   260
Quello, ch'io in fasce piangente lasciava
Mal mio grado partendo... Or di': cresc'egli?
Che fa? somiglia il padre? ha di virtude
Già intrapreso il sentier? di gloria al nome,
Al lampeggiar d'un brando, impazïente   265
Nobile ardor dagli occhi suoi sfavilla?[32]

CLITENNESTRA
Più rattener non posso il pianto...

---

[30] È il figlio giovinetto che non compare fra i personaggi di questa tragedia: sarà il protagonista della successiva e omonima tragedia alfieriana.
[31] *neppure.*
[32] Cfr. *Iliade*, VI 522 ss. (trad. Monti); e anche *Saul*, III 330 ss.

ELETTRA

                      Ah! vieni,
Padre; il vedrai: di te la immagin vera
Egli è; mai nol lasciai, da che partisti.
Semplice età! spesso egli udendo il padre   270
Nomar da noi: «Deh, quando fia, deh quando,
Ch'io il vegga?» ei grida. E poi di Troja, e d'armi,
E di nemici udendo, in tua difesa
Con fanciullesco vezzo ei stesso agogna
Correre armato ad affrontar perigli.   275

AGAMENNONE

Deh! più non dirmi: andianne. Ogni momento
Ch'io di vederlo indugio, al cor m'è morte.

ATTO TERZO

SCENA PRIMA

AGAMENNONE, ELETTRA

AGAMENNONE

Son io tra' miei tornato? ovver mi aggiro
Fra novelli nemici? Elettra, ah! togli
D'orrido dubbio il padre. Entro mia reggia
Nuova[1] accoglienza io trovo; alla consorte
Quasi stranier son fatto; eppur tornata,   5
Parmi, or essere appieno in sè potrebbe.
Ogni suo detto, ogni suo sguardo, ogni atto,
Scolpito porta e il diffidare, e l'arte.[2]
Sì terribile or dunque a lei son io,
Ch'entro al suo cor null'altro affetto io vaglia   10
A destar, che il terrore? Ove son iti
Quei casti e veri amplessi suoi; quei dolci
Semplici detti? e quelli, a mille a mille,
Segni d'amor non dubbj, onde sì grave
M'era il partir, sì lusinghiera speme,   15
Sì desiato sospirato il punto
Del ritornare, ah! dimmi, or perchè tutti,
E in maggior copia, in lei più non li trovo?

ELETTRA

Padre, signor,[3] tai nomi in te raccogli,
Che non men reverenza al cor ne infondi,   20

[1] *strana, inconsueta.*
[2] *la simulazione, l'inganno*: cfr. I 17.
[3] I due appellativi qui si fondono e quasi si rafforzano a vicenda: non si oppongono a contrasto come p. es. in tutto il *Filippo* e anche nel *Saul*.

Che amore. In preda a rio dolor due lustri
La tua consorte visse: un giorno (il vedi)
Breve è pur troppo a ristorare i lunghi
Sofferti affanni. Il suo silenzio...

AGAMENNONE

                      Oh quanto
Meno il silenzio mi stupia da prima,   25
Ch'ora i composti[4] studïati accenti!
Oh come mal si avvolge affetto vero
Fra pompose parole! un tacer havvi,
Figlio d'amor, che tutto esprime; e dice
Più che lingua non puote: havvi tai moti   30
Involontarj testimon dell'alma:
Ma il suo tacere, e il parlar suo, non sono
Figli d'amor, per certo. Or, che mi giova
La gloria, ond'io vò carco? a che gli allori
Fra tanti rischj e memorande angosce   35
Col sudor compri:[5] s'io per essi ho data,
Più sommo bene, del mio cor la pace?

ELETTRA

Deh! scaccia un tal pensiero: intera pace
Avrai fra noi, per quanto è in me, per quanto
Sta nella madre.   40

AGAMENNONE

             Eppur, così diversa,
Da sè dissimil tanto, onde s'è fatta?
Dillo tu stessa: or dianzi, allor quand'ella
Colle sue mani infra mie braccia Oreste
Ponea; vedesti? mentre stava io quasi

---

[4] *artificiosi.* E per «studiati» cfr. nell'Eschilo-Brumoy cit. «ces manières étudiées».

[5] *comperati.* cioè *acquistati, procacciatimi.*

Fuor di me stesso, e di abbracciarlo mai, 45
Mai di baciarlo non potea saziarmi;
A parte entrar di mia paterna gioja,
Di', la vedesti forse? al par che mio.
Chi detto avrebbe che suo figlio ei fosse?
Speme nostra comune, ultimo pegno 50
Dell'amor nostro, Oreste. — O ch'io m'inganno,
O di giojoso cor non eran quelli
I segni innascondibili veraci;
Non di tenera madre eran gli affetti;
Non i trasporti di consorte amante.[6] 55

ELETTRA

Alquanto, è ver, da quel di pria diversa
Ella è, pur troppo! in lei di gioja raggio
Più non tornò dal di funesto, in cui
Tu fosti, o padre, ad immolar costretto
Tua propria figlia alla comun salvezza. 60
In cor di madre a stento una tal piaga
Sanar si può: non le han due interi lustri
Tratto ancor della mente il tuo pietoso,
E in un crudel, ma necessario inganno,[7]
Per cui dal sen la figlia le strappasti. 65

AGAMENNONE

Misero me! Per mio supplizio forse,
Ch'io il rimembri non basta? Era io di lei
Meno infelice in quel funesto giorno?
Men ch'ella madre, genitor m'era io?
Ma pur, sottrarla a imperversanti grida, 70
Al fier tumulto, al minacciar di tante
Audaci schiere, al cui rabbioso foco

---

[6] Cfr. *Saul*, III 318 «la consorte amante».
[7] *il tuo inganno pietoso e insieme crudele ma necessario*. Cfr. I 105 107 n.

Era un oracol crudo esca possente,
Poteva io solo? io sol, fra tanti alteri
Re di gloria assetati e di vendetta, 75
E d'ogni freno insofferenti a gara,
Che far potea? Di un padre udiro il pianto
Que' dispietati, e si[8] non pianser meco:
Ch'ove del ciel la voce irata tuona,
Natura tace, ed innocenza il grido 80
Innalza invan: solo si ascolta il cielo.[9]

ELETTRA

Deh! non turbar con rimembranze amare
Il dì felice, in cui tu riedi, o padre.
S'io ten parlai, scemar ti volli in parte
Lo stupor giusto, che in te nascer fanno 85
Gli affetti incerti della madre. Aggiungi
Al dolor prisco, il trovarsi ella in preda
Troppo a se stessa; il non aver con cui
Sfogar suo cor, tranne i due figli; e l'uno
Tenero troppo, ed io mal atta forse 90
A rattemprar[10] suo pianto. Il sai, che chiusa
Amarezza più ingrossa:[11] il sai, che trarre
Di solitarj, d'ogni gioja è morte,
D'ogni fantasma è vita: e lo aspettarti
Sì lungamente; e tremante ogni giorno 95
Starsi per te: nol vedi? — ah! come quella
Esser di pria può mai? Padre, deh! scusa
Il suo attonito stato: in bando scaccia

---

[8] *eppure*. Eschilo, *Agamennone*, Parodo, antistrofe 4: «Non valsero preghiere della figlia, né che il padre chiamasse ella per nome, né la verginale età a piegare i duci bramosi di guerra».

[9] Proprio riferendosi al sacrificio di Ifigenia Lucrezio nel *De rerum natura*: «Tantum religio potuit suadere malorum» (I 101 «a così grandi delitti poté indurre la superstizione religiosa»: e cfr. qui I 84 ss.).

[10] *mitigare*.

[11] Cfr. *Rime*, 269, 11; Seneca, *Hippol.*, 607.

Ogni fosco pensiero. In lei fia il duolo
Spento ben tosto dal tuo dolce aspetto.   100
Deh! padre, il credi: in lei vedrai, fra breve,
Tenerezza, fidanza, amor, risorti.

AGAMENNONE

Sperarlo aimen mi giova. Oh qual dolcezza
Saria per me, se apertamente anch'ella
Ogni segreto del suo cor mi aprisse! —   105
Ma, dimmi intanto: di Tieste il figlio
Dov'io regno a che vien? che fa? che aspetta?
Qui sol sepp'io, ch'ei v'era; e parmi ch'abbia
Ciascuno, anco in nomarmelo, ribrezzo.

ELETTRA

... Ei di Tieste è figlio, il sei d'Atréo;   110
Quindi nasce il ribrezzo. Esule Egisto,
Qui venne asilo a ricercar: nimici
Egli ha i proprj fratelli.[12]

AGAMENNONE

              In quella stirpe
Gli odj fraterni ereditarj sono;
Forse i voti d'Atréo, l'ira dei Numi,   115
Voglion così. Ma, ch'ei pur cerchi asilo
Presso al figlio d'Atréo, non poco parmi
Strana cosa. Già imposto ho ch'ei ne venga
Dinanzi a me; vederlo, udire io voglio
De' casi suoi, de' suoi disegni.   120

ELETTRA

              O padre,
Dubbio non v'ha, ch'egli è infelice Egisto.

---

[12] Secondo alcune versioni del mito infatti Tieste — oltre Egisto e i tre figli avuti da Aeropa e uccisi da Atreo (cfr. V 125) — ebbe altri figli che regnarono sull'Elide: cfr. infatti vv. 139 e 206-214.

Ma tu, che indaghi a primo aspetto ogni alma,
Per te[13] vedrai, se d'esser tale ei merti.

AGAMENNONE

Eccolo, ei vien. — Sotto avvenenti forme[14]
Chi sa, s'ei basso o nobil core asconda? 125

SCENA SECONDA

AGAMENNONE, ELETTRA, EGISTO

EGISTO

Poss'io venir, senza tremore, innanzi
Al glorïoso domator di Troja,
Innanzi al re dei re sublime? Io veggo
La maestà, l'alto splendor d'un Nume
Sopra l'augusta tua terribil fronte... 130
Terribil sì: ma in un pietosa: e i Numi
Spesso dal soglio[15] lor gli sguardi han volto
Agli infelici. Egisto è tale; Egisto,
Segno ai colpi finor d'aspra fortuna,
Teco ha comuni gli avi: un sangue[16] scorre 135
Le vene nostre; ond'io fra queste mura
Cercare osai, se non soccorso, asilo,
Che a scamparmi valesse da' crudeli
Nemici miei, che a me pur son fratelli.

AGAMENNONE

Fremer mi fai, nel rimembrar che un sangue 140
Siam noi: per tutti l'obbliarlo fora

---

[13] *Da te stesso.*
[14] Cfr. *Filippo*, I 6-7 e III 245-46.
[15] *trono, sede celeste.*
[16] *lo stesso sangue*: Tieste ed Atreo infatti erano fratelli.

134

Certo il migliore. Che infra loro i figli
Di Tieste si abborrano, è pur forza;
Ma non già, che ad asil si attentin scerre [17]
D'Atréo la reggia. Egisto, a me tu fosti,   145
E sei finora ignoto per te stesso:
Io non t'odio, nè t'amo; eppur, bench'io
Voglia in disparte por gli odj nefandi,
Senza provar non so qual moto in petto,
No, mirar non poss'io, nè udir la voce,   150
La voce pur [18] del figlio di Tieste.

EGISTO

Che odiar non sa, nè può, pria che il dicesse
Il magnanimo Atride, io già 'l sapea:
Basso affetto non cape in cor sublime.[19]
Tu dagli avi il valor, non gli odj, apprendi.   155
Punir sapresti,... o perdonar, chi ardisse
Offender te: ma chi, qual io, t'è ignoto,
Ed è infelice, a tua pietade ha dritto,
Fosse ei di Troja figlio. Ad alta impresa
Te non sceglièa la Grecia a caso duce;   160
Ma in cortesia, valor, giustizia, fede,
Re ti estimava d'ogni re maggiore.
Tal ti reputo anch'io, nè più sicuro
Mai mi credei, che di tua gloria all'ombra:
Nè rammentai, che di Tieste io figlio   165
Nascessi: io son di sorte avversa figlio.
Lavate appien del sangue mio le macchie
Pareami aver negli infortunj miei;
E, se d'Egisto inorridire al nome
Dovevi tu, sperai, che ai nomi poscia   170
D'infelice, mendico, esule, oppresso,

---

[17] *Ma non c'è bisogno che osino scegliere come rifugio.*
[18] *Anche solo la voce.*
[19] Cfr. *Rime*, 288; *Filippo*, IV 91.

Entro il regal tuo petto generoso
Alta trovar di me pietà dovresti.

AGAMENNONE

E s'io 'l volessi pure, o tu, pietade
Soffriresti da me?   175

EGISTO

      Ma, e chi son io,
Da osar spregiare un dono tuo?...

AGAMENNONE

                  Tu? nato
Pur sempre sei del più mortal nemico
Del padre mio: tu m'odj, e odiar mi dei;
Nè biasmar ten poss'io: fra noi disgiunti
Eternamente i nostri padri ci hanno   180
Nè soli noi, ma i figli, e i più lontani
Nepoti nostri. Il sai;[20] d'Atréo la sposa
Contaminò, rapì l'empio Tieste:
Atréo, poich'ebbe di Tieste i figli
Svenati, al padre ne imbandia la mensa.   185
Che più? Storia di sangue, a che le atroci
Vicende tue rammento? Orrido gelo
Raccapricciar mi fa. Tieste io veggo,
E le sue furie, in te: puoi tu d'altr'occhio
Mirar me, tu? Del sanguinario Atréo   190
Non rappresento io a te la imagin viva?
Fra queste mura, che tinte del sangue
De' tuoi fratelli vedi, oh! puoi tu starti,
Senza ch'entro ogni vena il tuo ribolla?

---

[20] Torna il ricordo qui e nei seguenti vv. 195-98 delle terribili vicende che furono all'origine dell'insanabile odio tra gli Atridi e i discendenti di Tieste: cfr. *Introduzione*, pp. 90 s.

EGISTO

... Orrida, è ver, d'Atréo fu la vendetta; 195
Ma giusta fu. Que' figli suoi, che vide
Tieste apporsi[21] ad esecrabil mensa,
Eran d'incesto nati. Il padre ei n'era,
Sì; ma di furto[22] la infedel consorte
Del troppo offeso e invendicato Atréo 200
Li procreava a lui. Grave l'oltraggio,
Maggior la pena. È vero, eran fratelli,
Ma ad obbliarlo primo era Tieste,
Atréo, secondo. In me del ciel lo sdegno
Par che non cessi ancor: men rea tua stirpe, 205
Colma ell'è d'ogni bene. Altri fratelli,
Tieste diemmi; e non, qual'io, d'incesto
Nati son quelli; ed io di lor le spose
Mai non rapiva; eppur ver me spietati
Più assai che Atréo son essi: escluso m'hanno 210
Dal trono affatto; e, per più far, mi han tolto
Del retaggio paterno ogni mia parte;
Nè ciò lor basta: crudi, anco la vita,
Come pria le sostanze, or voglion tormi.
Vedi, se a torto io fuggo. 215

AGAMENNONE

A ragion fuggi;
Ma qui mal fuggi.

EGISTO

Ovunque io porti il piede,
Meco la infamia del paterno nome,
E del mio nascer traggo; il so: ma, dove
Meno arrossir nel pronunziar Tieste

---

[21] *presentarsi*.

[22] *di nascosto*: cfr. I 106 n. Per Aeropa « la infedel consorte » cfr. *Introduzione*, p. 90.

Poss'io, che agli occhi del figliuol d'Atréo?　　　　220
Tu, se di gloria men carco ne andassi,
Tu, se infelice al par d'Egisto fossi,
Il peso allor, tu sentiresti allora
Appien l'orror, ch'è annesso al nascer figlio
D'Atréo non men, che di Tieste. Or dunque　　　　225
Tu de' miei mali a parte entra pur anco:
Faccia Atride di me, ciò ch'ei vorria
Ch'altri fesse di lui, se Egisto ei fosse.

AGAMENNONE

Egisto io?... Sappi; in qual ch'io fossi avversa
Disperata fortuna, il piè rivolto　　　　230
Mai non avrei, mai di Tieste al seggio. —
Ch'io non ti presti orecchio, in cor mel grida
Tale una voce, che a pietà lo serra. —
Pur, poichè vuoi la mia pietà, nè soglio
Negarla io mai, mi adoprerò (per quanto　　　　235
Vaglia il mio nome, e il poter mio fra' Greci)
Per ritornarti ne' paterni dritti.[23]
Va lungi d'Argo intanto: a te dappresso
Torbidi giorni, irrequiete notti
Io trarrei sempre. Una città non cape[24]　　　　240
Chi di Tieste nasce, e chi d'Atréo.
Forse di Grecia entro al confin, vicini
Pur troppo ancor siam noi.

EGISTO

　　　　　　　Tu pur mi scacci?
E che mi apponi?[25]

---

[23] *Per farti avere quello che per eredità hai diritto di avere.*
[24] *La stessa città non può accogliere* (dal lat. *capere*). Cfr. *Ottavia*, I 195-96: «Ottavia e me... / non che una reggia, una città non cape».
[25] *Di che mi rimproveri, mi accusi*: cfr. 288 e IV 269, V 14.

AGAMENNONE

Il padre.

EGISTO

E basta?

AGAMENNONE

È troppo.
Va; non ti vegga il sol novello in Argo;   245
Soccorso avrai, pur che lontano io t'oda.

SCENA TERZA

AGAMENNONE, ELETTRA

AGAMENNONE

Il crederesti, Elettra? al sol suo aspetto,
Un non so qual terrore in me sentiva,
Non mai sentito pria.

ELETTRA

Ben festi, o padre,
D'accomiatarlo: ed io neppur nol veggo,   250
Senza ch'io frema.

AGAMENNONE

I nostri padri crudi
Hanno in note[26] di sangue in noi scolpito
Scambievol odio. In me ragion frenarlo
Ben può: ma nulla nol può spegner mai.

---

[26] *in caratteri, in lettere.*

SCENA QUARTA

CLITENNESTRA, AGAMENNONE, ELETTRA

CLITENNESTRA

Signor, perchè del popol tuo la speme 255
Protrar con nuovo indugio? I sacri altari
Fuman d'incenso già: di fior cosperse
Le vie, che al tempio vanno, ondeggian folte
Di gente innumerabile, che il nome
D'Agamennón fa risuonare al cielo. 260

AGAMENNONE

Non men che a me, già soddisfatto al mio
Popolo avrei, se qui finor, più a lungo
Che nol voleva io forse, rattenuto
Me non avesse Egisto.

CLITENNESTRA

Egisto?...

AGAMENNONE

Egisto.
Ch'egli era in Argo, or di', perchè nol seppi 265
Da te?

CLITENNESTRA

Signor,... fra tue tant'altre cure...
Io non credea, ch'ei loco...

AGAMENNONE

Egisto nulla
È per se stesso, è ver; ma nasce, il sai,
Di un sangue al mio fatale. Io già non credo,
Che a nuocer venga; (e il potrebb'ei?) ma pure, 270

Nel festeggiarsi il mio ritorno in Argo,
Parmi l'aspetto suo non grata cosa:
Partir gli ho imposto, al nuovo giorno. — Intanto
Pura gioja qui regni. Al tempio vado
Per aver vie più fausti, o sposa, i Numi. 275
Deh! fa, che rieda a lampeggiarti in volto
Il tuo amabile riso. Erami pegno
Un dì quel riso di beata pace;
Non son felice io mai, finch'ei non riede.

SCENA QUINTA

ELETTRA, CLITENNESTRA

ELETTRA

Odi buon re, miglior consorte. 280

CLITENNESTRA

                      Ahi lassa!
Tradita io son: tu mi tradisti, Elettra.
Così tua fè mi serbi? Al re svelasti
Egisto; ond'ei...

ELETTRA

          Nè il pur nomai, tel giuro.
D'altronde[27] il seppe. Ognun ricerca a gara
Del re la grazia in modi mille: ognuno 285
Util vuol farsi al re: ben maraviglia
Prender ti può, che nol sapesse ei pria.

CLITENNESTRA

Ma che gli appon? di che il sospetta? udisti
I detti lor? perchè lo scaccia? ed egli

---

[27] *Non lo nominai neppure, te lo giuro. Da altri, Da altra fonte.*

Che rispondea? Di me parlogli Atride?   290

ELETTRA

Rassicurati, madre; in cor d'Atride
Non v'ha sospetto. Ei, che tradir tu il possa,
Nol pensa pur; nol dei tradir tu quindi.
Non di nemico con Egisto furo
Le sue parole.   295

CLITENNESTRA

Ma pur d'Argo in bando
Tosto ei lo vuole.

ELETTRA

Oh te felice! Tolta
Dall'orlo sei del precipizio, innanzi
Che più t'inoltri.[28]

CLITENNESTRA

Ei partirà?

ELETTRA

Sepolto
Al suo partir sarà l'arcano:[29] intero
Il cor per anco hai del consorte; ei nulla   300
Brama quanto il tuo amore: il cor non gli hanno
Pieno finor di rio velen gl'infami
Rei delatori; intatto è il tutto ancora.
Guai, se costoro, al par che iniqui, vili,
Veggiono alquanto vacillar tra voi   305
L'amor, la pace, la fidanza: tosto
Gli narreranno... Ah! madre! ah sì, pietade

---

[28] È situazione simile a quella di Isabella nel *Filippo* (I 1 ss., 162 ss.) e di Mirra sino alla terzultima scena.

[29] *il segreto* dell'amore colpevole per Egisto.

Di te, di noi, di quell'Egisto istesso
Muovati, deh! — Fuor d'Argo, in salvo ei fia
Dallo sdegno del re...   310

CLITENNESTRA

          Se Egisto io perdo,
Che mi resta a temer?

ELETTRA

          La infamia.

CLITENNESTRA

                    Oh cielo!...
Omai mi lascia al mio terribil fato.[30]

ELETTRA

Deh, no. Che speri? e che farai?...

CLITENNESTRA

                              Mi lascia,
Figlia innocente di colpevol madre.
Più non mi udrai nomarti Egisto mai: 315
Contaminar non io ti vo'; non debbe
A parte entrar de' miei sospiri iniqui
L'infelice mia figlia.

ELETTRA

          Ah madre!...

CLITENNESTRA

                    Sola
Co' pensier miei,[31] colla funesta fiamma
Che mi divora, lasciami. — L'impongo.   320

---

[30] È invocazione disperata e insistente su «lascia, lasciami»: cfr. 313, 319-20 n.

[31] Cfr. il sonetto dell'Alfieri 135: «Solo, fra i mesti miei pensier, in riva / al mar» del 1785. E anche *Filippo*, I 18: *Mirra*, II 228-29.

SCENA SESTA

ELETTRA

Misera me!... Misera madre!... Oh quale
Orribil nembo a noi tutti sovrasta!
Che fia, se voi nol disgombrate, o Numi?

ATTO QUARTO

SCENA PRIMA

EGISTO, CLITENNESTRA

EGISTO

Donna, quest'è l'ultimo nostro addio.
Ahi lasso me! donde partire io volli,
Cacciar mi veggo. Eppur non duolmi averti,
Rimanendo, obbedita. Un tanto oltraggio,
Per tuo comando, e per tuo amor, sofferto,   5
Se grato l'hai, mi è caro. Altro, ben altro
Dolor m'è al cor, lasciarti; e non più mai
Speranza aver di rivederti io, mai.

CLITENNESTRA

Egisto, io merto ogni rampogna, il sento;
E ancor che niuna dal tuo labbro io n'oda,   10
Il tuo dolor, l'orribil tuo destino,
Pur troppo il cor mi squarciano. Tu soffri
Per me tal onta; ed io per te son presta
A soffrir tutto; e oltraggi, e stenti, e morte;
E, se fia d'uopo, anco la infamia. È tempo,   15
Tempo è d'oprar. — Ch'io mai ti lasci? ah! pensa
Ch'esser non può, finch'io respiro.

EGISTO

                            Or forse,
In un con me perder te stessa vuoi?
Ch'altro puoi tu? deh! cessa: invan si affronta
Di assoluto signor l'alta assoluta   20

Possanza.[1] Il sai; la ragion sua son l'armi;
Nè ragion ode, altra che l'armi altrui.

CLITENNESTRA

Se affrontar no, deluder[2] puossi; e giova
Tentarlo. Il nuovo sole al partir tuo
Egli ha prefisso; e il nuovo sol vedrammi   25
Al tuo partir compagna.[3]

EGISTO

                 Oh ciel! che parli?
Tremar mi fai. Quanto il tuo amor, mi è cara
Tanto, e più, la tua fama... Ah! no; nol deggio
Soffrir, nè il vo': giorno verrebbe poscia,
Verrebbe sì, tardo, ma fero il giorno,   30
In cui cagion della tua infamia Egisto
Udrei nomare, io, da te stessa. Il bando
Mi fia men duro, ed il morir, (ver cui,
Lungi appena da te, corro a gran passi)
Che udir, misero me! mai dal tuo labro   35
Cotal rampogna.

CLITENNESTRA

          A me cagion di vita
Tu solo sei; ch'io mai cagion ti nomi
Della mia infamia? tu, che in sen lo stile
M'immergi, ov'abbi il cor di abbandonarmi...

---

[1] Cfr. *Filippo*, IV 99-100.

[2] *sviare, ingannare*. Nell'*Antigone* invece la protagonista: «Io non deludo, affronto / i tiranni» (III 254-55).

[3] Seneca, *Agam.*, 121-22: «vel Mycenaeas domos / coniuncta socio profuge furtiva rate» («Oppure insieme col tuo complice fuggi via di soppiatto dalla reggia di Micene, affidandoti a un naviglio»).

EGISTO

Lo stile in sen t'immergo io crudo, ov'io 40
Meco ti tragga. Oimè! s'anco pur fatto
Ti venisse il fuggir, chi mai sottrarci
Potria d'Atride alla terribil ira?[4]
Qual havvi asil contra il suo braccio? quale
Schermo? Rapita Elena fu: la trasse 45
Figlio di re possente entro al suo regno;
Ma al rapitor che valse aver baldanza,
Ed armi, e mura, e torri? a viva forza,
Dentro la reggia sua, su i paterni occhi,
Ai sacri altari innanzi, infra le grida, 50
Fra i pianti e il sangue e il minacciar de' suoi,
Non gli fu tolto e preda, e regno, e vita?[5]
D'ogni soccorso io privo, esul, ramingo,
Che far potrei? Tu il vedi, il tuo disegno,
Vano è per sè. D'ignominiosa fuga 55
Tentata indarno avresti sol tu l'onta:
Io, di te donno,[6] e di te privo a un punto,
La iniqua taccia, e la dovuta pena
Di rapitor ne avrei: la sorte è questa,
Ch'or ne sovrasta, se al fuggir ti ostini. 60

CLITENNESTRA

Tu vedi appien gli ostacoli, e null'altro:
Verace amor mai li conobbe?

[4] Cfr. *Polinice*, IV 146; *Antigone*, II 34; *Saul*, V 219.
[5] Egisto allude al noto rapimento di Elena operato da Paride (figlio di Priamo re di Troia), al successivo assedio di Troia da parte degli Achei e all'uccisione di Paride. «L'Alfieri si attiene a una delle varie versioni che correvano sulla morte di Paride» (Porena): «tuttavia certi particolari della descrizione ricordano la morte di Polite e quella di Priamo nell'*Eneide* virgiliana (II 529-32 e 550-53)» (Zuradelli).
[6] *signore* (dal lat. *dominus*).

EGISTO

                    Amante
Verace trasse a sua rovina certa
L'amato oggetto mai? Lascia, ch'io solo
Stia nel periglio; e fo vederti allora   65
S'io più conosco ostacoli, nè curo. —
Ben veggio, si, che tu in non cale hai posta
La vita tua: ben veggio esserti meno
Cara la fama, che il tuo amor: pur troppo,
Più ch'io nol merto, m'ami. Ah! se il piagato   70
Tuo cor potessi io risanar, sa il cielo,
Se ad ogni costo io nol faria!... si, tutto,
Tutto farei;... fuorchè cessar di amarti:[7]
Ciò, nol poss'io; morir ben posso; e il bramo. —
Ma, se pur deggio a rischio manifesto   75
Per me vederti e vita esporre, e fama,...
Più certi almen trovane i mezzi, o donna.

CLITENNESTRA

Più certi?... Altri ve n'ha?...

EGISTO

                    Partir,... sfuggirti,...
Morire;... i soli mezzi miei, son questi.
Tu, da me lungi, e d'ogni speme fuori   80
Di mai più rivedermi, avrai me tosto
Dal tuo cor scancellato: amor ben altro
Ridesteravvi il grande Atride: al fianco
Di lui, felici ancor trarrai tuoi giorni. —
Così pur fosse! — Omai più vera prova   85
Dar non ti posso del mio amor, che il mio
Partir;... terribil, dura, ultima prova.

---

[7] Cfr. *Rime*, 27; «Cessar io mai d'amarti?... Cessar d'amarti?... Fonte e cagion non mi sei tu di vita?»

CLITENNESTRA

Morir, sta in noi; dove il morir fia d'uopo. —
Ma che? null'altro resta a tentar pria?

EGISTO

Altro partito, forse, or ne rimane;... 90
Ma indegno...

CLITENNESTRA

    Ed è?

EGISTO

    Crudo.

CLITENNESTRA

      Ma certo?

EGISTO

          Ah! certo,
Pur troppo!...

CLITENNESTRA

    E a me tu il taci?

EGISTO

        — E a me tu il chiedi?[8]

CLITENNESTRA

Qual fia?... Nol so... Parla: inoltrata io troppo
Mi son; più non m'arretro: Atride forse
Già mi sospetta; ei di sprezzarmi forse 95
Ha il dritto già: quindi costretta io sono

---

[8] Tipica battuta alfieriana a ripresa che segna l'acme dell'equivoca suggestione delittuosa esercitata da Egisto (e cfr. «il chiedi» ripreso a v. 108).

Già di abborrirlo: al fianco omai non posso
Vivergli più; nè il vo', nè l'oso. — Egisto,
Deh! tu m'insegna, e sia qual vuolsi, un mezzo,
Onde per sempre a lui sottrarmi.   100

EGISTO

                  A lui
Sottrarti? io già tel dissi, ella è del tutto
Ora impossibil cosa.

CLITENNESTRA

             E che mi avanza
Dunque a tentar?...

EGISTO

— Nulla.

CLITENNESTRA

                  Or t'intendo. — Oh quale
Lampo feral[9] di orribil luce a un tratto
La ottusa mente a me rischiara! oh quale   105
Bollor mi sento entro ogni vena! — Intendo:
Crudo rimedio,... e sol rimedio,... è il sangue
Di Atride.

EGISTO

Io taccio...

CLITENNESTRA

       Ma, tacendo, il chiedi.

EGISTO

Anzi, tel vieto. — All'amor nostro, è vero,

---

[9] *funesto*. L'accumularsi degli aggettivi d'orrore dà rilievo sinistro all'improvviso lampeggiare dell'assassinio nella coscienza di Clitennestra. Anche nella *Mirra* alla empia rivelazione: «Oh qual terribil lampo...» (V 184).

Ostacol solo, e al viver tuo, (del mio
Non parlo) è il viver suo; ma pur, sua vita,
Sai ch'ella è sacra: a te conviensi amarla,
Rispettarla, difenderla: conviensi
Tremarne, a me. — Cessiamo: omai si avanza
L'ora; e il mio lungo ragionar potria
A sospetto dar loco. — Al fin ricevi...
L'ultimo addio... d'Egisto.

CLITENNESTRA

                    Ah! m'odi... Atride solo[10]
All'amor nostro,... al viver tuo?... Si; nullo
Altro ostacolo v'ha: pur troppo a noi
Il suo vivere è morte!

EGISTO

           A mie parole,
Deh, non badare: amor fe' dirle.

CLITENNESTRA

                E amore
A me intender le fa.

EGISTO

              D'orror compresa
L'alma non hai?

CLITENNESTRA

            D'orror?... si; ...ma lasciarti!...

EGISTO

E cor bastante avresti?...

---

[10] Verso ipermetro, probabilmente per «una correzione portata dall'autore sulle bozze... Né il poeta s'avvide dell'ipermetria» (ed. critica, p. 7). Cfr. del resto *Mirra*, IV 13.

CLITENNESTRA

     Amor bastante,
Da non temer cosa del mondo.   125

EGISTO

      In mezzo
De' suoi sta il re: qual man, qual ferro, strada
Può farsi al petto suo?

CLITENNESTRA

      Qual man?... qual ferro?...

EGISTO

Saria qui vana, il vedi, aperta forza.

CLITENNESTRA

Ma, ...il tradimento... pure...

EGISTO

       È ver; non merta
D'esser tradito Atride: ei, che tant'ama   130
La sua consorte: ei, che da Troja avvinta[11]
In sembianza di schiava, infra suoi lacci
Cassandra trae, mentr'ei n'è amante, e schiavo
Ei stesso, si...

CLITENNESTRA

Che ascolto!

EGISTO

     Aspetta intanto,
Che di te stanco, egli con lei divida   135
Regno, e talamo: aspetta, che a' tuoi danni

---

[11] Cfr. più oltre 270 ss. e Seneca, *Agam.*, 253-56. Cassandra, figlia di Priamo e sacerdotessa di Apollo, profetessa inascoltata, era stata assegnata come prigioniera ad Agamennone: ma cfr. IV 270 ss.

L'onta si aggiunga; e sola omai, tu sola,
Non ti sdegnar di ciò che a sdegno muove
Argo tutta.

CLITENNESTRA

Cassandra a me far pari?...

EGISTO

Atride il vuole.

CLITENNESTRA

Atride pera.[12]

EGISTO

Or come?
Di qual mano?

CLITENNESTRA

Di questa, in questa notte,
Entro a quel letto, ch'ei divider spera
Con l'abborrita schiava.

EGISTO

Oh ciel! ma pensa...

CLITENNESTRA

Ferma[13] son già...

EGISTO

Ma, se pentita?...

CLITENNESTRA

Il sono
D'aver tardato troppo.

[12] *perisca*: cfr. V 91.
[13] *Decisa*.

EGISTO

Eppure...

CLITENNESTRA

                Io 'l voglio;
Io, s'anco tu nol vuoi. Ch'io trar te lasci,
Che sol merti il mio amore, a morte cruda?
Ch'io viver lasci chi il mio amor non cura?
Doman, tel giuro, il re sarai tu in Argo.
Nè man, nè cor, mi tremerà... Chi viene?   150

EGISTO

Elettra...

CLITENNESTRA

Oh ciel! sfuggiamla. In me ti affida.

SCENA SECONDA

ELETTRA

Mi sfugge Egisto, e ben gli sta;[14] ma veggio,
Ch'anco la madre agli occhi miei s'invola.
Misera madre! alla colpevol brama
Di riveder l'ultima volta Egisto   155
Resistere non seppe. — A lungo insieme
Parlato han qui... Ma, baldanzoso troppo,
Troppo in volto securo Egisto parmi,
Per uom ch'esule vada... E lei turbata
Non poco io veggio; ma atteggiata sembra,   160
Più che di duol, d'ira e di rabbia... Oh cielo!
Chi sa, quell'empio con sue pessime arti
Come aggirata avralla! ed a qual passo

---

[14] *fa bene, gli conviene*: cfr. *Oreste*, I 31.

Indotta forse!... Or sì, ch'io tremo: oh quanti,
Oh quai delitti io veggo!... Eppur, s'io parlo, 165
La madre uccido:... e s'io mi taccio?...

SCENA TERZA

ELETTRA, AGAMENNONE

ELETTRA

                      O padre,
Dimmi: veduto hai Clitennestra?

AGAMENNONE

                      In queste
Stanze trovarla io già credea. Ma in breve
Ella verravvi.

ELETTRA

      Assai lo bramo.

AGAMENNONE

                      Al certo
Io ve l'aspetto: ella ben sa, ch'io voglio 170
Qui favellarle.

ELETTRA

          O padre; Egisto ancora
Sta in Argo.

AGAMENNONE

        Il sai, che intero il dì gli ho dato;
Finisce omai: lungi ei doman per sempre
Ne andrà da noi. — Ma, qual pensiero, o figlia,
Così ti turba? L'inquieto sguardo 175

Attorno volgi, e di pallor ti pingi!
Che fia? D'Egisto mille volte imprendi
A parlarmi, e poi taci...

ELETTRA

                Egisto lungi
Veder vorrei: nè so il perchè... Mel credi,
Ad uom, che aspetta forse il loco e il tempo   180
Di nuocer, lunga ell'è una notte; suole
Velo ad ogni delitto esser la notte.
Amato padre, anzi che il sol tramonti,
Te ne scongiuro, fa che d'Argo in bando
Egisto vada.   185

AGAMENNONE

            Oh! che di' tu? nemico
Ei dunque m'è? tu il sai? dunque egli ordisce
Trame?...

ELETTRA

          Non so di trame... Eppur... Nol credo. —
Ma, di Tieste è figlio. — Al cor mi sento
Presagio ignoto, ma funesto e crudo.
Soverchio forse è in me il timor, ma vero   190
In parte egli è. Padre, mel credi, è forza
Che tu nol spregj, ancorch'io dir nol possa,
O nol sappia;[15] ten prego. Io torno intanto
Del caro Oreste al fianco: a lui dappresso
Sempre vo' starmi. O padre, ancor tel dico,   195
Quanto più tosto andrà lontano Egisto,
Tanto più certa avrem noi pace intera.

---

[15] *non devi disprezzare il mio timore anche se io non posso o non so spiegartelo.*

SCENA QUARTA

AGAMENNONE

Oh non placabil mai sdegno d'Atréo!
Come trasfuso in un col sangue scorri
Entro a' nepoti suoi! Fremono al nome   200
Di Tieste. Ma che? se al solo aspetto[16]
D'Egisto freme il vincitor di Troja,
Qual meraviglia fia, se di donzella
Palpita, e trema a tale aspetto il core? —
Ove ei tramasse, ogni sua trama, ei stesso, 205
A un sol mio cenno, annichilar[17] si puote.
Ma incrudelir sol per sospetto io deggio?
Saria viltade il già intimato esiglio
Affrettar di poch'ore. Al fin, s'io tremo,
N'è sua la colpa? e averne debbe ei pena?   210

SCENA QUINTA

AGAMENNONE, CLITENNESTRA

AGAMENNONE

Vieni, consorte, vieni; e di cor trammi,
Che il puoi tu sola, ogni spiacevol dubbio,
Ch'Elettra in cor lasciommi.

CLITENNESTRA

                      Elettra?... Dubbj?...
Che ti diss'ella?... Oh ciel!... cotanto t'ama,
E in questo giorno funestar[18] ti vuole   215

---

[16] Cfr. *Rime*, 288, 14.
[17] *annichilire, distruggere.*
[18] *contristare, affliggere.*

Con falsi dubbj?... Eppur, quai dubbj?...

AGAMENNONE

Egisto...

CLITENNESTRA

Che sento?

AGAMENNONE

Egisto, onde[19] a me mai non t'odo
Parlar, d'Elettra la quiete e il senno
Par che conturbi.

CLITENNESTRA

... E nol cacciasti in bando?...
Di lui che teme Elettra?   220

AGAMENNONE

Ah! tu del sangue
D'Atréo non sei, come il siam noi: non cape
In mente altrui[20] qual sia l'orror, che inspira
Al nostro sangue di Tieste il sangue.
Pure al terror di timida donzella
Non m'arrendo così, che nulla io cangi   225
Al già prefisso: andrà lontano Egisto,
E ciò mi basta. Il cor di cure scarco[21]
Avrommi omai. — Tempo saria, ben tempo,
Consorte amata mia, che tu mi aprissi
Il dolor grave, che il core ti preme,   230
E ch'io ti leggo, mal tuo grado, in volto.
Se a me il nascondi, a chi lo narri? Ov'io

[19] *di cui.*
[20] *non può esser compreso dagli altri* (dal lat. *capere*). Cfr. Petrarca, *Rime*, CLXXXII 10-11: «e quanto è 'l dolce male / né 'n pensier cape, non che 'n versi o 'n rima», e CCCII 9: «Mio ben non cape in intelletto humano».
[21] *libero da preoccupazioni.*

Sia cagion del tuo piangere, chi meglio
Può di me rimediarvi, o ammenda farne,
O dividerlo teco?... Oh ciel! tu taci?   235
Neppur dal suol gli occhi rimovi? immoti
Stan, di lagrime pregni... Oimè! pur troppo
Mi disse Elettra il vero.

CLITENNESTRA

              Il vero?... Elettra?...
Di me parlò?... Tu credi?...

AGAMENNONE

              Ella t'ha meco
Tradita, sì. Del tuo dolor la fonte   240
Ella mi aperse...

CLITENNESTRA

            Oh ciel!... Mia fè ti pinse
Dubbia forse?...[22] Ah! ben veggio; Elettra sempre
Poco amommi.

AGAMENNONE

            T'inganni. A me, qual debbe
Di amata madre ossequiosa figlia,
Parlava ella di te: se in altra guisa,   245
Ascoltata l'avrei?

CLITENNESTRA

Che dunque disse?

AGAMENNONE

Ciò, che tu dirmi apertamente prima,
Senza arrossir, dovevi: che nel core

---

[22] *Ti dipinse, Ti dichiarò dubbia la mia fedeltà?*, cioè *Ti fece dubitare forse della mia fedeltà?*

Aspra memoria della uccisa figlia
Tuttor ti sta. 250

CLITENNESTRA

D'Ifigenía?... Respiro... —
Fatale ognor, sì, mi sarà quel giorno...

AGAMENNONE

Che posso io dir, che al par di me nol sappi?
In ogni cor, fuorchè nel tuo, ritrovo
Del mio caso pietà: ma, se pur giova
Al non consunto tuo dolor lo sfogo 255
D'aspre rampogne, o di materno pianto,
Liberamente me che non rampogni?
Il soffrirò, bench'io nol merti: o meco
Perchè non piangi? il mio pianto disdegni?
Ben sai, s'io teco, in rimembrar la figlia, 260
Mi tratterrei dal pianto. Ah! sì, consorte,
S'anco tu m'odj, a me tu 'l di': più cara
L'ira aperta mi fia, che il finto affetto.

CLITENNESTRA

Forse il non esser tu quello di pria,
Fa ch'io ne appaja agli occhi tuoi diversa 265
Troppo più che nol sono. Io pur dirollo;
Cassandra, sì, Cassandra forse, è quella
Che men gradita a te mi rende...

AGAMENNONE

Oh cielo!
Cassandra? O donna, or che mi apponi?[23] e il credi?
Dell'arsa Troja (il sai) fra noi divise 270
Le opime spoglie, la donzella illustre,
Cui patria e padre il ferro achivo tolse,
Toccava a me. Di vincitor funesta,

[23] Cfr. III 244 n.

Ma usata legge, or vuol che in lacci avvinta
Io la strascini in Argo: esempio tristo 275
Delle umane vicende. Io di Cassandra
Ben compiango il destino: ma te sola
Amo. Nol credi? a te Cassandra io dono,
Del vero in prova: agli occhi miei sottrarla
Tu puoi, tu farne il piacer tuo. Ti voglio 280
Sol rimembrar, ch'ella è di re possente
Figlia infelice; e che infierir contr'essa
D'alma regal saria cosa non degna.[24]

CLITENNESTRA

Non l'ami?... Oh ciel!... me misera!... tanto ami
Tu me pur anco? — Ma, ch'io mai ti tolga 285
Tua preda? Ah! no: ben ti s'aspetta:[25] troppo
Tempo e sudor ti costa, e affanno, e sangue.

AGAMENNONE

Cessa una volta, cessa. Or via, che vale
Accennare, e non dir? Se un tal pensiero
È quel, che t'ange;[26] e se in tuo cor ricetto 290
Trovan gelosi dubbj, è da radice
Già svelto il martir tuo.[27] Vieni, consorte;
Per te stessa a convincerti, deh! vieni,
Che Cassandra in tua reggia esser può solo
La tua primiera ubbidiente ancella. 295

---

[24] Così anche nell'*Agamennone* di Eschilo, alla fine dell'episodio III: «Vedi qui questa straniera. Accoglila con benignità. Benigni guardano dall'alto gli dei chi ha mite il comando. Nessuno piega di buon grado il collo al giogo della schiavitù. Costei, fiore a me scelto fra le molte prede, dono dell'esercito, da Ilio mi segue». E anche l'Agamennone senecano dice a Cassandra: «Ne metue dominam famula... Secura vive... Nullum est periclum tibimet» (796 ss.: «Non temere la tua padrona pensando che sei schiava... Vivi senza timore... Mai nessun pericolo ti minaccia»).
[25] *ti spetta*.
[26] *ti tormenta* (dal lat. *angere*).
[27] Cfr. I 150 n.

ATTO QUINTO

SCENA PRIMA

CLITENNESTRA

Ecco l'ora. — Nel sonno immerso giace
Agamennone... E gli occhi all'alma[1] luce
Non aprirà più mai? Questa mia destra.
Di casto amor, di fede a lui già pegno,
Per farsi or sta del suo morir ministra?[2]...   5
Tanto io giurai? — Pur troppo, sì;... conviemmi
Compier... Vadasi. — Il piede, il cor, la mano,
Io tutta tremo: ahi lassa! or che promisi?...
Ahi vil! che imprendo? — Oh come in me il coraggio
Tutto sparisce allo sparir d'Egisto!   10
Del mio delitto orribile sol veggo
L'atrocitade immensa: io sola veggio
La sanguinosa ombra d'Atride... Ahi vista! —
Delitti invan ti appongo: ah no, non ami
Cassandra tu: più ch'io nol merto m'ami;   15
E sola me. Niuno hai delitto al mondo,
Che di esser mio consorte. Atride, oh cielo!
Tu dalle braccia di sicuro sonno,
A morte in braccio, per mia mano?... E dove
M'ascondo io poscia?... Oh tradimento! Pace   20
Sperar poss'io più mai?... qual vita orrenda
Di rimorsi, e di lagrime, e di rabbia!...
Egisto istesso, Egisto sì, giacersi

---

[1] *vitale* (dal lat. *almus* = «che dà vita»): cfr. *Mirra*, II 206 e n.
[2] *strumento*: cfr. *Filippo*, III 241.

Come oserà di parricida[3] sposa
Al fianco infame, in sanguinoso letto,   25
E non tremar per sè? — Dell'onta mia,
D'ogni mio danno orribile stromento,
Lungi da me, ferro esecrabil, lungi.
Io perderò l'amante; in un la vita
Io perderò: ma non per me[4] svenato   30
Cotanto eroe cadrà. Di Grecia onore,
D'Asia terror, vivi alla gloria; vivi
Ai figli cari,... ed a miglior consorte. —
Ma, quai taciti passi?... in queste stanze
Chi fra la notte viene?... Egisto?... Io sono   35
Perduta, oimè!...

SCENA SECONDA

EGISTO, CLITENNESTRA

EGISTO

L'opra compiesti?

CLITENNESTRA

Egisto...

EGISTO

Che veggo? o donna, or qui, ti struggi in pianto?
Intempestivo è il pianto; è tardo; è vano:
Caro costar ne può.

---

[3] Col valore latino di «uccisore di stretti parenti»: cfr. p. es. *Virginia*, V 257 e *Oreste*, I 110.
[4] *da me*.

CLITENNESTRA

                Tu qui?... ma come?...
Misera me! che ti promisi? quale   40
Consiglio[5] iniquo?...

EGISTO

              E tuo non fu il consiglio?
Amor tel diè, timor tel toglie. — Or via,
Poichè pentita sei, piacemi; e lieto
Io almen morrò del non saperti rea.
Io tel dicea che dura era l'impresa;   45
Ma tu, fidando oltre il dovere in quello
Che in te non hai viril coraggio, al colpo
Tua imbelle man sceglier tu stessa osavi.
Or voglia il ciel, ch'anco il pensier del fallo[6]
Già non ti torni a danno! Io qui di furto[7]   50
A favor delle tenebre ritorno,
Inosservato, spero. Era pur forza,
Ch'io t'annunziassi, io stesso, esser mia testa
Già consecrata irrevocabilmente
Alla vendetta del tuo re...   55

CLITENNESTRA

                     Che parli?
E donde il sai?

EGISTO

              Più ch'ei non volle, Atride
Del nostro amor già intese; ed io già n'ebbi
Di non più d'Argo muovermi il comando.
Al dì nascente a sè davanti ei vuolmi:

---

[5] *decisione.*
[6] *la sola intenzione del delitto.*
[7] *di nascosto*: cfr. I 106 e III 199; *Filippo*, V 121; *Saul*, IV 134.

Ben vedi, a me tal parlamento[8] è morte.   60
Ma, non temer, chè ad incolpar me solo
Ogni arte adoprerò.

CLITENNESTRA

             Che ascolto? Atride
Tutto sa?

EGISTO

    Troppo ei sa: ma più sicuro,
Miglior partito fia, s'io mi sottraggo,
Col morir tosto, al periglioso esame.   65
Salvo il tuo onor così; me scampo a un tempo
Da morte infame. A darti ultimo avviso
Di quanto segue;[9] a darti ultimo addio
Venni, e non più... Vivi; ed intatta resti
Teco la fama tua. Di me pietade   70
Più non ti prenda: io son felice assai,
Se di mia man per te morir mi è dato.

CLITENNESTRA

Egisto... oimè!... qual ribollir mi sento
Furor nel petto, al parlar tuo!...[10] Fia vero?...
Tua morte?...   75

EGISTO

      È più che certa...

CLITENNESTRA

              Ed io t'uccido!...

---

[8] *colloquio.*
[9] *sta accadendo.*
[10] Cfr. Seneca, *Agam.*, 260-61: «Aegisthe, quid me rursus in praeceps agis / iramque flammis iam residentem incitas?» («Egisto, perché mi spingi di nuovo nel precipizio, perché mi riattizzi lo sdegno che si stava placando?»). Cfr. *Introduzione*, p. 89.

EGISTO

Te salva io vo'.

CLITENNESTRA

...Qual mi ti mena innanzi,
Qual furia empia d'Averno ai passi tuoi
È scorta, o Egisto? Io di dolor moriva,
Se più veder te non dovea; ma almeno
Innocente moriva:[11] or, mal mio grado, 80
Di nuovo già spinta al delitto orrendo
Son dal tuo aspetto... Oh ciel!... tutte m'invade
Le fibre e l'ossa incognito un tremore...
E fia pur ver; null'altro a far ne resta?...
Ma chi svelava il nostro amor? 85

EGISTO

Chi ardisce
Di te parlar, se non Elettra, al padre?
Chi, se non ella, al re nomarti? Il ferro
T'immerge in sen l'empia tua figlia; e torre
Ti vuol l'onor pria della vita.

CLITENNESTRA

E deggio
Credere?... oimè... 90

EGISTO

Credi al mio brando dunque,
Se a me non credi. Almen, che in tempo io pera...

CLITENNESTRA

Oh ciel! che fai? Riponi il brando. Io 'l voglio. —
Oh fera notte!... Ascolta... Atride in mente,
Forse non ha...

---

[11] Cfr. *Mirra*, V 220: «Io moriva... innocente; ...empia... ora... muojo...».

EGISTO

                Che forse?... Atride offeso,
Atride re, nella superba mente   95
Altro or non volge, che vendetta e sangue.
Certa è la morte mia, dubbia la tua:
Ma, se a vita ei ti serba, a qual, tu il pensa.
E s'io fui visto entrar qui solo, e in ora
Sì tarda... Oimè! che di terrore io fremo   100
Per te. L'aurora in breve sorge a trarti
Dal dubbio fero: io non l'attendo: ho fermo[12]
Di pria morir... — Per sempre... addio.

CLITENNESTRA

                            T'arresta...
No, non morrai.

EGISTO

              Non d'altra man, per certo,
Che di mia mano: — o della tua, se il vuoi.   105
Deh! vibra il colpo tu; svenami; innanzi
Al severo tuo giudice me traggi
Semivivo, spirante: alta discolpa
Il mio sangue ti fia.

CLITENNESTRA

                Che parli?... ahi lassa!...
Misera me!... che a perder t'abbia?...   110

EGISTO

                              Or quale,
Qual destra hai tu, che a trucidar non basti
Nè chi più t'ama, nè chi più ti abborre?
La mia supplir de' dunque...[13]

---

[12] *ho deciso.*

[13] *La mia mano deve dunque sostituirsi [alla tua].* Cfr. Seneca, *Agam.*, 304-05: «nil moror iussu tuo / aperire ferro pectus aerumnis grave» («Non esiterò, solo che tu lo ordini, a squarciarmi col pugnale questo petto oppresso dalle sventure»).

CLITENNESTRA

Ah!... no...

EGISTO

Vuoi spento
Atride, o me?

CLITENNESTRA

Qual scelta!...

EGISTO

E dei pur scerre.[14]

CLITENNESTRA

Io dar morte?...   115

EGISTO

O riceverla: e vedermi
Pria di te trucidato.[15]

CLITENNESTRA

...Ah, che pur troppo
Necessario è il delitto!

EGISTO

E stringe il tempo.

CLITENNESTRA

Ma,... la forza,... l'ardire?...

---

[14] *devi pure scegliere.*
[15] Proprio l'Alfieri (*Vita*. IV 2) aveva notato il senecano «Concede mortem. Si recusares darem» (994: «Dammi la morte: se me la rifiutassi me la darei io stesso»). Lo riprese anche nel *Filippo* (V 266-75).

EGISTO

                Ardire, forza,
Tutto, amor ti darà.

CLITENNESTRA

                Con man tremante
Io... nel... marito... il ferro...   120

EGISTO

                In cor del crudo
Trucidator della tua figlia i colpi
Addoppierai[16] con man sicura.

CLITENNESTRA

                ...Io... lungi
Da me... scagliava... il ferro...

EGISTO

                Eccoti un ferro,
E di ben altra tempra: ancor rappreso
Vi sta dei figli di Tieste il sangue: 125
A forbirlo nel sangue empio d'Atréo
Non indugiar; va, corri: istanti brevi
Ti avanzan; va. Se mal tu assesti il colpo,
O se pur mai pria 'ten pentissi, o donna,
Non volger più ver queste stanze il piede: 130
Di propria man me qui svenato, immerso
Me dentro un mar di sangue troveresti.[17]
Va', non tremare, ardisci, entra, lo svena. —

---

[16] *moltiplicherai*.

[17] Cfr. *Saul*, V 224-25: «Empia Filiste, / me troverai, ma almen da re, qui... morto».

SCENA TERZA

EGISTO, AGAMENNONE dentro

EGISTO

Esci or, Tieste, dal profondo Averno;[18]
Esci, or n'è tempo: in questa reggia or mostra 135
La orribil ombra tua. Largo convito,
Godi, or di sangue a te si appresta: al figlio
Del tuo infame nemico ignudo pende
Già già l'acciar sul cor; già già si vibra:
Perfida moglie il vibra: ella, non io, 140
Ciò far dovea: di tanto a te più dolce
Fia la vendetta, quanto è più il delitto...
Meco l'orecchio attentamente porgi;
Nè dubitar, ch'ella nol compia: amore,
Sdegno, e timore, al necessario fallo 145
Menan la iniqua donna. —

AGAMENNONE

Oh tradimento!...
Tu, sposa?... Oh! cielo!... Io moro... Oh tradimento!...

EGISTO

Muori, sì, muori. E tu raddoppia, o donna,
Raddoppia[19] i colpi; entro al suo cor nascondi
Il pugnal tutto: di quell'empio il sangue 150
Tutto spandi: bagnar voleasi il crudo
Nel sangue nostro.

[18] Egisto chiama l'ombra del padre (cfr. I 2 n.) a un «convito... di sangue» che evoca l'altro atroce banchetto coi trucidati figli di Tieste e Aeropa.
[19] Anche Eschilo-Brumoy: «redouble les coups».

SCENA QUARTA

CLITENNESTRA, EGISTO

CLITENNESTRA
Ove son io?... che feci?...

EGISTO
Spento hai l'iniquo: al fin di me sei degna.

CLITENNESTRA
...Gronda il pugnal di sangue:... e mani, e veste,
E volto, tutto è sangue... Oh qual vendetta   155
Di questo sangue farassi!... già veggo,
Già al sen mi veggo questo istesso ferro
Ritorcer,... da qual mano!...[20] Agghiaccio,... fremo,...
Vacillo... Oimè!... forza mi manca,... e voce,...
E lena... Ove son io?... che feci?... Ahi lassa!... 160

EGISTO
Già di funeste grida intorno suona
La reggia tutta: or, quant'io son,[21] mostrarmi
È tempo: or tempo è di raccorre[22] il frutto
Del mio lungo soffrire. Io corro...

---

[20] Clitennestra sarà trafitta dal figlio Oreste con lo stesso pugnale col quale ella aveva ucciso Agamennone e che Elettra trafugherà per consegnarlo un giorno al fratello: cfr. 178-79 e *Oreste*, II 328-31, IV 227-31, V 180-82.

[21] *quale io sono, quanto capace io sia*: cioè è tempo di cessare ogni finzione, mostrare la mia vera natura, le mie capacità.

[22] *cogliere*.

SCENA QUINTA

ELETTRA, EGISTO, CLITENNESTRA

ELETTRA

                 Infame,
Vile assassin del padre mio, ti avanza[23]   165
Da uccider me... Che miro? oh ciel!... la madre?...
Iniqua donna,[24] in man tu il ferro tieni?
Tu il parricidio festi? oh vista!

EGISTO

               Taci.
Sgombrami il passo; io tosto riedo; trema:
Or d'Argo il re son io. Ma troppo importa,   170
Più assai ch'Elettra, il trucidare Oreste.

SCENA SESTA

CLITENNESTRA, ELETTRA

CLITENNESTRA

Oreste?... oh cielo!... Or ti conosco, Egisto...

ELETTRA

Dammi, dammi quel ferro.[25]

CLITENNESTRA

               Egisto!... Arresta...
Svenarmi il figlio? Ucciderai me pria.

---

[23] *ti resta.*

[24] Ma prima «spietata Furia»: cfr. *Introduzione*, p. 96, e Eschilo-Brumoy «furie»: «iniqua donna» anche al v. 146.

[25] Cfr. Seneca, *Agam.*, 971 ss.

SCENA SETTIMA

ELETTRA

Oh notte!... Oh padre! Ah! fu vostr'opra, o Numi,   175
Quel mio pensier di por pria in salvo Oreste. —
Vil traditor, nol troverai. — Deh! vivi,
Oreste, vivi: alla tua destra adulta
Quest'empio ferro io serbo. In Argo un giorno,
Spero, verrai vendicator del padre.[26]   180

[26] «paternae mortis auxilium unicum», così è chiamata Elettra da Seneca (*Agam.*, 910). «Il legame più stretto tra il finale di Seneca e quello dell'Alfieri è nel salvataggio di Oreste», e tuttavia è nell'*Oreste* che l'impronta senecana è più chiara (Paratore); «ma è dell'Alfieri, non di Seneca, l'ansia che pervade il monologo» (Di Benedetto). Anche Eschilo-Brumoy: «Un fils viendra un jour laver la honte de la morte d'un père... dans le sang» (l'Alfieri nella stesura in prosa: «vendicare il tuo sangue»). È la conclusione aperta sul nuovo episodio, quello di Oreste vendicatore: secondo l'impostazione della tragedia barocca programmaticamente senza conclusione ma tutta aperta: cfr. *Prefazione*, pp. 17 ss..

MIRRA

INTRODUZIONE ALLA «MIRRA»

La *Mirra* nacque nell'ultima felice stagione tragica dell'Alfieri: quando, ricongiuntosi il 16 agosto 1784 alla sua donna, ebbe nella villa di Martinsbourg, a tre miglia da Colmar, un periodo di eccezionale intensità affettiva e poetica, riflesso e descritto nella *Vita* (IV 14) e anche in una mossa e confidente lettera a Mario Bianchi (*Epistolario*, I pp. 312 ss.). «Ritrovatomi così di bel nuovo interissimo di animo di cuore e di mente, non erano ancor passati quindici giorni dal dì ch'io era ritornato alla vita rivedendola [la mia donna], che quell'istesso io il quale da due anni non avea mai più neppure sognato di scrivere oramai altre tragedie; quell'io, che anzi avendo appeso il coturno al *Saul*, mi era fermamente proposto di non lo spiccare mai più; mi ritrovai allora, senza accorgermene quasi, ideate per forza altre tre tragedie ad un parto: *Agide, Sofonisba, Mirra.*» (IV 14)

L'*idea* fu stesa di getto: «Martinsbourg 11 d'ottobre mattina fra 9, e 10» come è scritto alla fine delle due carte in cui è contenuta. Nella struttura stessa aveva uno sviluppo e un andamento tendenzialmente melodrammatico e di esteriorità teatrale (un po' come le due altre tragedie contemporanee). Così la terza scena del quarto atto, non solo non accennava al momento lirico e distensivo dei Cori (e di fatti i cantori non erano neppure enumerati fra i personaggi), ma accumulava, sentimentalizzata, la materia poi scandita nelle scene 3, 4, 5, 6; nel quinto atto v'era una scena, la seconda, in cui Ciniro, da padre nobile, supplicava e minacciava Euriclea per sapere il segreto di Mirra; la conclusione, con orrorosa drammaticità, faceva suicidare Pereo sul cadavere di Mirra suicida.

La stesura in prosa – scritta rapidamente dopo quindici mesi, ancora a Martinsbourg dal 24 al 28 dicembre 1785 – impostava già strutturalmente, con chiarezza, la tragedia come sarà nel testo definitivo: cioè quale tragedia tutta interiore e sepolta sino alla fine da Mirra nel silenzio della sua anima. L'Alfieri opera non solo quei radicali mutamenti di struttura rispetto all'*idea* che abbiamo ora accennati. Filtra anche con cura le azioni e i gesti eccessivi: per esempio la gelosia di Pereo che sospetta un altro amore (II sc. 1 e 2), i facili svenimenti di Mirra e i suoi puerili giuramenti di «volersi lasciar morire di fame» (II sc. 3), i patetici «squarciamenti del cor» dell'amante (III sc. 4: e «squarciare» e derivati sono spesso eliminati anche altrove). Rende più mobile e sfumata la scansione dei tempi drammatici nel quarto atto e impenna così Mirra nel suo primo delirio rivelatore (sc. 3: p. 134 dell'Edizione Astese) ripreso poi nella imprecazione alla madre (sc. 7: p. 137). Riduce il quinto atto all'essenziale, avendo rilevato come «inutile» il colloquio di Ciniro con Euriclea e notato di Pereo «meglio uccisosi tra il 4° e il 5° e sia ardente e perfetto amante». Fa parlare in fine Mirra, sola, nell'ultima scena, con un'impostazione severa che, scavalcando le versificazioni intermedie, sarà poi ripresa nella redazione finale. Anzi a segnare la categorica chiarezza di intuizione tragica raggiunta eccezionalmente già nella stesura in prosa, certi versi, al di là delle consuetudini alfieriane, sono anticipati già in questa prosa, alle volte con implicazioni e ritorni illuminanti:

D'amor non nasce il disperato suo duolo

[*stes.*]

D'amor non nasce Il disperato suo dolor

[*I vers.*]

... D'amor non nasce Il disperato dolor suo

[I 119-20];

Di vieppiù disperarmi tu godi: e come lieta mostrarmi poss'io

                                            [*stes.*]

Tu godi Di vieppiù disperarmi. Or come lieta Poss'io mostrarmi

                                            [*I vers.*]

Tu godi Di vieppiù disperarmi... Ah come lieta Poss'io parer

                                            [II 170-71];

Bastante sfogo, a cui non ho il pari concesso giammai

                                            [*stes.*]

Sfogo bastante al qual concesso il pari Non ho giammai

                                            [*I vers.*]

Bastante sfogo (a cui concesso il pari Non ho giammai)

                                            [II 324-25];

Favola al mondo mi festi

                                            [*stes.*]

Me festi Favola al mondo intero

                                            [*I vers.*]

Al mondo intero Favola omai mi festi

                                            [IV 188-89];

Ma che vuoi dire? Qual lampo orribil!

                                            [*stes.*]

Or che vuoi dir? qual lampo Terribil

                                            [*I vers.*]

Che vuoi tu dirmi?... Oh! qual terribil lampo

                                            [V 184].

La *prima versificazione* fu condotta, sempre a Martinsbourg, fra il 7 agosto e l'11 settembre 1786, in ventotto sedute; con maggior rapidità e impeto per il primo, terzo e soprattutto quinto atto. Strutturalmente non grandi né importanti sono le modificazioni al confronto della stesura in prosa. L'Alfieri sviluppa soltanto e rende autonomo nel secondo atto (sc. 3) il soliloquio di Mirra, prima inglobato nella scena seconda sia nella stesura in prosa che in un tentativo di versificazione; stende (il 2 e 4-5 settembre) il coro del quarto atto dove sperimenta, come scrive Capucci, «quella commistione tra verso tragico e verso lirico che dall'86 in poi l'avrebbe interessato a fondo nei saggi e nei progetti di tramelogedie» (nel gennaio era stata stesa e verseggiata la parte lirica dell'*Abele*). Contro le tendenze generali dell'elaborazione della *Mirra* l'ultima scena è melodrammizzata con l'intervento di Euriclea prima delle estreme parole di Mirra. Alcune doppie versificazioni rilevano l'impegno insieme teatrale e stilistico (I 32-39; II 322-28; V 66-69; V 215-16, oltre quella analoga già accennata: II sc. 3). E su questo stesso piano espressivo già la *prima versificazione* punta a rendere sempre più dissimulato e ambiguo, quasi inconscio, il dramma di Mirra: tende per esempio a evitare la parola *padre*, a eliminare dichiarazioni troppo esplicite (come quelle a pp. 141 e 142), a non presentare più Pereo come *schernito* (cfr. p. 135 e p. 209), a graduare in continue implicazioni la orrenda rivelazione (V 2), a accentuare il *leit-motiv* del desiderio di morte. Questa prima versificazione è costituita da 1413 versi. Tale redazione però non soddisfa l'autore. Annota infatti: «Letta a Ste Croix Parigi 2 febbraio 1787 riletti i due primi atti 11 8bre trovatili lunghi assai e languidi. C'è da levare e riserrare la dizione; e togliere le ripetizioni di narrazione di martiri di Mirra».

Il testo successivo (poiché manca per la *Mirra* il particolare momento delle correzioni a lapis) è offerto dalla copia del Polidori, con correzioni dell'Alfieri stesso, scritta tra il 6 e il 20 settembre 1787. Secondo il programma enunciato in calce alla *prima versificazione* gli interventi stilistici sono continui e profondi, oltre quello strutturale, già segnalato, del ritorno alla solitudine di Mirra nell'ultima scena. In alcuni passi

(p. es. I 78-88, 120-28, 189-93; II 35-40, 151-56, 166-80, 224-29, 251-56; III 19-45, 131-39, 168-90; IV 4-18, 180-93; V 210-19) tali interventi appaiono, come scrive Capucci, «così intricati da far seriamente dubitare che questa copia potesse esser consegnata al tipografo come manoscritto per la stampa; e qualche nota marginale, infatti, par destinata a un copista che mettesse in pulito un manoscritto non sempre facilmente leggibile». Sono complessivamente in questa redazione 1402 versi.

Il testo ultimo della *Mirra*, ritoccato ancora in vari punti e con alcuni sviluppi e aggiunte che faranno aumentare i versi a 1432, è stampato nel vol. V dell'edizione Didot (1787). Bisognerà tenere conto però delle bozze conservate nella Biblioteca Reale di Torino, corrette dall'autore, degli *errata corrige* segnalati nella stessa stampa Didot (V p. 426) e in un cartolino legato alle bozze citate (cfr. per tutto la *Nota* del Capucci all'edizione critica nel volume XXIII della Edizione Astese, a cura di M. Capucci – testo adottato in questa ristampa alle cui pagine si è rimandato qui innanzi).

Alle origini della *Mirra* sta, come indica l'Alfieri, l'ampia e commossa rievocazione ovidiana del mito afrodi007 di Mirra, presa da incestuosa passione per il padre Ciniro (*Metamorfosi*, X 298-502: cfr. pp. 271 ss.); e soprattutto la pietosa e tragica intuizione del verso «Illa quidem sentit foedoque repugnat amori» (319). Scrive l'Alfieri stesso: «A Mirra non avea pensato mai: ed anzi, essa non meno che Bibli, e così ogni altro incestuoso amore, mi si erano sempre mostrate come soggetti non tragediabili. Mi capitò alle mani nelle *Metamorfosi* di Ovidio quella caldissima e veramente divina allocuzione di Mirra alla di lei nutrice, la quale mi fece prorompere in lacrime, e quasi un subitaneo lampo mi destò l'idea di porla in tragedia». E aggiunge a definire l'impostazione sostanzialmente nuova e accorata della sua tragedia: «e mi parve che toccantissima ed originalissima tragedia potrebbe riuscire, ogni qual volta potesse venir fatto all'autore di maneggiarla in tal modo che lo spettatore scoprisse da se stesso a poco a poco tutte le orribili tempeste del cuore infuocato ad un tempo e purissimo della più assai infelice che non colpevole Mirra, senza che ella neppure la metà ne accennasse, non confessando quasi a sè medesima, non che ad altra persona nessuna, un sì nefando amore. In somma l'ideai a bella prima, ch'ella dovesse nella mia tragedia operare queste cose stesse, ch'ella in Ovidio descrive; ma operarle tacendole». Poi quasi anticipando il *Parere*: «Sentii fin da quel punto l'immensa difficoltà ch'io incontrerei nel dover far durare questa scabrosissima fluttuazione dell'animo di Mirra per tutti gl'interi cinque atti, senza accidenti accattati d'altrove. E questa difficoltà che allora vieppiù m'infiammò, e quindi poi nello stenderla, verseggiarla, e stamparla sempre più mi fu sprone a tentare di vincerla, io tuttavia dopo averla fatta, la conosco e la temo quant'ella s'è; lasciando giudicar poi dagli altri s'io l'abbia saputa superare nell'intero, od in parte, od in nulla» (*Vita*, IV 14).

In Ovidio però non si accenna alla vendetta di Venere, tramandata invece da altre versioni, per esempio da quelle di Apollodoro e di Fulgenzio. L'Alfieri adottò tali versioni sia, come egli accenna nel *Parere* e nella *Vita*, per ombreggiare di pietà e di innocenza sostanziale Mirra, sia forse – come diremo – per influsso di Racine.

Certo accanto ai versi di Ovidio gli furono presenti quelle elleniche tragedie di incesto che già aveva toccato nel *Polinice* (V 201 ss.): Mirra, come Edipo, soffre l'empietà incestuosa allo stato quasi inconscio, pur nella sua realtà sacrilega e trasgressiva, e come lui vorrebbe accecandosi (IV 282 ss.) sfuggirvi e quasi negarla anche prima di darsi la morte. E non a caso, con riferimento ad alcune pagine della *Vita* (p. es. I 1-4; II 5 e 7), anche ragioni autobiografiche sono state richiamate insistentemente – ora dalla Frankel e dalla Azzolini, dopo il Rank e il Debenedetti – in particolare per la *Mirra* ma anche per varie altre tragedie che presentano rapporti familiari abnormi (*Filippo*, *Polinice*, *Agamennone*, *Oreste*, *Don Garzia*, *Bruto Primo*, *Bruto Secondo*).

Fu presente inoltre all'Alfieri, come già è stato ampiamente rilevato dalla critica, la delirante *Phèdre* di Racine che egli aveva letto con trasporto (*Vita*, III 4; e anche IV 1 e 2), e che lascia tracce non trascurabili nella *Mirra* (cfr. note), a cominciare forse dall'ira di Venere che travolge ambedue le protagoniste.

La *Mirra*, come già è stato indicato, è una delle tragedie meno elaborate strutturalmente: perché l'*idea*, nata esplicitamente su Ovidio, riduce subito l'incesto a un'empietà pensata, desiderata, deprecata, ma non consumata come nelle *Metamorfosi*. La tragedia è tragedia tutta e solo nella coscienza e della coscienza di Mirra: si riverbera da lei sugli altri che ne sono anch'essi ossessionati e travolti. Da un mito, da una storia di fati vendicatori si passa coll'Alfieri sempre più al dramma del subcosciente empio e respinto, al dramma di un'anima che, come quella dell'autore, vive della «mestizia ch'è natura». Gli elementi mitici della favola sono usati solo come meccanismi teatrali. E i personaggi attorno a Mirra più che attori sono spettatori impotenti e attoniti, atterriti e inorriditi: vivono nel suo e del suo incubo, che resta loro oscuro sino alla fine. Sulle loro labbra sono insistenti per questo fin dal principio i verbi di «vedere» (I 7 e nota): espressione di partecipazione solo esterna, non consapevole, al dramma (quasi teatro dentro il teatro).

E conformemente al tono tutto meditativo e interiore della tragedia – «senza accidenti», come scrive l'Alfieri stesso, cioè senza azione – le parlate sono in generale più lunghe che negli altri drammi alfieriani, il dialogo meno spezzato: anzi contrariamente alle tendenze dell'autore – che elaborando vuole in generale teatralizzare – le battute sono generalmente ridotte nel numero e ampliate negli sviluppi. Si pensi a quanto avveniva inversamente nella tragedia di Clitennestra, la figura alfieriana più anticipatrice di Mirra per l'affacciarsi, sia pure ancora incerto, del subcosciente. Ma l'*Agamennone* era una tragedia di passioni urlate e non sepolte gelosamente, della lenta e fatale maturazione di un delitto sotto le implacabili sollecitazioni di Egisto e non del vano tentativo di sfuggire e di ignorare l'impulso empio sino alla fine, sino agli incontrollati sussulti da demente (alle nozze, con la madre, e in fine col padre: IV 176 ss., 283 ss.; V 180 ss.). La *Mirra* è una tragedia raccolta anzi sprofondata tutta *dentro* la protagonista: la quale ha degli antagonisti solo per chiarire sé a se stessa. Già il De Sanctis: «Non ci è che un solo protagonista, che parla, di cui si parla: tutti vi stanno per porre in luce, per dar rilievo alla protagonista. Nessuno, fuori di Mirra, ha un carattere, una individualità prominente».

L'elaborazione stilistica punta in conseguenza – se non esclusivamente – sulle parole e sulla rappresentazione di Mirra, sulle risonanze e le reazioni da lei suscitate. La «mestizia ch'è natura» e che salendo invincibile dal subcosciente dilaga in un insistente desiderio di morte che a poco a poco coinvolge tutti i personaggi, il silenzio che è l'unica possibile innocenza ma che il dramma ha proprio il compito di violare (come ha ben detto l'Azzolini), l'opposizione «innocente-empia» – chiave della tragedia – che si esplica solo nell'ultima stesura della scena estrema: questi sono i tre grandi motivi poetici di Mirra – del personaggio e della tragedia – ai quali l'elaborazione stilistica, oltre quella strutturale già indicata, tende a dare sempre maggior rilievo, agendo a diversi livelli e in diverse forme.

Fin dalla sua prima raffigurazione nelle parole di Euriclea e di Cecri, Mirra non più solo «vive una vita d'ogni morte peggiore» (*stes.*) o «vive ella una vita Peggio assai d'ogni morte» (*I vers.*) ma «strascina una vita Peggio assai d'ogni morte» (I 7-8): proprio come l'Alfieri confessava di se stesso in tempi immediatamente precedenti («io strascino i giorni miei perversi», «Misera vita strascino»: *Rime*, 80 e 108), con un'accentuazione tormentata e perversa nel verbo *strascinare* («strapazzarla» *la vita* «nelle triste esultazioni del male... ne sentir ancora più la gravezza»: Tommaseo, *Sinonimi*,

2337). Mirra è oppressa non da «una mortale tristezza» (*stes.*), e neppure da «una muta, ed ostinata, ed alta Mortal tristezza» (*I vers.*) ma da «una muta, una ostinata ed alta Malinconia mortale» (I 14-15): cioè la «malinconia» sottile e cupa che fra l' '82 e l' '86, e proprio anche a Colmar, distruggeva l'Alfieri stesso («Malinconia, perchè un tuo solo seggio Questo mio core misero ti fai?... Infra larve di morte, or di', mi deggio Viver morendo ognor, nè morir mai?»; «Malinconia... hammi con voci Tetre offuscato l'intelletto e stanco: Ond'io null'altro che le Stigie foci Bramo, ed in morte sola il cor rinfranco»: *Rime*, 65 e 169).

Così malinconia, tormento interiore, brama di morte acquistano colore sempre più cupo e ossessivo anche per il linguaggio di morte e di negazione che connota sempre più Mirra fin da questa prima scena. *Tacita*, *invan*, *invano*, *niega*, *perir* e poi *strugger* sopravvengono solo nelle versificazioni (vv. 17-22): e una forte e aspra dislocazione dell'aggettivo (cfr. p. es. elaborazione dei vv. 14-15 sopra citata) o di altre parti del discorso provoca nei versi definitivi rilievi e spezzature sintattico-espressivo-foniche che danno il massimo risalto all'isolamento drammatico e all'aura lugubre in cui vive Mirra.

«Invan la prego, e chieggo [*poi* Invano ognor le chieggo] Che il suo dolor mi sveli: ella mi niega Che duol sia in lei» (*I vers.*): poi «e le chieggo, e richieggo, Invano ognor, che il suo dolor mi sveli: Niega ella il duol...» (vv. 19-21).

«I suoi sospir da prima Eran segreti, ed interrotti, e pochi» (*I vers.*), poi «I suoi sospiri eran da prima Sepolti quasi; eran pochi; eran rotti» (vv. 77-78).

«Mi vede appena, che in regal fierezza Ogni suo pianto, e parola, e sospiro Tagliando a mezzo, si compone; e in voce» (*I vers.*), poi «Ella, appena mi vede, a mezzo taglia Ogni sospiro, ogni parola e pianto; E, in sua regal fierezza ricomposta» (vv. 87-89; e cfr. anche p. es. IV 282 ss.).

Il lessico stesso risponde a questa volontà di profondare sempre più nel subcosciente l'empio segreto: i sospiri sono non più «segreti» ma «sepolti», non più «interrotti» ma «rotti» proprio come l'Alfieri diceva dei suoi (p. es. *Rime*, 25, 72, 80, 89: e cfr. qui IV 284). E così sino alla fine.

Anche l'abbandono autobiografico «la mestizia è natura» (II 150: cfr. *Rime*, 89) emerge solo dalle versificazioni: a parte la fatalità epigrammatica acquisita con la collocazione e con l'articolo (nella *I vers.* «È mestizia natura») può sprofondarsi nel cupo dell'anima solo quando il seguente facile dantismo «la prova» è cacciato dall'alfierianissimo «l'acchiude» («mal potrebbe Darne ragion quei che la prova», poi «chi in sè l'acchiude»: cfr. *Rosmunda*, III 219; *Vita*, III 15). Con analogo movimento, liberandosi dall'effusività colloquiale della stesura in prosa («Chi più m'ama, meno men parli: svanirà per se stessa») nello stesso brancolante e ambiguo sfogo di Mirra a Pereo: «Omai Di questa mia tristezza, chi più m'ama Men parli meno [*poi* Meno mi parli], e svanirà» (*I vers.*), poi «Or prego: Chi m'ama il più, di questa mia tristezza Il men mi parli, e svanirà» (II 188-90). E altrove con interventi, appena accennati nel rilievo dato alle sospensioni: «PE. i Genitori [...] abbandonar vuoi sì tosto, senza che te ne stringa il bisogno? MI. Abbandonarli sì per sempre, e morire» (*stes.*), «PE. e vuoi Ratta così lasciarli? MI. Il vo': per sempre Abbandonarli... e morir di dolore» (*I vers.*), poi «PE. e vuoi Ratta così, per sempre...? MI. Il vo'; ... per sempre Abbandonarli; ...e morir... di dolore...» (II 207-209).

La ricerca di intimità, di essenzialità, di spezzatura angosciata è evidente in questi tre campioni scelti fra le centinaia in direzione analoga (p. es. nello stesso atto ai vv. 226 ss., 244 s., 299 ss., 312 ss.; soppressione dei melodrammatici vv. 330-33 della *I vers.*). E tale ricerca si manifesta nelle versificazioni macroscopicamente con la volontà di staccare – e quindi di rilevare – da questa scena in un'autonoma scena terza la battuta sempre più risoluta e atterrita di Mirra, che vuol fuggire se stessa e la sua inesplorabile subcoscienza con un grido, per contrasto, tutto alfieriano: «ah pur ch'io sola Con me stessa non resti» (*I vers.*), poi «nè un istante, Io rimaner vo' sola con me stessa...» (II 228-29: la *stesura* nella sc. 2 «ch'io meco stessa sola non resti»: e cfr. *Rime*, 135; e anche *Filippo*, I 18; *Agamennone*, II 319-20).

La «fatal tristezza» di Mirra, così definita dall'Alfieri fin dal principio, semplicemente «sempre m'era [...] cogli anni venuta crescendo» (*stes.*), «cogli anni Venuta sempre [...] era crescendo» (*I vers.*): ma in fine «cogli anni sempre La fatal mia tristezza orrida era ita Ogni dì più crescendo» (III 76-78).

Col precipitare del dramma i colori si incupiscono, la fuga di Mirra da se stessa e dalla propria passione si fa «incessante, insoffribile, feroce» (III 97: *I vers.* «Insoffribil, terribile, perpetua», poi «Incessante, insoffribile, tremenda»). Ogni allusione, ogni termine connesso al «padre» è respinto quasi con ribrezzo. Fin dal principio Ciniro era chiamato da Mirra «Signor» (III 60); e poi (III 215-16) «La vita, Madre, or mi dai per la seconda volta», invece di «La vita Voi [padre e madre] mi donate una seconda volta» (e cfr. anche p. es. IV 217; V 155, 170, 214; a IV 67-68 «paterna» è respinta in collocazione meno sonante). Anzi i «genitori» non sono più tanto di Mirra quanto comuni a Mirra e a Pereo (IV 112), quasi a dar rilievo al rifiuto della fanciulla per il paventato rapporto *padre-figlia*. E il rifiuto si esplica attraverso l'opposizione a quello *padre-figlio* già prospettato affettuosamente in tutta la scena prima dell'atto II fra Ciniro e Pereo.

La tenace e tetra, vana e spietata lotta di Mirra con se stessa, tra desideri segreti che ella cerca respingere e confessione che sempre più la urge, è esemplarmente approfondita e chiaroscurata nell'elaborazione del quinto atto. È l'acme drammatico di cui tutta la tragedia non è che oscura e ambigua preparazione. Ogni nota o indugio melodrammatico, o anche solo teatrale, è respinto (è soppresso, p. es., un «Me lassa!» al v. 170; Euriclea non parla più nell'ultima scena). Ormai l'antagonismo-richiamo di Mirra al padre tende sempre più a tralucere in pieghe e toni allusivi, alle volte in insistenze puramente grammaticali (p. es. «tu solo» «a te» invece di «tu» «ti», «uccidevi» invece di «uccidesti»: vv. 44-47: e così v. 177), a esplodere in assimilazioni di morte (aggiunto: «MI. Ah!... peggior... d'ogni morte...»: v. 60), a rilevarsi col rilevarsi di parole-emblema («Vuoi farmi... Dunque morir di vergogna... al tuo... aspetto?», poi «Vuoi dunque... Farmi... al tuo aspetto... morir... di vergogna?...»: vv. 112 s.; «omai perduto L'amor paterno avrai per sempre», poi «omai per sempre Perduto hai tu l'amor del padre»: vv. 176 s.; e così vv. 130 s.).

Così sempre, fino al grido demente e rivelatore in cui, attraverso l'insistenza elaborativa, il suggerimento ovidiano («O felicem coniuge matrem») fa scoppiare l'incubo ossessivo di tutta la tragedia. Nell'ambiguità stessa del rimpianto sconsolato c'è già la coscienza anzi la volontà di espiazione nella morte:

> Oh cielo! non vederti più mai? neppure nel mio estremo morire? Oh mille volte felice la madre mia! ella almeno al tuo fianco morrassi
>
> *(stes.)*;

> e lungi
> Da te morire! [*poi* Del mio padre? Da te morire io
> lungi?] ... Oh mille volte e mille
> Felice appien la madre mia, che al fianco
> Morratti almeno...
>
> *(I vers.)*;

> ... Da te morire io lungi?...
> Oh madre mia felice!... almen concesso
> A lei sarà... di morire... al tuo fianco
>
> (V 181 ss.).

Dal melodrammatico, non senza riempitivi di maniera («mille volte», «appien», «morrassi», «morratti»), allo squallore tragico e inesorabile, rilevato dal nesso-contrasto «concesso» - «tuo»: questa è la tendenza dell'eccezionale ricerca stilisticoespressiva nelle ultime tre scene (cfr. p. es. anche vv. 192 ss., 200, 208 ss.). Lo stesso ritrarsi disperato dei genitori, anch'essi verso una morte liberatrice, non si conclude, come nella *prima versificazione*, con la sentenza troppo sonante «Ambo a morirne di dolore e d'onta». Si chiude in minore, con sommesso e intimo strazio fra opposti sentimenti espresso in due versi aggiunti («Empia... – Oh mia figlia», «Ahi sventurata!... Nè più abbracciarla io mai?...»). Nell'angoscia di Cecri, quasi come in quella di Micol per il padre deserto (*Saul*, V 216), non c'è più orrore ma solo tenerezza («uno dei pochissimi grandi momenti artistici» di Cecri, notava Momigliano).

Così la solitudine desolata e feroce di Mirra può imporsi, nella versificazione definitiva dell'ultima scena, come necessaria a concludere la tragedia. È una soluzione strutturale che suggella coerentemente tutta la rielaborazione: acquista un valore emblematico per la figura di Mirra quale è uscita dall'assiduo corpo a corpo alfieriano con le parole (a margine delle ultime due scene l'Alfieri notò «e qui si pesi ogni parola»). Non a caso l'opposizione-chiave di tutta la tragedia «innocente-empia» folgora solo dall'urto dei due termini nell'ultima redazione (V 218-20).

È tarda e vana, Euriclea, la tua pietade, e il tuo pianto.
Stamane d'un ferro o di veleno t'era d'uopo soccorrermi. Innocente, onorata io allora moriva

(*stes.*);

D'un ferro,
quand'io tel chiesi [*prima* dissi], dovevi, Euriclea,
Soccorrermi... Innocente... io [*agg.*] allor ... moriva

(*I vers.*);

Quand'io... tel... chiesi,...
Darmi... allora,... Euricléa, dovevi il ferro...
Io moriva... innocente; ...empia... ora... muojo...

(ma prima, senza il cozzo immediato e drammatico fra i due aggettivi: «Innocente io... moriva: ...or... empia... muojo», e «Io moriva... innocente: ...ed empia... or... muojo»).

Attraverso la faticata storia delle conquiste stilistico-espressive l'ultima presentazione squallida e deserta di Mirra può così raccogliere in due versi i motivi e l'anima della tragedia: «l'inutile purezza di Mirra; la lotta combattuta fino all'ultimo contro un destino implacabile; il desiderio di una morte che le impedisse di contaminarsi anche con una parola; il presentimento che l'incessante sospiro verso la liberazione sarebbe vano; la solitudine morale, che si rinnova e si suggella nell'estremo sospiro» (Momigliano).

A rilevare quei motivi e l'inesorabile isolamento di Mirra puntano anche gli interventi sulle voci dei vari personaggi, secondo quella funzione complementare e servile degli «altri» che già abbiamo messo in rilievo. Tendenzialmente, proprio per questo è accentuata la tenerezza di Euriclea su cui Mirra trasferisce la sua ansia di normalità e di pace (cfr. p. es. II 312 ss.); è approfondita l'ambiguità di Ciniro, fra emblema della legalità e padre tenero e uomo proteso a cogliere qualcosa che gli sfugge (cfr. p. es. IV 203 s.; V 216 ss.); è sempre più bilicata la maternità di Cecri fra impennate di orgoglio e abbandoni trepidi e pietosi (cfr. p. es. III 168 ss.; e specialmente V 217 s.); è sempre più spogliato di melodrammismi Pereo, indirizzato se mai ad essere – come ha detto l'Azzolini – quasi il «doppio» di Mirra, ma «doppio» nella normalità (cfr. p. es. II 59 ss.; IV 194 s. e 200; e la già citata soppressione del suo suicidio sul cadavere di Mirra).

Così la *Mirra*, nata in una stagione fra le più felici delle rime di solitudine e di meditatività (non a caso ne ripete spesso accenti e modi), è la tragedia più lirica e in certo senso più autobiografica dell'Alfieri. È la punta estrema nell'espressione della mestizia e della melanconia esistenziale, risolvibili solo nella morte, che ispirano anche le più alte liriche e le pagine più affascinanti della *Vita*. («Morte, a troncar l'obbrobriosa vita»: *Rime*, 18; e «morte» è termine-chiave, insistente, insieme a «malinconia», nella *Mirra* e nelle *Rime*.)

Per lasciare trapelare, o meglio per simboleggiare, quegli arcani inesplorati e inesplorabili il poeta ha voluto evocare, attraverso il mito, un plesso sentimentale e passionale per se stesso proibito e inconfessabile. Aveva ragione Debenedetti quando scriveva che il dramma di Mirra non è tanto la pena d'amore, quanto lo spaventoso travaglio di doverlo confinare al di sotto della coscienza. «Nè asconder cosa a te potrei,... se pria Non l'ascondessi anco a me stessa» (II 187-88). È motivo, questo dell'angoscia per l'inconscio e l'incontrollabile fondo di ogni anima, accennato nelle più alte liriche dell'Alfieri (p. es. 65, 108, 138, 268, 294) e in qualche momento sublime delle sue più grandi tragedie (*Agamennone*, *Saul*): ma è sviluppato e domina appieno, attraverso il mitico schermo dell'incesto, solo nella *Mirra*. Il poeta può toccare così, con esitazione e trepidazione, quello che c'è di più oscuro e indefinibile in ogni uomo, quello che c'era nel più intimo di lui stesso. Anche per la *Mirra* l'Alfieri avrebbe potuto ripetere il suo amatissimo Montaigne: «*Je suis moi même la matière de mes livres*».

Per la *Mirra*, oltre le opere citate nella Bibliografia generale, si tengano presenti alcuni scritti specifici che alle volte – come i commenti più sotto menzionati – sono citati col semplice nome dell'autore nelle pagine precedenti e nelle note al testo (in cui non sono tradotti i versi delle *Metamorfosi* citati, poiché tutta la narrazione ovidiana del mito di Mirra è riprodotta in versione italiana nell'*Appendice* a pp. 271 ss.): I. Teotochi Albrizzi, *Ritratti*, Padova 1808; P. De Saint-Victor, *Mirra*, in «La Presse», 3 giugno 1855; F. De Sanctis, *Saggi critici*, Napoli 1866 (ora i saggi alfieriani nel vol. IV delle *Opere* a cura di C. Muscetta, Torino 1972); A. Ristori, *Ricordi e studi artistici*, Torino 1888; O. Rank, *Das Inzest-Motiv in Dichtung und Sage*, Leipzig 1912; G. G. Ferrero,

Lingua e poesia nelle tragedie alfieriane, in «Annali alfieriani», II 1942; W. BINNI, *Saggi alfieriani*, Firenze 1969; F. FERRUCCI, *Il silenzio di Mirra*, in *Addio al Parnaso*, Milano 1971; A. ILLIANO, *Da «scelus» a innocenza. Osservazioni sulla genesi e problematicità della «Mirra» di Alfieri*, in «Studi Piemontesi», I 1972; C. BELLA, *Ricerca della motivazione agente nell'opera di Vittorio Alfieri*, in «Paragone», 322, 1976; P. GULLI PUGLIATTI, *I segni latenti*, Messina 1976; M. FRANKEL, *Mirra: non silenzio ma rivelazione calcolata*, in «Italica», LIV 1977; P. AZZOLINI, *La negazione simbolica nella Mirra alfieriana*, in «Lettere Italiane», XXXII 1980.

I commenti che più ho tenuto presenti sono quelli di: N. VACCALLUZZO (Livorno 1923[2]), di A. MOMIGLIANO (Firenze 1925[2]), di F. DEL CHIARO (Milano 1953), di P. CAZZANI (in V. A., *Opere*, I, Milano 1957), di W. BINNI e R. SCRIVANO (Firenze 1960), di P. GALLARDO (Novara 1970), di G. ZURADELLI (*Tragedie di V. A.*, Torino 1973), di P. CAZZANI (in V. A., *Tragedie e scritti scelti*, Brescia 1975), di A. DI BENEDETTO (in V. A., *Opere*, I, Milano-Napoli 1977).

Com'è noto la *Mirra* fu tradotta in francese ripetutamente (p. es. Paris, Coen 1855, Levy 1855 e 1856), in tedesco (Paris, Grosset Donnaud 1856), in spagnolo (Paris, Thunot 1857).

Aggiungo ora (1998) anche le seguenti edizioni: V. ALFIERI, *Mirra*, a cura di A. M. Vanalesti, Città di Castello, Società editrice Dante Alighieri 1983 [commento scolastico]; V. ALFIERI, *Mirra*, a cura di G. Davico Bonino, Torino, Einaudi 1988; V. ALFIERI, *Mirra*, a cura di B. Maier, Milano, Garzanti 1990; V. ALFIERI, *Mirra*, ed. bilingue a cura di C. Barbolani, trad. di M. Cabanyes, Madrid, Cátedra 1989; V. ALFIERI, *Mirra*, a cura di A. Fabrizi, Modena, Mucchi 1993 (Centro Nazionale di Studi Alfieriani. Studi e Documenti. Collana diretta da A. Di Benedetto) [edizione particolarmente importante e molto accurata; le sole imperfezioni rilevate nell'Edizione Astese sono costituite da mende tipografiche; da questa edizione sono riportate tali correzioni in questa ristampa].

Di notevole importanza sono anche i recenti studi: G. Santato, *«Oltre i confini del natural dolore...»: retorica tragica ed esperienza-limite nella «Mirra»*, in *Miscellanea di studi in onore di Vittore Branca*, Firenze, Olschki 1983, vol. IV/1, pp. 353-76; G. Davico Bonino, *Mirra, bambina dotata*, in AA.VV., *Vittorio Alfieri e la cultura piemontese fra illuminismo e rivoluzione*, a cura di G. Ioli, Torino, Bona 1985, pp. 225-27 (poi nell'ed. cit. della *Mirra* curata dallo stesso Davico Bonino); N. Mineo, *I significati della «Mirra»*, in *Istituzioni culturali e sceniche nell'età delle riforme*, a cura di G. Nicastro, Milano, Angeli 1986, pp. 149-82; A. Franceschetti, *Motivi poetici della «Mirra»*, in «Annali Accademici canadesi», III-IV 1988, pp. 5-38, e *Il tema dell'incesto e la «Mirra»*, in AA. VV., *Studi in onore di Mario Puppo*, Genova, Tilgher 1989, e *«Mirra» "empia" e "innocente"*, in AA.VV., *Les innovations théâtrales et musicales italiennes en France aux XVIII et XIX siècles. Actes du 3e Congrès International* (Paris, 28-31 mai 1986), a cura di I. Mamczarz, Paris, Presses Universitaires de France 1991, pp. 121-33; C. Barbolani, *Cabanyes, traductor de Alfieri*, in AA.VV., *Actas del VI Simposio de la Societad Española de Literatura general y Comparada*, Granada 1989, pp. 239-44 (sulla traduzione della *Mirra* in spagnolo eseguita nel 1831 da Manuel de Cabanyes, e *La singular apropriación de un texto (Notas sobre la «Mirra» de Cabanyes)*, in AA.VV., *Fidus interpres. Actas de la Primeras Jornadas Nacionales de historia de la traducción*, Universidad de Léon 1989, vol. II, pp. 194-98; A. Fabrizi, *La tradizione poetica* [studio dedicato in massima parte alla *Mirra*] e *Mirra*, in *Le scintille del vulcano (Ricerche sull'Alfieri)*, Modena, Mucchi 1993 (Centro Nazionale di Studi Alfieriani. Studi e Documenti. Collana diretta da A. Di Benedetto), pp. 19-40 e 275-99; M. Guglielminetti, *Saul e Mirra*, Roma, «L'Erma» di Bretschneider 1993; S. Costa, *Alfieri e la mimesi delle passioni*, in *Atlante delle passioni*, a cura di S. Moravia, Bari, Laterza 1993, pp. 79-96; G. A. Camerino, *Alfieri, la musica e il linguaggio della tragedia*, in

«Giornale storico della letteratura italiana», CIX 1992, pp. 19-48 [cenni sul coro nuziale della *Mirra*]; D. FEDELE, *Il linguaggio mitologico nelle tragedie dell'Alfieri*, in «Humanitas», N. S., LI, 4, 1996, pp. 557-70 [studio dedicato per la maggior parte alla *Mirra*].

Per le rappresentazioni della *Mirra* segnalo: *Mirra*, regia di Luca Ronconi, interpreti Galatea Ranzi, Remo Girone, Anita Bartolucci, Hossein Taheri, Ottavia Piccolo. Partitura musicale del coro elaborata da Paolo Terni sulla *Missa pro defunctis* di François-Joseph Gossec. Torino, Teatro Carignano, stagione 1988-89 (poi rappresentata in tutto il circuito dell'Ente Teatrale Italiano) [rappresentazione molto importante; di grande intensità e finezza, in particolare, l'interpretazione di Mirra offerta da Galatea Ranzi].

Nell'ambito della 17ª edizione di *Asti Teatro* (Asti, 23 giugno 1995) è stata messa in scena, con il titolo *Io disperatamente amo... e indarno!* [da *Mirra*, V 139]: *le donne nell'opera di Vittorio Alfieri*, un'antologia di brani di personaggi femminili delle tragedie di Alfieri (*Antonio e Cleopatra*, *Filippo*, *Polinice*, *Antigone*, *Agamennone*, *Mirra*) e di due commedie (*L'Antidoto*, *Il Divorzio*). Regia di Massimo Scaglione, scene di Eugenio Guglielminetti. Interpreti Loredana Furno, Ileana Ghione, Pamela Villoresi, Franca Nuti, Vittoria Lottero, Athina Cenci, Milena Vukotic. Meritevoli di segnalazione sono pure: *Mirra di Vittorio Alfieri*, a cura di P. Ferrero, Teatro Stabile di Torino, Comlito 1988 [programma di sala della rappresentazione di *Mirra* con regia di Ronconi]; e C. BO, *S'apre il sipario e riecco Alfieri*, in «Corriere della Sera», 13 ottobre 1987, p. 3 [su questa rappresentazione della *Mirra* e su quella del *Filippo* con regia di Giovanni Testori].

ALLA NOBIL DONNA
LA SIGNORA CONTESSA
LUISA STOLBERG D'ALBANIA[1]

Vergognando talor che ancor si taccia,
    Donna, per me l'almo tuo nome in fronte
    Di queste omai già troppe, e a te ben conte[2]
    Tragedie, ond'io di folle avrommi taccia;

Or vo' qual d'esse meno a te dispiaccia
    Di te fregiar: benchè di tutte il fonte
    Tu sola fossi;[3] e il viver mio non conte,
    Se non dal dì che al viver tuo si allaccia.

Della figlia di Ciniro infelice
    L'orrendo a un tempo ed innocente amore,
    Sempre da' tuoi begli occhi il pianto elice:[4]

Prova emmi questa, che al mio dubbio[5] core
    Tacitamente imperïosa dice;
    Ch'io di Mirra consacri a te il dolore.

                                       VITTORIO ALFIERI

[1] La donna dell'Alfieri dal 1777, il «degno amore» che da allora lo «allaccia finalmente per sempre» (cfr. *Prefazione*, p. 62). Era Luisa di Stolberg Gedern, nata di famiglia principesca a Mons nel 1752, sposata nel 1772 al già maturo Carlo Edoardo Stuart, conte d'Albany, pretendente al trono d'Inghilterra (1720-1788) e da lui separatasi.

[2] *conosciute, note.*

[3] Annotò l'Alfieri (ms. Laurenziano 4, c. 1r): «Epigrafe dedicando Mirra a Psipsia [*ipocoristico usato per Luisa*] Nulla meis sine te quaeretur gloria rebus. Virg. Aeneidos lib. IX Ascanius Euryalo vers. 278».

[4] *trae, fa sgorgare* (dal lat. *elicere*).

[5] *dubbioso, esitante.*

PERSONAGGI

Ciniro
Cecri
Mirra
Peréo
Euriclea
Coro
Sacerdoti
Popolo

scena: la reggia in Cipro[1]

---

[1] L'isola nell'estremo Mediterraneo orientale. Ciniro figlio di Pafo — a sua volta figlio di Pigmalione e di Galatea-Afrodite — ne fu il primo mitico re, vi fondò Pafo e vi costruì il famoso tempio di Afrodite o Venere, cui Cipro fu sacra.

ATTO PRIMO

SCENA PRIMA

CECRI, EURICLEA

CECRI

Vieni, o fida Euricléa:[1] sorge ora appena
L'alba; e si tosto a me venir non suole
Il mio consorte. Or, della figlia nostra
Misera tanto, a me narrar puoi tutto.
Già l'afflitto tuo volto, e i mal repressi   5
Tuoi sospiri, mi annunziano...

EURICLEA

                    Oh regina!...
Mirra infelice, strascina una vita[2]
Peggio assai d'ogni morte. Al re non oso
Pinger[3] suo stato orribile: mal puote

---

[1] «È l'unica "nutrice" del teatro alfieriano... piuttosto che a una confidente del teatro italiano e francese del secolo XVII... somiglia alla buona servitrice omerica, all'"amorosa vecchia" nutrice di Ulisse, Euriclea» (Vaccalluzzo). L'Alfieri criticò l'abuso delle figure di confidenti nel teatro francese (*Vita*, III 5).

[2] «Misera vita strascino» (*Rime*, 108); «io strascino i giorni miei perversi» (80); «Di giorno in giorno strascinar la vita» (304); «strascinava i miei giorni nel serventismo» (*Vita*, III 14). «*Trascinare la vita*, è peggio di trarla; vale: strapazzarla o in fatiche dolorose o ne' tedii dell'inerzia, o nelle triste esultazioni del male: *strascinarla*, ne sentire ancora più la gravezza»: N. TOMMASEO, *Dizionario dei sinonimi*, 2337. È «peggio assai d'ogni morte». Subito Mirra è connotata dal linguaggio di morte e di negazione: «morte» e «negare» e i loro derivati, gli elementi stessi negativi (*no, non, mai*) dominano, come nota la Azzolini, non solo per la frequenza ma per il rilievo che hanno nella costruzione sintattica e metrica.

[3] *dipingere, descrivere.*

Un padre intender di donzella il pianto; 10
Tu madre, il puoi. Quindi a te vengo; e prego,
Che udir mi vogli.

CECRI

È ver, ch'io da gran tempo
Di sua rara beltà languire il fiore[4]
Veggo: una muta, una ostinata ed alta[5] 15
Malinconia mortale appanna in lei
Quel sì vivido sguardo: e, piangesse ella!...
Ma, innanzi a me, tacita stassi; e sempre
Pregno ha di pianto, e asciutto sempre ha il ciglio.
E invan l'abbraccio; e le chieggo, e richieggo, 20
Invano ognor, che il suo dolor mi sveli:
Niega ella il duol; mentre di giorno in giorno
Io dal dolor strugger la veggio.

EURICLEA

A voi
Ella è di sangue figlia; a me, d'amore;
Ch'io, ben sai, l'educava: ed io men vivo
In lei soltanto; e il quarto lustro è quasi 25
A mezzo già,[6] che al seno mio la stringo
Ogni dì fra mie braccia... Ed or, fia vero,
Che a me, cui tutti i suoi pensier solea,
Tutti affidar fin da bambina, or chiusa
A me pure si mostri? E s'io le parlo 30

---

[4] Cfr. II 48-49.

[5] *profonda* (dal lat. *altus*): non *nobile*, *illustre* come a vv. 66, 136-37 ecc. Appare qui per la prima volta il termine-chiave della tragedia «malinconia» (15), che subito isola la protagonista nel suo segreto tormento: come l'Alfieri raffigurava se stesso (*Rime*, 65 e 169). E per la prima volta quel «veggo» isola quasi come spettatori atterriti i personaggi che assistono impotenti al dramma di Mirra (i verbi di «vedere» sono insistenti sulle loro labbra): cfr. *Introduzione*, pp. 185 s. e 183.

[6] Mirra ha dunque poco più di diciassette anni. «Fia» (v. 27), *sarà*.

Del suo dolore, anco a me il niega, e insiste,
E contra me si adira... Ma pur, meco
Spesso, malgrado suo, prorompe in pianto.

CECRI

Tanta mestizia, in quel cor giovenile,
Io da prima credea, che figlia fosse 35
Del dubbio, in cui su la vicina scelta
D'uno sposo ella stavasi. I più prodi
D'Asia e di Grecia principi possenti,
A gara tutti concorreano in Cipro,
Di sua bellezza al grido:[7] e appien per noi 40
Donna di sè[8] quanto alla scelta ell'era.
Turbamento non lieve in giovin petto
Dovean recare i varj, e ignoti, e tanti
Affetti. In questo, ella il valor laudava;
I dolci modi, in quello: era di regno 45
Maggiore l'un: con maestà beltade
Era nell'altro somma: e qual piaceva
Più agli occhi suoi, forse temea che al padre
Piacesse meno. Io, come madre e donna,
So qual battaglia in cor tenero e nuovo[9] 50
Di donzelletta timida destarsi
Per tal dubbio dovea. Ma, poichè tolta
Ogni contesa ebbe Peréo,[10] di Epiro
L'erede: a cui, per nobiltà, possanza,
Valor, beltade, giovinezza, e senno, 55
Nullo omai si agguagliava; allor che l'alta

---

[7] *alla fama.* Cfr. *Met.*, X 315-17: «Undique lecti / te cupiunt proceres totoque oriente iuventa / ad thalami certamen adest». E leggendaria era la superbia della madre per la bellezza della figlia: cfr. I 175 ss.

[8] *padrona di sé* (dal lat. *domina*), e perciò libera nella scelta dello sposo: v. anche III 14 e 153, IV 232.

[9] *nuovo all'amore, inesperto.*

[10] Peréo, figlio di Elato ed erede al trono d'Epiro, prescelto da Mirra aveva troncato le contese dei pretendenti. Non appariva in Ovidio.

Scelta di Mirra a noi pur tanto piacque;
Quando in sè stessa compiacersen ella
Lieta dovea; più forte in lei tempesta
Sorger vediamo, e più mortale angoscia   60
La travaglia ogni dì?... Squarciar mi sento
A brani a brani a una tal vista il core.

EURICLEA

Deh, scelto pur non avesse ella mai!
Dal giorno in poi,[11] sempre il suo mal più crebbe:
E questa notte, ch'ultima precede   65
L'alte sue nozze, (oh cielo!) a lei la estrema
Temei non fosse di sua vita. — Io stava
Tacitamente immobil nel mio letto,
Che dal suo non è lungi; e, intenta sempre
Ai moti suoi, pur di dormir fea vista:[12]   70
Ma, mesi e mesi son, da ch'io la veggo
In tal martir, che dal mio fianco antico
Fugge ogni posa.[13] Io del benigno Sonno,
Infra me tacitissima, l'aita[14]
Per la figlia invocava: ei più non stende   75
Da molte e molte notti l'ali placide[15]
Sovr'essa. — I suoi sospiri eran da prima
Sepolti[16] quasi; eran pochi; eran rotti:
Poi (non udendomi ella) in sì feroce
Piena crescean, che al fin, contro sua voglia,   80
In pianto dirottissimo, in singhiozzi

---

[11] *da quel giorno in poi, in avanti.*

[12] *fingevo.*

[13] *riposo*: cfr. I 172 ss. e anche *Saul*, II 35-36. Per il «fianco antico» cfr. Petrarca, *Rime*, XVI 5: «indi traendo poi l'antiquo fianco»; e *Antigone*, I 171-72; *Virginia*, III 21; *Merope*, III 54; *La congiura de' Pazzi*, V 162.

[14] *l'aiuto, il soccorso.*

[15] Endecasillabo con uscita sdrucciola (cfr. III 162, IV 113).

[16] *repressi*: ma evoca un controllo anche psichico, come di moti celati e voluti celare nel profondo dell'anima (cfr. *Introduzione*, pp. 185 s.).

Si cangiavano, ed anco in alte strida.
Fra il lagrimar, fuor del suo labro usciva
Una parola sola: «Morte... morte;»
E in tronchi accenti spesso la ripete.[17] 85
Io balzo in piedi; a lei corro, affannosa:
Ella, appena mi vede, a mezzo taglia
Ogni sospiro, ogni parola e pianto;
E, in sua regal fierezza ricomposta,
Meco adirata quasi, in salda voce 90
Mi dice: «A che ne vieni? or via, che vuoi?...»
Io non potea risponderle; io piangeva,
E l'abbracciava, e ripiangeva... Al fine
Riebbi pur lena, e parole. Oh! come
Io la pregai, la scongiurai, di dirmi 95
Il suo martìr;[18] che rattenuto in petto,
Me pur con essa uccideria!... Tu madre,
Con più tenero e vivo amor parlarle
Non potevi, per certo. — Ella il sa bene,
S'io l'amo; ed anche, al mio parlar, di nuovo 100
Gli occhi al pianto schiudeva, e mi abbracciava,
E con amor mi rispondea. Ma, ferma
Sempre in negar, dicea; ch'ogni donzella,
Per le vicine nozze, alquanto è oppressa
Di passeggera doglia; e a me il comando 105
Di tacervelo dava. Ma il suo male
Si radicato è addentro, egli è tant'oltre,
Ch'io tremante a te corro; e te scongiuro
Di far sospender le sue nozze: a morte
Va la donzella, accertati.[19] — Sei madre; 110
Nulla più dico.

[17] Cfr. *Met.*, X 377-78: «nec modus aut requies, nisi mors, reperitur amoris. / Mors placet». «Morte» è l'altro termine-chiave della tragedia: cfr. p. es. 109 e 147, II 246-47 e 299 e 312-13, V 130.

[18] Cioè di spiegarmi cos'era la sua sofferenza. Cfr. *Met.*, X 391-93: «Instat anus canosque suos et inania nudans / ubera, per cunas alimentaque prima precatur, / ut sibi committat quicquid dolet».

[19] *siine certa*; cfr. IV 65.

CECRI

...Ah!... pel gran pianto,... appena...
Parlar poss'io. — Che mai, ch'esser può mai?...
Nella sua etade giovanil, non altro
Martìre ha loco, che d'amor martìre.
Ma, s'ella accesa è di Peréo, da lei   115
Spontanea scelto, onde[20] il lamento, or ch'ella
Per ottenerlo sta? se in sen racchiude
Altra fiamma,[21] perchè sceglìea fra tanti
Ella stessa Peréo?

EURICLEA

...D'amor non nasce
Il disperato dolor suo;[22] tel giuro.   120
Da me sempr'era custodita; e il core
A passïon nessuna aprir potea,
Ch'io nol vedessi. E a me lo avria pur detto;
A me, cui tiene[23] (è ver) negli anni madre,
Ma in amore, sorella. Il volto, e gli atti,   125
E i suoi sospiri, e il suo silenzio, ah! tutto
Mel dice assai, ch'ella Peréo non ama.
Tranquilla almen, se non allegra, ella era
Pria d'aver scelto: e il sai, quanto indugiasse
A scegliere. Ma pur, null'uomo al certo   130
Pria di Peréo le piacque: è ver, che parve
Ella il chiedesse, perchè elegger uno
Era, o il credea, dovere.[24] Ella non l'ama;
A me ciò pare: eppur, qual altro amarne
A paragon del gran Peréo potrebbe?   135
D'alto cor la conosco; in petto fiamma,

---

[20] da quale causa proviene.
[21] altro, diverso amore.
[22] Cfr. II 126: «il disperato duol».
[23] che considera.
[24] Cfr. Met., X 317-18: «ex omnibus unum / elige, Myrrha, virum, dum ne sit in omnibus unus».

Ch'alta non fosse, entrare a lei non puote.
Ciò ben poss'io giurar: l'uom ch'ella amasse,
Di regio sangue ei fora:[25] altro non fora.
Or, qual ve n'ebbe qui, ch'ella a sua posta[26]   140
Far non potesse di sua man felice?
D'amor non è dunque il suo male. Amore,
Benchè di pianto e di sospir si pasca,
Pur lascia ei sempre un non so che di speme,
Che in fondo al cor traluce; ma di speme   145
Raggio nessuno a lei si affaccia: è piaga
Insanabil la sua; pur troppo!... Ah! morte,
Ch'ella ognor chiama, a me deh pria venisse!
Almen così, struggersi a lento fuoco
Non la vedrei!...   150

CECRI

Tu mi disperi...[27] Ah! queste
Nozze non vo', se a noi pur toglier ponno[28]
L'unica figlia... Or va; presso lei torna;
E non le dir, che favellato m'abbi.
Colà verrò, tosto che asciutto il ciglio
Io m'abbia, e in calma ricomposto il volto.   155

EURICLEA

Deh! tosto vieni. Io torno a lei; mi tarda[29]
Di rivederla. Oh ciel! chi sa, se mentre
Io così a lungo teco favellava,
Chi sa, se nel feroce impeto stesso
Di dolor non ricadde? Oh! qual pietade   160
Mi fai tu pur, misera madre!... Io volo;

---

[25] *sarebbe.*

[26] *di sua libera volontà.*

[27] *mi fai disperare, mi togli ogni speranza*: uso transitivo di «disperare» (cfr. V 175).

[28] *se a noi per sempre togliere possono.*

[29] *non vedo l'ora.*

Deh! non tardare; or, quanto indugi meno,
Più ben farai...

CECRI

    Se l'indugiar mi costi,
Pensar tu il puoi: ma in tanto insolit'ora,
Nè appellarla vogl'io, nè a lei venirne,   165
Nè turbata mostrarmele. Non vuolsi[30]
In essa incuter nè timor, nè doglia:
Tanto è pieghevol,[31] timida, e modesta,
Che nessun mezzo è mai benigno troppo,
Con quella nobil indole. Su, vanne;   170
E posa[32] in me, come in te sola io poso.

SCENA SECONDA

CECRI

Ma, che mai fia? già l'anno or volge quasi,[33]
Ch'io con lei mi consumo; e neppur traccia
Della cagion del suo dolor ritrovo!
Di nostra sorte i Numi invidi forse,   175
Torre or ci von sì rara figlia, a entrambi
I genitor solo conforto e speme?[34]
Era pur meglio il non darcela, o Numi.
Venere, o tu, sublime Dea di questa

---

[30] *Non bisogna, Non è opportuno.*
[31] *docile, arrendevole*: quasi a contrasto con la raffigurazione dei vv. 89 ss.
[32] *confida, abbi fiducia.*
[33] *è già quasi un anno*: cfr. I 70 ss.
[34] Cecri accenna qui per la prima volta al sospetto di una vendetta degli dei – e in particolare di Venere – per aver ella superbamente vantato la bellezza di Mirra come superiore anche a quella della stessa dea. Cfr. anche i vv. 40 ss., 183-85, e soprattutto il racconto di Cecri a III 230 ss., confermato dalle parole di Euriclea a Mirra (II 263 ss.).

A te devota isola sacra,[35] a sdegno 180
La sua troppa beltà forse ti muove?
Forse quindi al par d'essa in fero stato
Me pur riduci? Ah! la mia troppa e stolta
Di madre amante baldanzosa gioja,
Tu vuoi ch'io sconti in lagrime di sangue... 185

SCENA TERZA

CINIRO, CECRI

CINIRO

Non pianger, donna. Udito in breve ho il tutto;
Euricléa di svelarmelo costrinsi.
Ah! mille volte pria morir vorrei,
Che all'adorata nostra unica figlia
Far forza io mai. Chi pur creduto avrebbe, 190
Che trarla a tal[36] dovessero le nozze
Chieste da lei? Ma, rompansi. La vita
Nulla mi cal,[37] nulla il mio regno, e nulla
La gloria mia pur anco, ov'io non vegga
Felice appien la nostra unica prole. 195

CECRI

Eppur, volubil mai Mirra non era.
Vedemmo in lei preceder gli anni il senno;[38]
Saggia ogni brama sua; costante, intensa
Nel prevenir le brame nostre ognora.
Ben ella il sa, se di sua nobil scelta 200

---

[35] Cipro fu nell'antichità, come abbiamo già detto, sacra al culto di Venere: per questo i versi hanno una solennità ieratica di prece.

[36] *a tale punto, a tale stato.*

[37] *m'importa* (dal lat. *calere*).

[38] Cioè: la vedemmo crescere prima in prudenza e maturità che in età, la vedemmo maturare prima spiritualmente che fisicamente.

Noi ci estimiam beati: ella non puote
Quindi, no mai, pentirsene.

CINIRO

              Ma pure,
S'ella in cor sen pentisse? — Odila, o donna:
Tutti or di madre i molli affetti adopra
Con lei; fa ch'ella al fine il cor ti schiuda,   205
Sin che n'è tempo. Io t'apro il mio frattanto:
E dico, e giuro, che il pensier mio primo
È la mia figlia. È ver, che amico farmi
D'Epíro il re mi giova: e il giovinetto
Perèo suo figlio, alla futura spene[39]   210
D'alto reame, un altro pregio aggiunge,
Agli occhi miei maggiore. Indole umana,
E cuor, non men che nobile, pietoso
Ei mostra. Acceso, in oltre, assai lo veggio
Di Mirra. — A far felice la mia figlia,   215
Scer[40] non potrei più degno sposo io mai;
Certo egli è di sue nozze; in lui, nel padre,
Giusto saria lo sdegno, ove la data
Fè si rompesse;[41] e a noi terribil anco
Esser può l'ira loro: ecco ragioni   220
Molte, e possenti, d'ogni prence agli occhi;
Ma nulle[42] ai miei. Padre, mi fea natura;
Il caso, re. Ciò che ragion di stato[43]
Chiaman gli altri miei pari, e a cui son usi
Pospor l'affetto natural, non fia   225
Nel mio paterno seno mai bastante
Contra un solo sospiro della figlia.

---

[39] *speme*, cioè *speranza*.
[40] *scegliere*: v. anche II 9.
[41] *qualora si infrangesse la promessa* (*di matrimonio*).
[42] *di nessun valore*.
[43] Espressione anacronistica sulle labbra di un greco antico.

Di sua sola letizia esser poss'io,
Non altrimenti, lieto. Or va; gliel narra;
E dille in un, che a me spiacer non tema, 230
Nel discoprirmi il vero: altro non tema,
Che di far noi con sè stessa infelici.
Frattanto udir vo' da Peréo, con arte,[44]
Se riamato egli s'estima; e il voglio
Ir preparando a ciò che a me non meno 235
Dorria, che a lui. Ma pur, se il vuole il fato,
Breve omai resta ad arretrarci l'ora.[45]

CECRI

Ben parli: io volo a lei. — Nel dolor nostro,
Gran sollievo mi arreca il veder, ch'uno
Voler concorde, e un amor solo, è in noi. 240

---

[44] *in modo accorto.*
[45] *poco tempo ci resta per recedere*, cioè per rinunciare alle nozze.

ATTO SECONDO

SCENA PRIMA

CINIRO, PEREO

PEREO

Eccomi a' cenni tuoi. Lontana molto,
Spero, o re, non è l'ora, in cui chiamarti
Padre amato potrò...

CINIRO

        Peréo, m'ascolta. —
Se te stesso conosci, assai convinto
Esser tu dei, quanta e qual gioja arrechi   5
A un padre amante d'unica sua figlia
Genero averti. Infra i rivali illustri,
Che gareggiavan teco, ove uno sposo
Voluto avessi a Mirra io stesso scerre,[1]
Senza pur dubitar, te scelto avria.   10
Quindi, eletto da lei, se caro io t'abbia
Doppiamente, tu il pensa. Eri tu il primo
Di tutti in tutto, a senno altrui;[2] ma al mio,
Più che pel sangue e pel paterno regno,
Primo eri, e il sei, per le ben altre doti   15
Tue veramente, onde maggior saresti
D'ogni re sempre, anco privato...[3]

---

[1] *scegliere*: cfr. I 216.
[2] *a giudizio degli altri.*
[3] *anche come semplice cittadino.*

PEREO

     Ah! padre...
(Già d'appellarti di un tal nome io godo)
Padre, il più grande, anzi il mio pregio solo,
È di piacerti. I detti tuoi mi attento[4]   20
Troncar; perdona: ma mie laudi tante,
Pria di mertarle, udir non posso. Al core
Degno sprone sarammi il parlar tuo,
Per farmi io quale or tu mi credi, o brami.
Sposo a Mirra, e tuo genero, d'ogni alto   25
Senso dovizia aver degg'io:[5] ne accetto
Da te l'augurio.

CINIRO

     Ah! qual tu sei, favelli. —
E perchè tal tu sei, quasi a mio figlio
Io parlarti ardirò. — Di vera fiamma
Ardi, il veggo, per Mirra; e oltraggio grave   30
Ti farei, dubitandone. Ma,... dimmi;...
Se indiscreto il mio chieder non è troppo,...
Sei parimente riamato?

PEREO

     ...Io nulla
Celar ti debbo. — Ah! riamarmi, forse
Mirra il vorrebbe, e par nol possa. In petto   35
Già n'ebbi io speme; e ancor lo spero; o almeno,
Io men lusingo. Inesplicabil cosa,
Certo, è il contegno, in ch'ella[6] a me si mostra.
Ciniro, tu, benchè sii padre, ancora
Vivi ne' tuoi verdi anni, e amor rimembri: 40
Or sappi, ch'ella a me sempre tremante

---

[4] *ardisco, oso.*
[5] *devo esser ricco d'ogni più nobile sentimento.*
[6] *nel quale ella.*

Viene, ed a stento a me si accosta; in volto
D'alto pallor si pinge; de' begli occhi
Dono a me mai non fa; dubbj,[7] interrotti,
E pochi accenti in mortal gelo involti   45
Muove; nel suolo le pupille, sempre
Di pianto pregne, affigge; in doglia orrenda
Sepolta è l'alma; illanguidito il fiore
Di sua beltà divina:[8] — ecco il suo stato.
Pur, di nozze ella parla; ed or diresti,   50
Ch'ella stessa le brama, or che le abborre
Più assai che morte; or ne assegna ella il giorno,
Or lo allontana. S'io ragion le chieggo
Di sua tristezza, il labro suo la niega;
Ma di dolor pieno, e di morte, il viso[9]   55
Disperata la mostra. Ella mi accerta,
E rinnuova ogni dì, che sposo vuolmi;
Ch'ella m'ami, nol dice; alto, sublime.[10]
Finger non sa il suo core. Udirne il vero
Io bramo e temo a un tempo: io 'l pianto affreno;[11]   60
Ardo, mi struggo, e dir non l'oso. Or voglio
Di sua mal data fede io stesso sciorla;[12]
Or vo' morir, che perder non la posso;
Nè, senza averne il core,[13] io possederla
Vorrei... Me lasso!... ah! non so ben s'io viva,   65
O muoja omai.[14] — Così, racchiusi entrambi,

---

[7] *dubbiosi, esitanti.*

[8] Cfr. I 13.

[9] Già il Maffei nella *Merope*: «di pianto il sen, piena di morte il volto» (III 23); e cfr. Racine, *Phèdre*, V, sc. V 3-4: «Un mortel désespoir sur son visage est peint; / la pâleur de la mort est déjà sur son teint».

[10] Aggettivi che si riferiscono a «il suo core».

[11] *freno, trattengo.*

[12] *liberarla io stesso dall'impegno da lei assunto incautamente.*

[13] *senza averne l'amore.*

[14] Cfr. *Rime*, 138, vv. 3-4: «il dolor... Non vuol ch'io viva, e non ch'io muoja».

E di dolor, benchè diverso, uguale[15]
Ripieni l'alma, al dì fatal siam giunti,
Che irrevocabil oggi ella pur volle
All'imenéo prefiggere...[16] Deh! fossi   70
Vittima almen di dolor tanto io solo!

CINIRO

Pietà mi fai, quanto la figlia... Il tuo
Franco e caldo parlare un'alma svela
Umana ed alta: io ti credea ben tale;
Quindi men franco non mi udrai parlarti. —   75
Per la mia figlia io tremo. Il duol d'amante
Divido io teco; ah! prence, il duol di padre
Meco dividi tu. S'ella infelice
Per mia cagion mai fosse!... È ver, che scelto
Ella t'ha sola; è ver, che niun l'astringe...[17]   80
Ma, se pur onta,[18] o timor di donzella...
Se Mirra, in somma, a torto or si pentisse?...

PEREO

Non più; t'intendo. Ad amator, qual sono,
Appresentar[19] puoi tu l'amato oggetto
Infelice per lui? ch'io me pur stimi   85
Cagion, benchè innocente, de' suoi danni,
E ch'io non muoja di dolore? — Ah! Mirra
Di me, del mio destino, omai sentenza
Piena pronunzj: e s'or Peréo le incresce,
Senza temenza[20] il dica: io non pentito   90
Sarò perciò di amarla. Oh! lieta almeno
Del mio pianger foss'ella!... A me fia dolce

---

[15] *uguale per intensità, ma originato da cause diverse* (Zuradelli).
[16] *fissare per le nozze.*
[17] *la costringe*: e cfr. più avanti v. 163.
[18] Cioè *pudore.*
[19] *presentare.*
[20] *timore.*

Anco il morir, pur ch'ella sia felice.

CINIRO

Peréo, chi udirti senza pianger puote?...
Cor, nè il più fido, nè in più fiamma acceso   95
Del tuo, non v'ha. Deh! come a me l'apristi,
Così il dischiudi anco alla figlia: udirti,
E non ti aprire anch'ella il cor, son certo,
Che nol potrà. Non la cred'io pentita;
(Chi il fora,[21] conoscendoti?) ma trarle   100
Potrai dal petto la cagion tu forse
Del nascosto suo male. — Ecco, ella viene;
Ch'io appellarla già fea. Con lei lasciarti
Voglio; ritegno al favellar d'amanti
Fia sempre un padre. Or, prence, appien le svela   105
L'alto tuo cor che ad ogni cor fa forza.[22]

SCENA SECONDA

MIRRA, PEREO

MIRRA

Ei con Peréo mi lascia?... Oh rio cimento!
Vieppiù il cor mi si squarcia...

PEREO

     È sorto, o Mirra,
Quel giorno al fin, quel che per sempre appieno
Far mi dovria felice, ove tu il fossi.   110
Di nuzïal corona ornata il crine,
Lieto ammanto pomposo,[23] è ver, ti veggo:

---

[21] *chi potrebbe esserlo.*
[22] *il tuo nobile cuore* (cioè *il tuo amore*) *cui nessun cuore deve poter resistere, che può vincere ogni cuore.*
[23] *lieto ornamento per la solennità nuziale* (Zuradelli).

Ma il tuo volto, e i tuoi sguardi, e i passi, e ogni atto,
Mestizia è in te. Chi della propria vita
T'ama più assai, non può mirarti, o Mirra, 115
A nodo indissolubile venirne
In tale aspetto. È questa l'ora, è questa,
Che a te non lice più ingannar te stessa,
Nè altrui. Del tuo martír (qual ch'ella sia)
O la cagion dei dirmi, o almen dei dirmi, 120
Che in me non hai fidanza niuna;[24] e ch'io
Mal rispondo a tua scelta, e che pentita
Tu in cor ne sei. Non io di ciò terrommi
Offeso, no; ben di mortal cordoglio
Pieno ne andrò. Ma, che ti cale in somma 125
Il disperato duol[25] d'uom che niente ami,
E poco estimi? A me rileva[26] or troppo
Il non farti infelice. — Ardita, e franca
Parlami, dunque. — Ma, tu immobil taci?...[27]
Disdegno e morte il tuo silenzio spira... 130
Chiara è risposta il tuo tacer: mi abborri;
E dir non l'osi... Or, la tua fè[28] riprendi
Dunque: dagli occhi tuoi per sempre a tormi
Tosto mi appresto, poichè oggetto io sono
D'orror per te... Ma, s'io pur dianzi l'era, 135
Come mertai tua scelta? e s'io il divenni
Dopo, deh! dimmi; in che ti spiacqui?

MIRRA

                        ...Oh prence!...
L'amor tuo troppo il mio dolor ti pinge

---

[24] *fiducia alcuna.*
[25] Cfr. I 120.
[26] *importa, sta a cuore.*
[27] Così Mirra tace dinanzi alla nutrice anche in Ovidio: «Muta silet virgo terramque inmota tuetur» (*Met.*, X 389).
[28] *la tua promessa, la parola data.*

Fero più assai,[29] ch'egli non è. L'accesa
Tua fantasia ti spigne oltre ai confini 140
Del vero. Io taccio al tuo parlar novello;[30]
Qual maraviglia? inaspettate cose
Odo, e non grate; e, dirò più, non vere:
Che risponder poss'io? — Questo alle nozze
È il convenuto giorno; io presta vengo 145
A compierle; e di me dubita intanto
Il da me scelto sposo? È ver, ch'io forse
Lieta non son, quanto il dovria chi raro
Sposo ottiene, qual sei: ma, spesse volte
La mestizia è natura;[31] e mal potrebbe 150
Darne ragion chi in sè l'acchiude:[32] e spesso
Quell'ostinato interrogar d'altrui,
Senza chiarirne il fonte, in noi l'addoppia.[33]

PEREO

T'incresco; il veggo a espressi segni. Amarmi,
Io sapea che nol puoi; lusinga stolta 155
Nell'infermo mio core entrata m'era,
Che tu almen non mi odiassi: in tempo ancora,
Per la tua pace e per la mia, mi avveggio
Ch'io m'ingannava. — In me non sta (pur troppo!)
Il far che tu non m'odj: ma in me solo 160
Sta, che tu non mi spregj. Omai disciolta,
Libera sei d'ogni promessa fede.
Contro tua voglia invan l'attieni:[34] astretta,

---

[29] *Il troppo tuo amore ti fa immaginare il mio dolore assai più terribile.*

[30] *insolito.*

[31] Cfr. *Rime*, 89 (novembre 1783, undici mesi prima dell'«idea» della *Mirra*): «la mestizia è in me natura»: e cfr. *Filippo*, I 12 e n.

[32] *la racchiude* (cfr. *Introduzione*, p. 186).

[33] *senza farne intendere, senza spiegarne l'origine, la raddoppia in noi stessi.*

[34] *la mantieni; costretta...*

Non dai parenti, e men da me; da falsa
Vergogna, il sei. Per non incorrer[35] taccia 165
Di volubil, tu stessa, a te nemica,
Vittima farti del tuo error vorresti:
E ch'io lo soffra, speri? Ah! no. — Ch'io t'amo,
E ch'io forse mertavati, tel debbo
Provare or, ricusandoti 170

MIRRA

Tu godi
Di vieppiù disperarmi... Ah! come lieta
Poss'io parer, se l'amor tuo non veggo
Mai di me pago, mai? Cagion poss'io
Assegnar di un dolor, che in me supposto[36]
È in gran parte? e che pur, se in parte è vero, 175
Origin forse altra non ha, che il nuovo
Stato a cui mi avvicino; e il dover tormi
Dai genitori amati; e il dirmi: «Ah! forse,
Non li vedrai mai più»;... l'andarne a ignoto
Regno; il cangiar di cielo;... e mille e mille 180
Altri pensier, teneri tutti, e mesti;
E tutti al certo, più ch'a ogni altro, noti
All'alto tuo gentile animo umano. —
Io, data a te spontanea mi sono:
Nè men pento: tel giuro. Ove ciò fosse, 185
A te il direi: te sovra tutti estimo:
Nè asconder cosa a te potrei,... se pria
Non l'ascondessi anco a me stessa.[37] Or prego;
Chi m'ama il più,[38] di questa mia tristezza
Il men mi parli, e svanirà, son certa. 190

---

[35] *incorrere nella taccia, nell'accusa*: con uso transitivo di «incorrere».

[36] *immaginato*.

[37] Esplicito affiorare del subcosciente in Mirra: e cfr. V 142; e p. 191.

[38] Estrema riserva, ambiguamente tragica.

Dispregierei me stessa, ove pur darmi
Volessi a te, non ti apprezzando: e come
Non apprezzarti?... Ah! dir ciò ch'io non penso,
Nol sa il mio labro: e pur tel dice, e giura,
Ch'esser mai d'altri non vogl'io, che tua. 195
Che ti poss'io più dire?

PEREO

...Ah! ciò che dirmi
Potresti, e darmi vita, io non l'ardisco
Chiedere a te. Fatal domanda! il peggio
Fia l'averne certezza.[39] — Or, d'esser mia
Non sdegni adunque? e non ten penti? e nullo 200
Indugio omai?...

MIRRA

No; questo è il giorno; ed oggi
Sarò tua sposa. — Ma, doman le vele
Daremo ai venti, e lascerem per sempre
Dietro noi queste rive.[40]

PEREO

Oh! che favelli?
Come or sì tosto da te stessa affatto 205
Discordi? Il patrio suol, gli almi parenti,[41]
Tanto t'incresce abbandonare; e vuoi
Ratta così, per sempre?...

---

[39] Cfr. Petrarca, *Rime*, CXXV 76: «e più certezza averne fora il peggio».

[40] Per «le vele... ai venti» v. anche III 190-92 (e *Decameron*, II 7, 10; *Amorosa Visione*, XXVII, 35). E cfr. *Met.*, X 341: «Ire libet procul hinc patriaeque relinquere fines».

[41] *i genitori che ti diedero la vita*. Sintagma virgiliano è «alma parens» (*Aen.*, II 591 e X 252): cfr. *Agamennone*, V 2.

MIRRA

Il vo'... per sempre
Abbandonarli;... e morir... di dolore...

PEREO

Che ascolto? Il duol ti ha pur tradita;... e muovi 210
Sguardi e parole disperate. Ah! giuro,
Ch'io non sarò del tuo morir stromento;
No, mai; del mio bensì...

MIRRA

Dolore immenso
Mi tragge,[42] è ver... Ma no, nol creder. — Ferma
Sto nel proposto mio. — Mentre ho ben l'alma 215
Al dolor preparata, assai men crudo
Mi fia il partir: sollievo in te...

PEREO

No, Mirra:
Io la cagione, io 'l son (benchè innocente)
Della orribil tempesta, onde agitato,
Lacerato è il tuo core. — Omai vietarti 220
Sfogo non vo', col mio importuno aspetto. —
Mirra, o tu stessa ai genitori tuoi
Mezzo alcun proporrai, che te sottragga
A sì infausti legami; o udrai da loro
Oggi tu di Peréo l'acerba morte. 225

SCENA TERZA

MIRRA

Deh! non andarne ai genitori... Ah! m'odi...
Ei mi s'invola... — Oh ciel! che dissi? Ah! tosto

---

[42] *trascina, travolge.* «Proposto» (v. 215) *proposito.*

Ad Eurícléa si voli: nè[43] un istante,
Io rimaner vo' sola con me stessa...

SCENA QUARTA

EURICLEA, MIRRA

EURICLEA

Ove sì ratti i passi tuoi rivolgi, 230
O mia dolce figliuola?

MIRRA

Ove conforto,
Se non in te, ritrovo?... A te venia...

EURICLEA

Io da lungi osservandoti mi stava.
Mai non ti posso abbandonare, il sai:
E mel perdoni; spero. Uscir turbato 235
Quinci[44] ho visto Peréo; te da più grave
Dolore oppressa io trovo: ah! figlia; almeno
Liberamente il tuo pianto abbia sfogo
Entro il mio seno.

MIRRA

Ah! sì; cara Eurícléa,
Io posso teco, almeno pianger... Sento 240
Scoppiarmi il cor dal pianto rattenuto...

EURICLEA

E in tale stato, o figlia, ognor venirne
All'imenéo persisti?[45]

---

[43] *neppure. E cfr. Filippo, I 18 n.; Agamennone, II 319-20 n.; Rime, 135.*
[44] *di qui.*
[45] *persisti tuttora nel voler celebrare le nozze?*

MIRRA

Il dolor pria
Ucciderammi, spero... Ma no; breve
Fia troppo il tempo;... ucciderammi poscia, 245
Ed in non molto... Morire, morire,
Null'altro io bramo:... e sol morire, io merto.[46]

EURICLEA

— Mirra, altre furie[47] il giovenil tuo petto
Squarciar non ponno in sì barbara guisa,
Fuor che furie d'amor... 250

MIRRA

Ch'osi tu dirmi?
Qual ria menzogna?...

EURICLEA

Ah! non crucciarti, prego,
Contro a me, no. Già da gran tempo io 'l penso:
Ma, se tanto ti spiace, a te più dirlo
Non mi ardirò. Deh! pur che almen tu meco
La libertà del piangere conservi! 255
Nè so ben, s'io mel creda; anzi, alla madre
Io fortemente lo negai pur sempre...

MIRRA

Che sento? oh ciel! ne sospettava forse
Anch'essa?...

EURICLEA

E chi, in veder giovin donzella
In tanta doglia, la cagion non stima 260

---

[46] Cfr. I 83-85 e n.
[47] *passioni tormentose, sconvolgenti* (cfr. *Agamennone*, I 5, III 189).
E per i vv. 248-50 cfr. le analogie con *Met.*, X 405-13.

Esserne amore? Ah! il tuo dolor pur fòsse
D'amor soltanto! alcun rimedio almeno
Vi avrebbe. — In questo crudel dubbio[48] immersa
Già da gran tempo io stando, all'ara un giorno
Io ne venia della sublime nostra   265
Venere diva; e con lagrime, e incensi,
E caldi preghi, e invaso[49] cor, prostrata
Innanzi al santo simulacro, il nome
Tuo pronunziava...

MIRRA

              Oimè! Che ardir? che festi?
Venere?... Oh ciel!... contro di me... Lo sdegno   270
Della implacabil Dea... Che dico?... Ahi lassa!...
Inorridisco,... tremo...

EURICLEA

              È ver, mal feci:
La Dea sdegnava i voti miei; gl'incensi
Ardeano a stento, e in giù ritorto il fumo
Sovra il canuto mio capo cadeva.   275
Vuoi più? gli occhi alla immagine tremanti
Alzar mi attento,[50] e da' suoi piè mi parve
Con minacciosi sguardi me cacciasse,
Orribilmente di furore accesa,
La Diva stessa. Con tremuli passi,   280
Inorridita, esco del tempio... Io sento
Dal terrore arricciarmisi di nuovo,
In ciò narrar, le chiome.

---

[48] Si ricordi che l'ira di Venere aveva avuto origine dall'orgoglioso vanto materno di Cecri: cfr. I 183-85 e soprattutto III 230 ss.
[49] *pervaso, occupato completamente* da quel «crudel dubbio».
[50] *oso.*

MIRRA

                  E me pur fai
Rabbrividire, inorridir. Che osasti?
Nullo omai de' celesti, e men la Diva   285
Terribil nostra, è da invocar per Mirra.
Abbandonata io son dai Numi; aperto
È il mio petto all'Erinni;[51] esse v'han sole
Possanza, e seggio. — Ah! se riman pur l'ombra
Di pietà vera in te, fida Euricléa,   290
Tu sola il puoi, trammi d'angoscia: è lento,
È lento troppo, ancor che immenso, il duolo.[52]

EURICLEA

Tremar mi fai. Che mai poss'io?

MIRRA

                     ...Ti chieggo
Di abbreviar miei mali. A poco, a poco
Strugger tu vedi il mio misero corpo: 295
Il mio languir miei genitori uccide;
Odïosa a me stessa, altrui dannosa,
Scampar non posso: amor, pietà verace,
Fia 'l procacciarmi morte; a te la chieggio...

EURICLEA

Oh cielo!... a me?... Mi manca la parola,...   300
La lena,... i sensi...

MIRRA

              Ah! no; davver non m'ami.
Di pietade magnanima capace

---

[51] *alle Furie*, le tre divinità vendicatrici dei delitti di sangue o contro le leggi naturali. Cfr. *Met.*, X 313-14: «Stipite te Stygio tumidisque afflavit echidnis / e tribus una soror». E cfr. IV 176 ss.

[52] *Sebbene immenso il dolore è troppo lento* (a farmi morire).

Il tuo senile petto io mal credea...[53]
Eppur, tu stessa, ne' miei teneri anni,
Tu gli alti avvisi[54] a me insegnavi: io spesso   305
Udía da te, come antepor l'uom debba
Alla infamia la morte. Oimè! che dico?...[55] —
Ma tu non m'odi?... Immobil,... muta,... appena
Respiri! oh cielo!... Or, che ti dissi? io cieca
Dal dolore,... nol so: deh! mi perdona;   310
Deh! madre mia seconda, in te ritorna.

EURICLEA

...Oh figlia! oh figlia!... A me la morte chiedi?
La morte a me?

MIRRA

Non reputarmi ingrata;
Nè che il dolor de' mali miei mi tolga
Di que' d'altrui pietade. — Estinta in Cipro   315
Non vuoi vedermi? in breve udrai tu dunque,
Ch'io nè pur viva pervenni in Epíro.

EURICLEA

Alle orribili nozze andarne invano
Presumi adunque. Ai genitori il tutto   320
Corro a narrar...

MIRRA

Nol fare, o appien tu perdi
L'amor mio: deh! nol far; ten prego: in nome

---

[53] *sbagliavo a credere*. E per «senile petto» cfr. *Met.*, X 406: «gremio... anili».

[54] *nobili ammonimenti*.

[55] Alla prima indiretta e quasi inconscia confessione di una propria vergogna, empietà («infamia») segue, come sempre, da parte di Mirra il ritrarsi, l'accusarsi quasi di delirio inconsapevole (cfr. p. es. IV 183 e 293-95, V 171-72).

Del tuo amor, ti scongiuro. — A un cor dolente
Sfuggon parole, a cui badar non vuolsi. —
Bastante sfogo (a cui concesso il pari
Non ho giammai) mi è stato il pianger teco;   325
E il parlar di mia doglia: in me già quindi
Addoppiato[56] è il coraggio. — Omai poch'ore
Mancano al nuzïal rito solenne:
Statti al mio fianco sempre: andiamo: e intanto,
Nel necessario alto proposto mio   330
Il vieppiù raffermarmi, a te si aspetta.
Tu del tuo amor più che materno, e a un tempo
Giovar mi dei del fido tuo consiglio.
Tu dei far sì, ch'io saldamente afferri
Il partito, che solo orrevol[57] resta.   335

---

[56] *raddoppiato.*
[57] *la sola decisione onorevole che...*

ATTO TERZO

SCENA PRIMA

CINIRO, CECRI

CECRI

Dubbio non v'ha; benchè non sia per anco
Venuto a noi Peréo, scontento appieno
Fu dei sensi di Mirra. Ella non l'ama;
Certezza io n'ebbi; e andando ella a tai nozze,
Corre (pur troppo!) ad infallibil morte.   5

CINIRO

Or, per ultima prova, udiam noi stessi
Dal di lei labro il vero. In nome tuo
Ingiunger già le ho fatto, che a te venga.
Nessun di noi forza vuol farle, in somma:
Quanto l'amiamo, il sa ben ella, a cui   10
Non siam men cari noi. Ch'ella omai chiuda
In ciò il suo core a noi, del tutto parmi
Impossibile; a noi, che di noi stessi,
Non che di sè, la femmo arbitra e donna.[1]

CECRI

Ecco, ella viene: oh! mi par lieta alquanto;   15
E più franco il suo passo... Ah! pur tornasse
Qual era! al sol riapparirle in volto
Anco un lampo di gioja, in vita io tosto
Ritornata mi sento.

[1] *signora*: cfr. I 41 e n.

SCENA SECONDA

MIRRA, CECRI, CINIRO

CECRI

              Amata figlia,
Deh! vieni a noi; deh! vieni.   20

MIRRA

                       Oh ciel! che veggo?
Anco il padre!...

CINIRO

               T'inoltra, unica nostra
Speranza e vita; inoltrati secura;
E non temere il mio paterno aspetto,
Più che non temi della madre. A udirti
Siam presti entrambi. Or, del tuo fero stato   25
Se disvelarne la cagion ti piace,
Vita ci dai; ma, se il tacerla pure
Più ti giova o ti aggrada, anco tacerla,
Figlia, tu puoi; che il tuo piacer fia il nostro.[2]
Ad eternare[3] il marital tuo nodo   30
Manca omai sola un'ora: il tien ciascuno
Per certa cosa: ma, se pur tu fossi
Cangiata mai; se t'increscesse al core
La data fè; se la spontanea tua
Libera scelta or ti spiacesse; ardisci,   35
Non temer cosa al mondo, a noi la svela.
Non sei tenuta a nulla; e noi primieri
Te ne sciogliam, noi stessi; e, di te degno,
Generoso ti scioglie anco Peréo.

---

[2] *sarà il nostro*: Dante, *Par.*, III 85: «E 'n la sua volontade è nostra pace».

[3] *rendere indissolubile*.

Nè di leggiera vorrem noi tacciarti: 40
Anzi, creder ci giova che maturi
Pensier novelli a ciò ti astringan ora.[4]
Da cagion vile esser non puoi tu mossa;
L'indole nobil tua, gli alti tuoi sensi,
E l'amor tuo per noi, ci è noto il tutto: 45
Di te, del sangue tuo cosa non degna,
Nè pur pensarla puoi. Tu dunque appieno
Adempi il voler tuo; purchè felice
Tu torni, e ancor di tua letizia lieti
Tuoi genitor tu renda. Or, qual ch'ei sia 50
Questo presente tuo voler, lo svela,
Come a fratelli, a noi.

CECRI

                Deh! sì: tu il vedi;
Nè dal materno labro udisti mai
Più amoroso, più tenero, più mite
Parlar, di questo. 55

MIRRA

            ...Havvi tormento al mondo,[5]
Che al mio si agguagli?...

CECRI

              Ma, che fia? tu parli
Sospirando infra te?

CINIRO

            Lascia, deh! lascia,
Che il tuo cor ci favelli: altro linguaggio
Non adopriam noi teco. — Or via; rispondi.

---

[4] *ci piace credere che nuovi pensieri meno fanciulleschi ti inducano ora a ciò.*

[5] Cfr. *Rime*, 69, v. 10 e 161, v. 14.

MIRRA

...Signor...[6]

CINIRO

Tu mai cominci: a te non sono
Signor; padre son io:[7] puoi tu chiamarmi
Con altro nome, o figlia?

MIRRA

O Mirra, è questo
L'ultimo sforzo. — Alma, coraggio...

CECRI

Oh cielo!
Pallor di morte in volto...

MIRRA

A me?...

CINIRO

Ma donde,
Donde il tremar? del padre tuo?...

MIRRA

Non tremo...
Parmi;... od almen, non tremerò più omai,
Poichè ad udirmi or sì pietosi state. —
L'unica vostra, e troppo amata figlia
Son io, ben so. Goder d'ogni mia gioja,
E v'attristar d'ogni mio duol vi veggo;

---

[6] Il senso di colpa fa sì che Mirra non osi interpellare «padre» Ciniro (alle volte quasi per estraniarlo gli si rivolge col nome proprio: p.es. IV 217, V 170 n.): chiamerà invece sempre «madre» Cecri.

[7] Riappare — qui capovolto — il contrasto «padre-signore» che è il *leit-motiv* di tutto il *Filippo*: v. anche I 222-23.

Ciò stesso il duol mi accresce. Oltre i confini
Del natural dolore il mio trascorre;
Invan lo ascondo; e a voi vorrei pur dirlo,...
Ove il sapessi io stessa. Assai già pria,
Ch'io fra 'l nobile stuol de' proci[8] illustri   75
Peréo scegliessi, in me cogli anni sempre
La fatal mia tristezza orrida era ita
Ogni dì più crescendo. Irato un Nume,
Implacabile, ignoto,[9] entro al mio petto
Si alberga; e quindi, ogni mia forza è vana   80
Contro alla forza sua... Credilo, o madre;
Forte, assai forte (ancor ch'io giovin sia)
Ebbi l'animo, e l'ho:[10] ma il debil corpo.
Egro[11] ei soggiace;... e a lenti passi in tomba
Andar mi sento... — Ogni mio poco e rado   85
Cibo, mi è tosco:[12] ognor mi sfugge il sonno;
O con fantasmi di morte tremendi,
Più che il vegliar, mi dan martiro i sogni:
Nè dì, nè notte, io non trovo mai pace,
Nè riposo, nè loco.[13] Eppur sollievo   90
Nessuno io bramo; e stimo, e aspetto, e chieggo,
Come rimedio unico mio, la morte.
Ma, per più mio supplicio, co' suoi lacci
Viva mi tien natura. Or me compiango.

---

[8] *pretendenti*: cfr. *Met.*, X 356 «copia digna procorum».

[9] Racine, *Phèdre*, I sc. 3, 117: «mon mal vient de plus loin»; e cfr. I 175 ss.

[10] «*L'ho* è quasi una correzione di *ebbi*: uno dei molti segni d'una volontà tesa ma vacillante» (Momigliano). E per l'approfondimento originale alfieriano del senso del Fato nella mitologia greca v. ancora Momigliano, commento alla *Mirra*, p. 68.

[11] *affranto, sfinito*: cfr. anche vv. 158, 199, 290 e IV 125.

[12] *veleno*: come per Saul, la cui tormentata confessione (II 38 ss.) ha accenti simili a questa di Mirra.

[13] Cfr. I 83-85 e n.: e così tutta l'appenata descrizione di Euriclea a Cecri in I, scena I.

Or me stessa abborrisco: e pianto, e rabbia, 95
E pianto ancora... È la vicenda questa,
Incessante, insoffribile, feroce,[14]
In cui miei giorni infelici trapasso. —
Ma che?... voi pur dell'orrendo mio stato
Piangete?... Oh madre amata!... entro il tuo seno 100
Ch'io, suggendo tue lagrime, conceda
Un breve sfogo anco alle mie!...

CECRI

      Diletta
Figlia, chi può non piangere al tuo pianto?...[15]

CINIRO

Squarciare il cor mi sento da' suoi detti...
Ma in somma pur, che far si dee?... 105

MIRRA

        Ma in somma,
(Deh! mel credete) in mio pensier non cadde
Mai di attristarvi, nè di trarvi a vana
Pietà di me, coll'accennar mie fere
Non narrabili angosce. — Da che ferma,[16]
Peréo scegliendo, ebbi mia sorte io stessa, 110
Meno affannosa[17] rimaner mi parve,
Da prima, è ver; ma, quanto poi più il giorno
Del nodo indissolubil si appressava,
Vie più forti le smanie entro al mio cuore
Ridestavansi; a tal, ch'io ben tre volte 115
Pregarvi osai di allontanarlo. In questi

---

[14] Verso di tre aggettivi del tipo petrarchesco «noiosa, inexorabile e superba»: Petrarca, *Rime*, CXXVII 17 (Di Benedetto).

[15] *Rime*, 351, v. 153: «al mio pianger piangente»; Dante, *Inf.*, XXXIII 42: «E se non piangi, di che pianger suoli?»

[16] *fissata, decisa.*

[17] *angosciata.*

Indugj io pur mi racquetava alquanto;
Ma, col scemar del tempo, ricrescea
Di mie furie la rabbia. Oggi son elle,
Con mia somma vergogna e dolor sommo,   120
Giunte al lor colmo al fin: ma sento anch'oggi,
Che nel mio petto di lor possa han fatto
L'ultima prova. Oggi a Peréo son io
Sposa, o questo esser demmi il giorno estremo.

CECRI

Che sento?... Oh figlia!... E alle ferali[18] nozze   125
Ostinarti tu vuoi?...

CINIRO

        No, mai non fia.
Peréo non ami; e mal tuo grado, indarno,
Vuoi darti a lui...

MIRRA

        Deh! non mi torre ad esso;
O dammi tosto a morte... È ver, ch'io, forse,
Quanto egli me, non l'amo;... e ciò, neppure   130
Io ben mel so... Credi, ch'io assai lo estimo;
E che null'uomo avrà mia destra al mondo,
S'egli non l'ha. Caro al mio core, io spero,
Peréo sarà, quanto il debb'esser: seco
Vivendo io fida e indivisibil sempre,   135
Egli in me pace, io spero, egli in me gioja
Tornar farà: cara, e felice forse,
Un giorno ancor mi fia la vita. Ah! s'io
Finor non l'amo al par ch'ei merta, è colpa
Non di me, del mio stato; in cui me stessa   140
Prima abborrisco...[19] Io l'ho pur scelto: ed ora,

[18] *funeste, fatali.*
[19] Cfr. sopra v. 95: e *Oreste*, I 96. Già Racine, *Phèdre*, II, sc. V 99: «Je m'abhorre encor plus que tu ne me détestes».

Io di nuovo lo scelgo: io bramo, io chieggo
Lui solo. Oltre ogni dire, a voi gradita
Era la scelta mia: si compia or dunque,
Come il voleste, e come io 'l voglio, il tutto.   145
Poichè maggior[20] del mio dolore io sono,
Siatel pur voi. Quanto il potrò più lieta,
Vengo in breve alle nozze: e voi, beati
Ve ne terrete un giorno.

CECRI

            Oh rara figlia!
Quanti mai pregi aduni!   150

CINIRO

            Un po' mi acqueta
Il tuo parlar; ma tremo...

MIRRA

            In me più forte
Tornar mi sento, in favellarvi. Appieno
Tornar, sì, posso di me stessa io donna,
(Ove il voglian gli Dei) pur che soccorso
Voi men prestiate.   155

CINIRO

E qual soccorso?

CECRI

                  Ah! parla:
Tutto faremo.

MIRRA

Addolorarvi ancora
Io deggio. Udite. — Al travagliato petto,

---

[20] *più forte.*

E alla turbata egra mia mente oppressa,
Alto rimedio or fia, di nuovi oggetti
La vista; e in ciò il più tosto, il miglior fia.[21]   160
L'abbandonarvi (oh ciel!) quanto a me costi,
Dir nol posso; il diranno le mie lagrime,[22]
Quand'io darovvi il terribile addio:
Se il potrò pur, senza cadere,... o madre,
Infra tue braccia estinta... Ma, s'io pure   165
Lasciar vi posso, il dì verrà, che a questo
Generoso mio sforzo, e vita, e pace,
E letizia dovrò.

CECRI

Tu di lasciarci
Parli? e il vuoi tosto; e in un lo temi e il brami?[23]
Ma qual fia mai?...   170

CINIRO

Lasciarci? e a noi che resta,
Senza di te? Ben di Peréo tu poscia
Irne al padre dovrai; ma intanto pria
Lieta con noi qui lungamente ancora...

MIRRA

E s'io qui lieta esser per or non posso,
Vorreste voi qui pria morta vedermi,   175
Che felice sapermi in stranio lido?[24] —
Tosto, più o meno, il mio destin mi chiama
Nella reggia d'Epíro: ivi pur debbo

---

[21] *far questo al più presto, sarà la cosa migliore.*

[22] Altro endecasillabo con uscita sdrucciola: cfr. I 76. E sempre, anche in questa parlata, è nominata la madre, mai il padre.

[23] Dittologia ossimorica caratteristica dell'Alfieri: cfr. p. es. *Rime*, 155, 169: riflette la contraddizione di Mirra già rilevata da Pereo (II 204 ss.).

[24] *in terra straniera.*

Con Peréo dimorarmi. A voi ritorno
Faremo un dì, quando il paterno scettro   180
Peréo terrà. Di molti figli e cari
Me lieta madre rivedrète in Cipro,
Se il concedono i Numi: e, qual più a grado
A voi sarà tra i figli miei, sostegno
Vel lasceremo ai vostri anni canuti.   185
Così a questo bel regno erede avrete
Del sangue vostro; poichè a voi negato
Prole han finor del miglior sesso[25] i Numi.
Voi primi allor benedirete il giorno,
Che partir mi lasciaste. — Al sol novello,   190
Deh! concedete, che le vele ai venti
Meco Peréo dispieghi.[26] Io sento in cuore
Certo un presagio funesto, che dove
Il partir mi neghiate, (ahi lassa!) io preda
In questa reggia infausta oggi rimango   195
D'una invincibil sconosciuta possa:
Cha a voi per sempre io sto per esser tolta...
Deh! voi pietosi; o al mio presagio fero
Crediate; o, all'egra fantasia dolente
Cedendo,[27] secondar piacciavi il mio   200
Errore. La mia vita, il mio destino,
Ed anco (oh cielo! io fremo) il destin vostro;
Dal mio partir, tutto, purtroppo! or pende.[28]

CECRI

Oh figlia!...

[25] *un figlio, un erede maschio*: cfr. *Saul*, III 330; *Virginia*, III 193; e il sonetto 280, v. 5: «Mi fea Natura invan del miglior sesso».
[26] Cfr. II 202-203.
[27] *sia che riteniate il mio stato d'animo un presagio di morte, sia che lo crediate dovuto a una fantasia malata a cui vogliate cedere* (Zuradelli).
[28] *dipende*. È la conclusione dell'ansia di riscatto attraverso la fuga: cfr. sopra 190-92 e n.

CINIRO

Oimè!... Tremar ci fan tuoi detti...
Ma pur, quanto a te piace, appien si faccia. 205
Qual ch'esser possa il mio dolor, pria voglio
Non più vederti, che così vederti. —
E tu, dolce consorte, in pianto muta
Ti stai?... Consenti al suo desio?

CECRI

Morirne
Fossi almen certa, come (ahi trista!) il sono 210
Di viver sempre in sconsolato pianto!...
Fosse almen vero un dì l'augurio fausto,
Che dei cari nepoti ella ne accenna!...
Ma, poich'è tale il suo strano pensiero,
Pur ch'ella viva, seguasi. 215

MIRRA

La vita,
Madre, or mi dai per la seconda volta.
Presta alle nozze io son fra un'ora. Il tempo
Vel proverà, s'io v'ami; ancor che lieta
Io di lasciarvi appaja. — Or mi ritraggo
A mie stanze, per poco: asciutto affatto 220
Recar vo' il ciglio[29] all'ara; e al degno sposo
Venir gradita con serena fronte.

---

[29] In questa tragedia le lacrime son quasi sempre interiori o rattenute: cfr. I 18 e 154-55, IV 39 s.; non profuse come nell'*Agamennone* (cfr. pp. 95 s.).

SCENA TERZA

CINIRO, CECRI

CECRI

Miseri noi! misera figlia!...

CINIRO

          Eppure,
Di vederla ogni giorno più infelice,
No, non mi basta il core. Invan l'opporci...   225

CECRI

Oh sposo!... io tremo, che ai nostri occhi appena
Toltasi, il fero suo dolor la uccida.

CINIRO

Ai detti, agli atti, ai guardi,[30] anco ai sospiri,
Par che la invasi[31] orribilmente alcuna
Sovrumana possanza.   230

CECRI

          ...Ah! ben conosco,
Cruda implacabil Venere, le atroci
Tue vendette.[32] Scontare, ecco, a me fai,
In questa guisa, il mio parlar superbo.
Ma, la mia figlia era innocente; io sola,
L'audace io fui; la iniqua, io sola...   235

---

[30] «Queste tre parole completano la rappresentazione di Mirra, suggerendo il lavoro muto che il lettore deve sempre sottintendere» (Momigliano).

[31] *la occupi completamente* o *la renda invasata*.

[32] Cfr. ancora Racine, *Phèdre*, IV, sc. VI 76-77: «Un Dieu cruel a perdu ta famille: / reconnais sa vengeance aux fureurs de ta fille». E per tutto il seguente racconto di Cecri cfr. I 175-85 e n.

CINIRO

                    Oh cielo!
Che osasti mai contro alla Dea?...

CECRI

                    Me lassa!...
Odi il mio fallo, o Ciniro. — In vedermi
Moglie adorata del più amabil sposo,
Del più avvenente infra i mortali, e madre
Per lui d'unica figlia (unica al mondo   240
Per leggiadria, beltà, modestia, e senno)
Ebra, il confesso, di mia sorte, osava
Negar io sola a Venere gl'incensi.
Vuoi più? folle, orgogliosa, a insania[33] tanta
(Ahi sconsigliata!) io giunsi, che dal labro   245
Io sfuggir mi lasciava; che più gente
Tratta è di Grecia e d'Orïente omai
Dalla famosa alta beltà di Mirra,
Che non mai tratta per l'addietro in Cipro
Dal sacro culto della Dea ne fosse.   250

CINIRO

Oh! che mi narri?...

CECRI

                    Ecco, dal giorno in poi,[34]
Mirra più pace non aver; sua vita,
E sua beltà, qual debil cera al fuoco,
Lentamente distruggersi; e niun bene
Non v'esser più per noi. Che non fec'io,   255
Per placar poi la Dea? quanti non porsi
E preghi, e incensi, e pianti? indarno sempre.

---

[33] *follia.*
[34] *da quel giorno in poi.*

CINIRO

Mal festi, o donna; e fu il tacermel, peggio.
Padre innocente appieno, io co' miei voti
Forse acquetar potea l'ira celeste: 260
E forse ancor (spero) il potrò. — Ma intanto,
Io pur di Mirra or nel pensier concorro:[35]
Ben forza è torre, e senza indugio nullo,
Da quest'isola sacra il suo cospetto.
Chi sa? seguirla in altre parti forse 265
L'ira non vuol dell'oltraggiato Nume:
E quindi forse la infelice figlia,
Tal sentendo presagio ignoto in petto,
Tanto il partir desia, tanto ne spera. —
Ma, vien Peréo: ben venga: ei sol serbarci 270
Può la figlia, col torcela.

CECRI

Oh destino!

SCENA QUARTA

CINIRO, PEREO, CECRI

PEREO

Tardo, tremante, irresoluto, e pieno
Di mortal duol, voi mi vedete. Un fero
Contrasto è in me: pur, gentilezza, e amore
Vero d'altrui,[36] non di me stesso, han vinto. 275
Men costerà la vita. Altro non duolmi,
Che il non poter, con util vostro almeno,
Spenderla omai: ma l'adorata Mirra

---

[35] *concordo con la decisione.*
[36] Cioè di Mirra.

A morte io trarre, ah! no, non voglio. Il nodo
Fatal si rompa; e de' miei giorni a un tempo   280
Rompasi il filo.

CINIRO

            Oh figlio!... ancor ti appello
Di tal nome; e il sarai tra breve, io spero.
Noi, dopo te, noi pure i sensi udimmo
Di Mirra: io seco, qual verace padre,
Tutto adoprai perch'ella appien seguisse   285
Il suo libero intento: ma, più salda,
Che all'aure scoglio,[37] ella si sta: te solo
E vuole, e chiede; e teme, che a lei tolto
Sii tu. Cagion del suo dolore addurne
Ella stessa non sa: l'egra salute,   290
Che l'effetto pria n'era, omai n'è forse
La cagion sola.[38] Ma il suo duol profondo
Merta, qual ch'egli sia, pietà pur molta;
Nè sdegno alcuno in te destar debb'ella,
Più che ne desti in noi. Sollievo dolce   295
Tu del suo mal sarai: d'ogni sua speme
L'amor tuo forte, è base. Or, qual vuoi prova
Maggior di questa? al nuovo dì lasciarci
(Noi, che l'amiam pur tanto!) ad ogni costo
Vuole ella stessa; e per ragion ne assegna,   300
L'esser più teco, il divenir più tua.

PEREO

Creder, deh, pure il potess'io! ma appunto
Questo partir sì subito... Oimè! tremo,
Che in suo pensier disegni ella stromento
Della sua morte farmi.   305

[37] Cfr. *Rime*, 381, v. 9.
[38] *se la malferma salute doveva prima ritenersi conseguenza del doloroso stato d'animo di Mirra, ora essa è sola la causa di quello* (Zuradelli).

CECRI

A te, Peréo,
Noi l'affidiamo: il vuole oggi il destino.
Pur troppo qui, su gli occhi nostri, morta
Cadria, se ostare[39] al suo voler più a lungo
Cel sofferisse il core. In giovin mente
Grande ha possanza il variar gli oggetti.   310
Ogni tristo pensier deponi or dunque;
E sol ti adopra in lei vieppiù far lieta.
La tua pristina gioja[40] in volto chiama;
E, col non mai del suo dolor parlarle,
Vedrai che in lei presso a finir fia 'l duolo.   315

PEREO

Creder dunque poss'io, creder davvero,
Che non mi abborre Mirra?

CINIRO

A me tu il puoi
Creder, deh! sì. Qual ti parlassi io dianzi,
Rimembra; or son dal suo parlar convinto,
Che, lungi d'esser de' suoi lai[41] cagione,   320
Suo sol rimedio ella tue nozze estima.
Dolcezza assai d'uopo è con essa; e a tutto
Piegherassi ella. Vanne; e a lieta pompa[42]
Disponti in breve: e in un[43] (pur troppo!) il tutto,
Per involarci al nuovo sol la figlia,   325
Anco disponi. Del gran tempio all'ara,
A Cipro tutta in faccia andar non vuolsi;[44]

---

[39] *ostacolare, opporci* (dal lat. *obstare*).
[40] *La tua gioia di un tempo.*
[41] *lamenti.*
[42] *alla festosa cerimonia* (*delle nozze*).
[43] *e contemporaneamente,* come a IV 97.
[44] *non è opportuno.*

Che il troppo lungo rito al partir ratto
Ostacol fora. In questa reggia, gl'inni
D'Imenéo canteremo.[45] 330

PEREO

A vita appieno
Tornato m'hai. Volo; a momenti io riedo.

---

[45] Per lo svolgersi di questa parte del rito nuziale cfr. IV 125 ss.

ATTO QUARTO

SCENA PRIMA

EURICLEA, MIRRA

MIRRA

Sì; pienamente in calma omai tornata,
Cara Eurìclea, mi vedi; e lieta, quasi,[1]
Del mio certo partire.

EURICLEA

        Oimè! fia vero?...
Sola ne andrai col tuo Peréo?... nè trarti
Al fianco vuoi, non una pur di tante   5
Tue fide ancelle? E me da lor non scerni,[2]
che neppur me tu vuoi?... Di me che fia,
Se priva io resto della dolce figlia?
Solo in pensarvi, oimè! morir mi sento...

MIRRA

Deh! taci... Un dì ritornerò...   10

EURICLEA

        Deh! il voglia,
Il voglia il cielo! Oh figlia amata!... Ah! tale
Durezza in te, no, non credea: sperato
Avea pur sempre di morirmi al tuo fianco...[3]

---

[1] Anticipa il potente finale della scena: «Ogni dolor sia muto».
[2] *distingui*.
[3] Dodecasillabo: come nell'*Agamennone*, IV 117, l'ipermetria è dovuta probabilmente a una variante sulle bozze (cfr. Edizione Astense, p. 198). L'espressione anticipa V 183.

MIRRA

S'io meco alcun di questa reggia trarre
Acconsentir poteva, eri tu sola,   15
Quella ch'io chiesta avrei... Ma, in ciò son salda...

EURICLEA

E al nuovo dì tu parti?...

MIRRA

               Al fin certezza
Dai genitor ne ottenni; e scior[4] vedrammi
Da questo lido la nascente aurora.

EURICLEA

Deh! ti sia fausto il dì!... Pur ch'io felice   20
Almen ti sappia!... Ella è ben cruda gioja,
Questa che quasi ora in lasciarci mostri...
Pur, se a te giova, io piangerò, ma muta
Con la dolente genitrice...

MIRRA

                    Oh! quale
Muovi tu assalto al mio mal fermo cuore?...   25
Perchè sforzarmi al pianto?...

EURICLEA

                       E come il pianto
Celar poss'io?... Quest'è l'ultima volta,
Ch'io ti vedo, e ti abbraccio. D'anni molti
Carca me lasci, e di dolor più assai.
Al tuo tornar, se pur mai riedi, in tomba   30

---

[4] *sciogliere* (*le vele*). Il *salpare* qui, come notò Fubini, si colora soprattutto del desiderio liberatorio di fuggire la passione colpevole: v. infatti l'anelito ai «nuovi mari», «nuovi regni», «aura novella e pura» dei vv. 50-62.

Mi troverai: qualche lagrima, spero,...
Alla memoria... della tua Eucriclèa...
Almen darai...[5]

MIRRA

       Deh!... per pietà mi lascia;
O taci almeno. -- Io tel comando; taci.
Essere omai per tutti dura io deggio;   35
Ed a me prima io 'l sono. — È giorno questo
Di gioja e nozze. Or, se tu mai mi amasti,
Aspra ed ultima prova oggi ten chieggo;
Frena il tuo pianto,... e il mio. — Ma, già lo sposo
Venirne io veggio. Ogni dolor sia muto.[6]   40

SCENA SECONDA

PEREO, MIRRA, EURICLEA

PEREO

D'inaspettata gioja hammi ricolmo,
Mirra, il tuo genitore: ei stesso, lieto,
Il mio destin, ch'io tremando aspettava,
Annunziommi felice. Ai cenni tuoi
Preste saranno al nuovo albór mie vele,   45
Poichè tu il vuoi così. Piacemi almeno,
Che vi acconsentan placidi e contenti
I genitori tuoi: per me non altra
Gioja esser può, che di appagar tue brame.

MIRRA

Sì, dolce sposo; ch'io già tal ti appello;   50

---

[5] Forse si riferisce a questi versi l'osservazione dell'Alfieri che qualche volta Euriclea « sappia un po' troppo di balia » (*Parere*).

[6] Cfr. V 68: « sepolto in un muto dolore » e n.; *Rime*, 351, v. 160: « Muto aspettando il non lontan mio fato ».

Se cosa io mai ferventemente al mondo
Bramai, di partir teco al nuovo sole
Tutta ardo, e il voglio. Il ritrovarmi io tosto
Sola con te; non più vedermi intorno
Nullo dei tanti oggetti a lungo stati   55
Testimon del mio pianto, e cagion forse;
Il solcar nuovi mari, e a nuovi regni
Irne approdando; aura novella e pura
Respirare, e tuttor trovarmi al fianco
Pien di gioja e d'amore un tanto sposo;   60
Tutto, in breve, son certa, appien mi debbe
Quella di pria tornare.[7] Allor sarotti
Meno increscevol,[8] spero. Aver t'è d'uopo
Pietade intanto alcuna del mio stato;
Ma, non fia lunga; accertati.[9] Il mio duolo,   65
Se tu non mai men parli, in breve svelto
Fia da radice.[10] Deh! non la paterna[11]
Lasciata reggia, e non gli orbati[12] e mesti
Miei genitor; nè cosa, in somma, alcuna
Delle già mie, tu mai, nè rimembrarmi   70
Dei, nè pur mai nomarmela. Fia questo
Rimedio, il sol, che asciugherà per sempre
Il mio finor perenne orribil pianto.

PEREO

Strano, inaudito è il tuo disegno, o Mirra:
Deh! voglia il ciel, ch'ei non t'incresca un giorno! —   75

---

[7] Cfr. v. 18 n.
[8] *molesta, causa di preoccupazione.*
[9] *siine certo.*
[10] *estirpato sin dalla radice*: cfr. Petrarca, *Rime*, CCCXXIII 33-35: «e da radice / quella pianta felice / subito svelse». Immagine frequentemente usata dall'Alfieri: *Filippo*, I 169-70; *Agamennone*, I 150 e IV 291-92; *Rosmunda*, I 219-20; *Ottavia*, IV 155-56; *Saul*, IV 91.
[11] «Mirra che non ha mai pronunciato la parola *padre*, la evita anche qui, ma la accenna» (Momigliano).
[12] *privati di me*: cfr. V 5.

Pur, benchè in cor lusinga omai non m'entri
D'esserti caro, in mio pensier son fermo
Di compier ciecamente ogni tua brama.
Ove poi voglia il mio fatal destino,
Ch'io mai non merti l'amor tuo, la vita   80
Che per te sola io serbo (questa vita,
Cui[13] tolta io già di propria man mi avrei,
S'oggi perderti affatto erami forza)
Questa mia vita per sempre consacro
Al tuo dolore, poiché a ciò mi hai scelto.   85
A pianger teco, ove tu il brami; a farti,
Tra giuochi e feste, il tuo cordoglio e il tempo
Ingannar, se a te giova; a porre in opra,
A prevenir tutti i desiri tuoi;
A mostrarmiti ognor, qual più mi vogli,   90
Sposo, amico, fratello, amante, o servo;
Ecco, a quant'io son presto: e in ciò soltanto
La mia gloria fia posta e l'esser mio.
Se non potrai me poscia amar tu mai,
Parmi esser certo, che odïarmi almeno   95
Neppur potrai.

MIRRA

        Che parli tu? Deh! meglio
Mirra e te stesso in un conosci e apprezza.
Alle tante tue doti amor sì immenso
V'aggiungi tu, che di ben altro oggetto,
Ch'io nol son, ti fa degno. Amor sue fiamme   100
Porrammi in cor, tosto che sgombro ei l'abbia
Dal pianto appieno. Indubitabil prova
Abbine, ed ampia, oggi in veder ch'io scelgo
D'ogni mio mal te sanator pietoso;
Ch'io stimo te, ch'io ad alta voce appello,   105
Peréo, te sol liberator mio vero.

[13] *che.*

PEREO

D'alta gioja or m'infiammi: il tuo bel labro
Tanto mai non mi disse: entro al mio core
Stanno in note di fuoco[14] omai scolpiti
Questi tuoi dolci accenti. — Ecco venirne   110
Già i sacerdoti, e la festosa turba,
E i cari nostri genitori. O sposa,
Deh! questo istante a te davver sia fausto,
Come il più bello è a me del viver mio!

SCENA TERZA

Sacerdoti, coro di fanciulli, donzelle, e vecchi

CINIRO, CECRI, popolo, MIRRA, PEREO, EURICLEA

CINIRO

Amati figli, augurio lieto io traggo   115
Dal vedervi precedere a noi tutti,
Al sacro rito. In sul tuo viso è sculta,[15]
Peréo, la gioja; e della figlia io veggo
Fermo e sereno anco l'aspetto. I Numi
Certo abbiamo propizj. — In copia incensi   120
Fumino or dunque in su i recati altari;[16]
E, per far vie più miti a noi gli Dei,
Schiudasi il canto; al ciel rimbombin grati
I devoti inni vostri alti-sonanti.[17]

---

[14] *in lettere di fuoco,* cioè *incancellabili.*

[15] *scolpita.*

[16] Cioè gli altari che erano stati portati e preparati nella reggia: cfr. III 329 s.

[17] Aggettivo di tipo cesarottiano-ossianesco amato dall'Alfieri (p. es. *Rime,* 375). E cfr. anche *Rime,* 287.

CORO*

«Oh tu,[18] che noi mortali egri conforte,   125
«Fratel d'Amor, dolce Imenéo,[19] bel Nume;
«Deh! fausto scendi; = e del tuo puro lume
«Fra i lieti sposi accendi
«Fiamma, cui nulla estingua,[20] altro che morte. −

FANCIULLI

«Benigno a noi, lieto Imenéo, deh! vola[21]   130
«Del tuo german su i vanni;

DONZELLE

«E co' suoi stessi inganni
«A lui tu l'arco, = e la farétra invola:

---

*Ove il coro non cantasse, precederà ad ogni stanza una breve sinfonia adattata alle parole, che stanno per recitarsi poi. [N.d.A.]. Con «sinfonia» si indica genericamente musica strumentale.

[18] «Il Coro di fanciulli, donzelle e vecchi intona l'inno nuziale, ch'è composto di tre stanze di canzone, ciascuna (l'ultima è incompiuta) aperta e chiusa dal Coro a una voce sola, e di disuguale numero di versi variamente rimati e disposti. È da osservare però che il Coro non ha qui, come nella tragedia greca, una parte costante e integrante nell'azione, ma serve soltanto all'occasione come ornamento lirico e come inno nuziale, e fa piuttosto pensare all'epitalamio di Catullo per le nozze di Manlio, 62, 5, dal ritornello: *O Hymenaee Hymen, O Hymen Hymenaee*» (Vaccalluzzo). Questo brano lirico, come il canto di David nel *Saul*, risulta «essere una aggiunta posticcia e concessione al gusto... arcadico», ma evidenzia «comunque l'intento di modificare il rigido schema elaborato fin dal *Filippo*, nel quale nessuna pausa lirica era ammessa a interrompere la tensione derivante dall'urto dei personaggi. Ora la musica è chiamata a sottolineare l'espressione degli affetti che le parole devono far sorgere... in Mirra» (A. FABRIZI, *Alfieri e l'estetica musicale settecentesca*, in «Chigiana», XXXIII 1976, ma 1979).

[19] Imene o Imeneo era il dio delle nozze, anch'egli figlio di Venere-Afrodite e quindi fratello di Eros o Amore (cfr. v. 140): e «imeneo» era il canto nuziale eseguito da un coro mentre si conduceva la sposa alla casa dello sposo.

[20] *Rime*, 135, v. 6: «il cuor (cui fiamma inestinguibil cuoce)».

[21] Il coro prega Imene di volare sulle sue ali («vanni») al fratello

VECCHI

«Ma scendi scarco
«Di sue lunghe querele e tristi affanni: —   135

CORO

«De' nodi tuoi, bello Imenéo giocondo,
«Stringi la degna coppia unica al mondo.

EURICLEA

Figlia, che fia? tu tremi?... oh cielo!...

MIRRA

                Taci:

Deh! taci...

EURICLEA

     Eppur...

MIRRA

          No, non è ver; non tremo. —

CORO

«O d'Imenéo e d'Amor madre sublime,   140
«O tra le Dive Diva,
«Alla cui possa nulla possa è viva;[22]
«Venere, deh! fausta agli sposi arridi
«Dalle olimpiche cime,
«Se sacri mai ti fur di Cipro i lidi.   145

FANCIULLI

«Tutta è tuo don questa beltà sovrana,
«Onde Mirra è vestita, e non altera;

(«german») Amore e — sottraendogli con la stessa malizia di cui è maestro i suoi attributi tradizionalmente iconografici a significare i dolori della passione («l'arco e la faretra») — tornare agli sposi privo («scarco») di ogni pena che solitamente accompagna l'amore (vv. 135-37).

[22] *alla cui potenza nessun altro potere può resistere.*

DONZELLE

«Lasciarci in terra la tua immagin vera
«Piacciati, deh! col farla allegra e sana,

VECCHI

«E madre in breve di sì nobil prole,   150
«Che il padre, e gli avi, e i regni lor, console. —

CORO

«Alma Dea, per l'azzurre aure del cielo,
«Coi be' nitidi cigni al carro aurato,
«Raggiante scendi; abbi i duo figli a lato;
«E del bel roseo velo   155
«Gli sposi all'ara tua prostráti ammanta;
«E in due corpi una sola alma[23] traspianta.

CECRI

Figlia, deh! sì; della possente nostra
Diva, tu sempre umil... Ma che? ti cangi
Tutta d'aspetto?... Oimè! vacilli? e appena   160
Su i piè tremanti?....

MIRRA

    Ah! per pietà, coi detti
Non cimentar la mia costanza, o madre:
Del sembiante non so;... ma il cor, la mente,
Salda stommi, immutabile.

EURICLEA

    Per essa
Morir mi sento.   165

---

[23] *Rime*, 290: «solo un'anima siam»; *Alcesti Seconda*, I 24: «son duo corpi e un'alma».

PEREO

Oimè! vieppiù turbarsi
La veggo in volto?... Oh qual tremor mi assale! —

CORO

«La pura Fè, l'eterna alma Concordia,
«Abbian lor templo degli sposi in petto;
«E indarno sempre la infernale Aletto,[24]
«Con le orribili suore,   170
«Assalto muova di sue negre tede[25]
«Al forte intatto core
«Dell'alta sposa, = che ogni laude eccede:[26]
«E, invan rabbiosa,
«Sè stessa roda la feral Discordia...   175

MIRRA

Che dite voi? già nel mio cor, già tutte
Le furie ho in me tremende. Eccole; intorno
Col vipereo flagello[27] e l'atre faci
Stan le rabide Erinni: ecco quai merta
Questo imenéo le faci...[28]   180

CINIRO

Oh ciel! che ascolto?

---

[24] Aletto era una delle tre Furie o Erinni, assieme alle sorelle Tisifone e Megera. le «orribili suore» del verso seguente. E cfr. II 288 n.

[25] *luttuose fiaccole* (cfr. *Antigone*, I 255) che nella mente di Mirra subito si associano «col vipereo flagello e l'atre faci» (v. 178), contrapponendo questi attributi delle Erinni alle festose luci nuziali che la circondano.

[26] *supera*.

[27] *la frusta attorta di vipere.* Cfr. *Polinice*, V 223-25: «Ultrice Aletto / ...in me il vipereo torce / flagel».

[28] Il Vaccalluzzo richiama per somiglianza di situazione psicologica *Saul*, I sc. 2 e III sc. 4.

CECRI

Figlia, oimè! tu vaneggi...

PEREO

                Oh infauste nozze!
Non fia. no mai...

MIRRA

         — Ma che? già taccion gl'inni?...
Chi al sen mi stringe? Ove son io? Che dissi?[29]
Son io già sposa? Oimè!...

PEREO

                 Sposa non sei,
Mirra: nè mai tu di Peréo, tel giuro,   185
Sposa sarai. Le agitatrici Erinni,
Minori no, ma dalle tue diverse,
Mi squarcian pure il cuore. Al mondo intero
Favola[30] omai mi festi; ed a me stesso
Più insoffribil, che a te: non io per tanto   190
Farti voglio infelice. Appien tradita,
Mal tuo grado, ti sei: tutto traluce
L'invincibile tuo lungo ribrezzo,
Che per me nutri. Oh noi felici entrambi,
Che ti tradisti in tempo! Omai disciolta   195
Sei dal richiesto ed abborrito giogo.
Salva, e libera, sei. Per sempre io tolgo
Dagli occhi tuoi quest'odïoso aspetto...
Paga e lieta vo' farti... Infra brev'ora,
Qual resti scampo a chi te perde, udrai.   200

---

[29] Cfr. V 186 e *Oreste*, II 221; anche Racine, *Phèdre*, I, sc. III 27: «Insensée, où suis-je? et qu'ai-je dit?»

[30] Cfr. V 60-61; Petrarca, *Rime*, I 9-10: «al popol tutto / favola fui gran tempo»; e *Ottavia*, II 248.

SCENA QUARTA

CINIRO, MIRRA, CECRI, EURICLEA
Sacerdoti, coro, popolo

CINIRO

Contaminato è il rito; ogni solenne
Pompa omai cessi, e taccian gl'inni. Altrove
Itene intanto, o sacerdoti. Io voglio,
(Misero padre!) almen pianger non visto.

SCENA QUINTA

CINIRO, MIRRA, CECRI, EURICLEA

EURICLEA

Mirra più presso a morte assai, che a vita,   205
Stassi: il vedete, ch'io a stento la reggo?
Oh figlia!...

CINIRO

       Donne, a sè medesma in preda
Costei si lasci, e alle sue furie inique.
Duro, crudel, mal grado mio, mi ha fatto
Con gl'inauditi modi suoi: pietade   210
Più non ne sento. Ella, all'altar venirne,
Contra il voler dei genitori quasi,
Ella stessa il voleva: e sol, per trarci
A tal nostr'onta e sua?... Pietosa troppo,
Delusa madre, lasciala: se pria   215
Noi severi non fummo, è giunto il giorno
D'esserlo al fine.

MIRRA

È ver: Ciniro meco
Inesorabil sia; null'altro io bramo;
Null'altro io voglio. Ei terminar può solo
D'una infelice sua figlia non degna   220
I martír tutti. — Entro al mio petto vibra
Quella che al fianco cingi ultrice[31] spada:
Tu questa vita misera, abborrita,
Davi a me già; tu me la togli:[32] ed ecco
L'ultimo dono,[33] ond'io ti prego... Ah! pensa;   225
Che se tu stesso, e di tua propria mano,
Me non uccidi, a morir della mia
Omai mi serbi, ed a null'altro.

CINIRO

Oh figlia!...

CECRI

Oh parole!... Oh dolor!... Deh! tu sei padre;
Padre tu sei;... perchè innasprirla?... Or forse   230
Non è abbastanza misera?... Ben vedi,
Mal di sè stessa è donna;[34] ad ogni istante
Fuor di sè stessa è dal dolore...

EURICLEA

O Mirra...
Figlia,... e non m'odi?... Parlar,... pel gran pianto,...
Non posso...   235

---

[31] *vendicatrice* (dal lat. *ultor*).
[32] Cfr. Dante, *Inf.*, XXXIII 62-63: «tu ne vestisti / queste misere carni, e tu le spoglia».
[33] La morte è qui «dono» perché Mirra quasi vuole che così sul suo corpo Ciniro compia insieme la punizione e la realizzazione dell'*eros*.
[34] *non è quasi padrona di se stessa*. Si comprende dal contesto che, dopo lo sfogo (vv. 217-228), Mirra è fuori di sé e dei suoi sensi: parlerà ancora solo dopo un po', nella sc. 7.

CINIRO

Oh stato!... A sì terribil vista
Non reggo... Ah! sì, padre pur troppo io sono;
E di tutti il più misero... Mi sforza
Già, più che l'ira, or la pietà. Mi traggo
A pianger solo altrove. Ah! voi sovr'essa
Vegliate intanto. — In sè tornata, in breve,   240
Ella udrà poscia favellarle il padre.

SCENA SESTA

CECRI, MIRRA, EURICLEA

EURICLEA

Ecco, di nuovo ella i sensi ripiglia...

CECRI

Buona Euricléa, con lei lasciami sola;
Parlarle voglio.

SCENA SETTIMA

CECRI, MIRRA

MIRRA

— Uscito è il padre?...[35] Ei dunque,
Ei di uccidermi niega?... Deh! pietosa   245
Dammi tu, madre, un ferro; ah! sì; se l'ombra
Pur ti riman per me d'amore, un ferro,
Senza indugiar, dammi tu stessa. Io sono
In senno appieno; e ciò ch'io dico, e chieggo,

---

[35] «Ora che non è presente lo può chiamare *padre*» (Momigliano).

So quanto importi: al senno mio, deh! credi;   250
N'è tempo ancor: ti pentirai, ma indarno,
Del non mi aver d'un ferro oggi soccorsa.

CECRI

Diletta figlia,... oh ciel!... tu, pel dolore,
Certo vaneggi. Alla tua madre mai
Non chiederesti un ferro... — Or, più di nozze   255
Non si favelli: uno inaudito sforzo
Quasi pur troppo a compierle ti trasse;
Ma, più di te potea natura: i Numi
Io ne ringrazio assai. Tu fra le braccia
Della dolce tua madre starai sempre: 260
E se ad eterno pianto ti condanni,
Pianger io teco eternamente voglio,
Nè mai, nè d'un sol passo, mai lasciarti:
Sarem sol'una; e del dolor tuo stesso,
Poich'ei da te partir non vuolsi, anch'io   265
Vestirmi vo'. Più suora[36] a te, che madre,
Spero, mi avrai... Ma, oh ciel! che veggio? O figlia,...
Meco adirata sei?... me tu respingi?...
E di abbracciarmi nieghi? e gl'infuocati
Sguardi?... Oimè! figlia,... anco alla madre?...   270

MIRRA

                                       Ah! troppo
Dolor mi accresce anco il vederti: il cuore,
Nell'abbracciarmi tu, vieppiù mi squarci... —
Ma... oimè!... che dico?... Ahi madre!... Ingrata, iniqua,
Figlia indegna son io, che amor non merto.
Al mio destino orribile me lascia;...   275
O se di me vera pietà tu senti,
Io tel ridico, uccidimi.

[36] *sorella*.

CECRI

      Ah! me stessa
Ucciderei, s'io perderti dovessi:
Ahi cruda! e puoi tu dirmi, e replicarmi
Così acerbe parole? — Anzi, vo' sempre   280
D'ora in poi sul tuo viver vegliar io.

MIRRA

Tu vegliare al mio vivere? ch'io deggia,
Ad ogni istante, io rimirarti? innanzi
Agli occhi miei tu sempre? ah! pria sepolti
Voglio in tenebre eterne gli occhi miei: 285
Con queste man mie stesse, io stessa pria
Me li vo' sverre,[37] io, dalla fronte...

CECRI

        Oh cielo!
Che ascolto?... Oh ciel!... Rabbrividir mi fai.
Me dunque abborri?...

MIRRA

     Tu prima, tu sola,
Tu sempiterna cagione funesta   290
D'ogni miseria mia...

CECRI

     Che parli?... Oh figlia!...
Io la cagion?... Ma già il tuo pianto a rivi...

MIRRA

Deh! perdonami; deh!... Non io favello;
Una incognita forza in me favella...
Madre, ah! troppo tu m'ami; ed io...   295

---

[37] *svellere, strappare*: proprio come fece l'altro incestuoso inconscio dei miti ellenici, Edipo (cfr. *Introduzione*, p. 182).

CECRI

Me nomi
Cagion?...

MIRRA

Tu, sì; de' mali miei cagione
Fosti, nel dar vita ad un'empia; e il sei,
S'or di tormela nieghi; or, ch'io ferventi
Prieghi ten porgo. Ancor n'è tempo; ancora
Sono innocente,[38] quasi... — Ma,... non regge   300
A tante furie... il languente... mio... corpo...
Mancano i piè,... mancano... i sensi...

CECRI

Io voglio
Trarti alle stanze tue. D'alcun ristoro
D'uopo hai, son certa; dal digiun tuo lungo
Nasce in te il vaneggiare.[39] Ah! vieni; e al tutto   305
In me ti affida: io vo' servirti, io sola.

---

[38] Cfr. V 220.
[39] Forse pensava a questa frase così banalmente domestica di Cecri l'Alfieri quando scriveva che «questa madre riesce sul totale alquanto mamma, e ciarliera» (*Parere*).

ATTO QUINTO

SCENA PRIMA

CINIRO

Oh sventurato, oh misero Peréo!
Troppo verace amante!... Ah! s'io più ratto
Al giunger era, il crudo acciaro[1] forse
Tu non vibravi entro al tuo petto. — Oh cielo!
Che dirà l'orbo[2] padre? ei lo attendeva   5
Sposo, e felice; ed or di propria mano
Estinto, esangue corpo,[3] innanzi agli occhi
Ei recar sel vedrà. — Ma, sono io padre
Men di lui forse addolorato? è vita
Quella, a cui resta, infra sue furie atroci,   10
La disperata Mirra? è vita quella,
A cui l'orrido suo stato noi lascia? —
Ma, udirla voglio: e già di ferreo usbergo[4]
Armato ho il core. Ella ben merta (e il vede)
Il mio sdegno; ed in prova, al venir lenta   15
Mostrasi: eppur, dal terzo messo ella ode
Già il paterno comando. — Orribil certo,
E rilevante arcano havvi nascoso
In questi suoi travagli. O il vero udirne
Dal di lei labro io voglio, o mai non voglio,   20

---

[1] *acciaio* e quindi *spada*: v. anche v. 71 e *passim*.
[2] *orbato*, cioè privato del figlio.
[3] È sintagma alfieriano: *Merope*, III 166; *Antigone*, II 68 (e cfr. anche I 250 e II 61).
[4] Letteralmente era l'armatura che proteggeva il collo e il petto, ma era comunemente usato col valore generico di *corazza*.

Mai più, vederla al mio cospetto innante...
Ma, (oh ciel!) se forza di destino, ed ira
Di offesi Numi a un lagrimar perenne
La condanna innocente,[5] aggiunger deggio
L'ira d'un padre a sue tante sventure?   25
E abbandonata, e disperata, a lunga
Morte lasciarla?... Ah! mi si spezza il core...
Pure, il mio immenso affetto, in parte almeno,
Ora è mestier, ch'io per la prova estrema,
Le asconda. In suon di sdegno ella finora   30
Mai non mi udia parlarle: il cor sì saldo,
No, donzella non ha, che incontro basti[6]
Al non usato minacciar del padre. —
Eccola al fine. — Oimè! come si avanza
A tardi passi, e sforzati! Par, ch'ella   35
Al mio cospetto a morire sen venga.

SCENA SECONDA

CINIRO, MIRRA

CINIRO

— Mirra, che nulla tu il mio onor curassi,
Creduto io mai, no, non l'avrei; convinto
Me n'hai (pur troppo!) in questo di fatale
A tutti noi: ma, che ai comandi espressi,[7]   40
E replicati del tuo padre, or tarda
All'obbedir tu sii, più nuovo ancora
Questo a me giunge.

---

[5] Altro accenno alla fatale vendetta degli dei (e cfr. I 175 ss.; III 237 ss.).
[6] *che abbia la forza di resistere.*
[7] *espliciti, recisi:* cfr. v. 16.

MIRRA

...Del mio viver sei
Signor, tu solo... Io de' miei gravi,... e tanti
Falli... la pena... a te chiedeva, ... io stessa,...   45
Or dianzi,... qui... — Presente era la madre;...
Deh! perchè allor... non mi uccidevi?...[8]

CINIRO

È tempo.
Tempo ormai, sì, di cangiar modi, o Mirra.
Disperate parole indarno muovi;
E disperati, e in un tremanti, sguardi   50
Al suolo affissi indarno. Assai ben chiara
In mezzo al dolor tuo traluce l'onta;
Rea ti senti tu stessa. Il tuo più grave
Fallo, è il tacer col padre tuo: lo sdegno
Quindi appien tu ne merti; e che in me cessi   55
L'immenso amor, che all'unica mia figlia
Io già portai. — Ma che? tu piangi? e tremi?
E inorridisci?... e taci? — A te fia dunque
L'ira del padre insopportabil pena?

MIRRA

Ah!... peggior... d'ogni morte...   60

CINIRO

Odimi. — Al mondo
Favola[9] hai fatto i genitori tuoi,
Quanto te stessa, coll'infausto fine
Che alle da te volute nozze hai posto.
Già l'oltraggio tuo crudo i giorni ha tronchi
Del misero Peréo...   65

---

[8] Le frequenti sospensioni e pause, le parole allusive, quel «signor», quell'insistere su «tu, te, io», danno alla parlata di Mirra l'andamento di un discorso di demente.

[9] Cfr. IV 188-89 n.

MIRRA

Che ascolto? Oh cielo!

CINIRO

Peréo, sì, muore; e tu lo uccidi. Uscito
Del nostro aspetto[10] appena, alle sue stanze
Solo, e sepolto in un muto dolore,[11]
Ei si ritrae: null'uomo osa seguirlo.
Io, (lasso me!) tardo pur troppo io giungo... 70
Dal proprio acciaro trafitto, ei giacea
Entro un mare di sangue: a me gli sguardi
Pregni di pianto e di morte inalzava;...
E, fra i singulti estremi, dal suo labro
Usciva ancor di Mirra il nome. — Ingrata... 75

MIRRA

Deh! più non dirmi... Io sola, io degna sono,
Di morte... E ancor respiro?...

CINIRO

                      Il duolo orrendo
Dell'infelice padre di Peréo,
Io che son padre ed infelice, io solo
Sentir lo posso: io 'l so, quanto esser debba 80
Lo sdegno in lui, l'odio, il desio di farne
Aspra su noi giusta vendetta. — Io quindi,
Non dal terror dell'armi sue, ma mosso
Dalla pietà del giovinetto estinto,
Voglio, qual de' padre ingannato e offeso, 85
Da te sapere (e ad ogni costo io 'l voglio)
La cagion vera di sì orribil danno. —
Mirra, invan me l'ascondi: ah! ti tradisce

---

[10] *dalla nostra presenza, vista.*
[11] Espressione tipicamente alfieriana: cfr. IV 40 n.; e *Saul*, I 93 «immensa doglia muta»; *Bruto Primo*, I 63 «immensa e muta doglia».

Ogni tuo menom'atto. — Il parlar rotto;
Lo impallidire, e l'arrossire; il muto   90
Sospirar grave; il consumarsi a lento
Fuoco il tuo corpo; e il soguardar tremante;
E il confonderti incerta; e il vergognarti,
Che mai da te non si scompagna:... ah! tutto,
Sì tutto in te mel dice, e invan tu il nieghi;... 95
Son figlie in te le furie tue... d'amore.

MIRRA

Io?... d'amor?... Deh! nol credere... T'inganni.

CINIRO

Più il nieghi tu, più ne son io convinto.
E certo in un son io (pur troppo!) omai,
Ch'esser non puote altro che oscura fiamma,[12]   100
Quella cui tanto ascondi.

MIRRA

                Oimè!... che pensi?...
Non vuoi col brando uccidermi;... e coi detti...
Mi uccidi intanto...

CINIRO

              E dirmi pur non l'osi,
Che amor non senti? E dirmelo, e giurarlo
Anco ardiresti, io ti terria spergiura.[13] —   105
Ma, chi mai degno è del tuo cor, se averlo
Non potea pur l'incomparabil, vero,
Caldo amator, Peréo? — Ma, il turbamento

---

[12] *un amore indegno, inconfessabile, quello che tu nascondi così profondamente.* Cfr. Racine, *Phèdre*, I, sc. III 158: «Et dérober au jour une flamme si noire».

[13] *Ed anche se tu ardissi dirmelo e giurarmelo, ti riterrei spergiura* (Zuradelli).

Cotanto è in te;... tale il tremor; sì fera
La vergogna; e in terribile vicenda,[14]   110
Ti si scolpiscon sì forte sul volto;
Che indarno il labro negheria...

MIRRA

                    Vuoi dunque...
Farmi... al tuo aspetto...[15] morir... di vergogna?...
E tu sei padre?

CINIRO

                E avvelenar tu i giorni,
Troncarli vuoi, di un genitor che t'ama   115
Più che sè stesso, con l'inutil, crudo,
Ostinato silenzio? — Ancor son padre:
Scaccia il timor; qual ch'ella sia tua fiamma,
(Pur ch'io potessi vederti felice!)
Capace io son d'ogni inaudito sforzo   120
Per te, se la mi sveli. Ho visto, e veggo
Tuttor, (misera figlia!) il generoso
Contrasto orribil, che ti strazia il core
Infra l'amore, e il dover tuo. Già troppo
Festi, immolando al tuo dover te stessa: 125
Ma, più di te possente, Amor nol volle.
La passïon puossi escusare; ha forza
Più assai di noi; ma il non svelarla al padre,
Che tel comanda, e ten scongiura, indegna
D'ogni scusa ti rende.   130

MIRRA

             — O Morte, Morte,
Cui tanto invoco, al mio dolor tu sorda
Sempre sarai?...

---

[14] *avvicendandosi in modo terribile.*
[15] *cospetto.*

CINIRO

     Deh! figlia, acqueta alquanto,
L'animo acqueta: se non vuoi sdegnato
Contra te più vedermi, io già nol sono
Più quasi omai; purchè tu a me favelli.   135
Parlami deh! come a fratello. Anch'io
Conobbi amor per prova:[16] il nome...

MIRRA

         Oh cielo!...
Amo, sì; poichè a dirtelo mi sforzi;
Io disperatamente amo, ed indarno.
Ma, qual ne sia l'oggetto, nè tu mai,   140
Nè persona il saprà:[17] lo ignora ei stesso...
Ed a me quasi io 'l niego.[18]

CINIRO

        Ed io saperlo
E deggio, e voglio. Nè a te stessa cruda
Esser tu puoi, che a un tempo assai nol sii
Più ai genitori che ti adoran sola.   145
Deh! parla; deh! — Già, di crucciato padre,
Vedi ch'io torno e supplice e piangente:
Morir non puoi, senza pur trarci in tomba. —
Qual ch'ei sia colui ch'ami, io 'l vo' far tuo.
Stolto orgoglio di re strappar non puote   150
Il vero amor di padre dal mio petto.
Il tuo amor, la tua destra, il regno mio,
Cangiar ben ponno[19] ogni persona umile
In alta e grande: e, ancor che umil, son certo,
Che indegno al tutto esser non può l'uom ch'ami.   155

---

[16] *per esperienza.*
[17] Cfr. *Filippo*, I 168.
[18] *quasi rifiuto di confessarlo, di prenderne coscienza*: cfr. II 188.
[19] *possono bene trasformare.*

Te ne scongiuro, parla: io ti vo' salva,
Ad ogni costo mio.

MIRRA

    Salva?... Che pensi?...
Questo stesso tuo dir mia morte affretta...
Lascia, deh! lascia, per pietà, ch'io tosto
Da te... per sempre... il piè... ritragga...   160

CINIRO

      O figlia
Unica amata; oh! che di' tu? Deh! vieni
Fra le paterne braccia. — Oh cielo! in atto
Di forsennata or mi respingi? Il padre
Dunque abborrisci? e di sì vile fiamma
Ardi, che temi...   165

MIRRA

    Ah! non è vile;... è iniqua
La mia fiamma;[20] nè mai...

CINIRO

      Che parli? iniqua,
Ove primiero[21] il genitor tuo stesso
Non la condanna, ella non fia: la svela.

MIRRA

Raccapricciar d'orror vedresti il padre,
Se la sapesse... Ciniro...[22]   170

---

[20] Cfr. *Met.*, X 413: «scelus est quod scire laboras».
[21] *per primo*.
[22] «La immensa passione di Mirra, che non può nascondersi, cerca d'allontanare il padre, facendolo diventare una terza persona, e non presente, restar facendo Ciniro. In quel momento ella li fa due personaggi diversi, come la di lei passione vorrebbe che fossero» (Teotochi Albrizzi). Anzi — come rileva la Frankel — è una triplice divisione della stessa persona: *tu* («vedresti»), *padre*, *Ciniro*.

CINIRO

Che ascolto!

MIRRA

Che dico?... ahi lassa!... non so quel ch'io dica...
Non provo amor... Non creder, no... Deh! lascia,
Te ne scongiuro per l'ultima volta,
Lasciami il piè ritrarre.

CINIRO

Ingrata: omai
Col disperarmi[23] co' tuoi modi, e farti   175
Del mio dolore gioco, omai per sempre
Perduto hai tu l'amor del padre.

MIRRA

Oh dura,
Fera orribil minaccia!... Or, nel mio estremo
Sospir, che già si appressa,... alle tante altre
Furie mie l'odio crudo aggiungerassi   180
Del genitor?... Da te morire io lungi?...
Oh madre mia felice!...[24] almen concesso
A lei sarà... di morire... al tuo fianco...[25]

CINIRO

Che vuoi tu dirmi?... Oh! qual terribil lampo,
Da questi accenti!... Empia, tu forse?...[26]   185

---

[23] *col rendermi disperato* (cfr. I 150).
[24] Cfr. *Met.*, X 422: «O — dixit — felicem coniuge matrem!». Ma la nota seguente è originale alfieriana, ed è l'ultimo degli accenni, prima più velati, all'amore incestuoso, che hanno in certo senso preparato Ciniro a capire pienamente il senso dei vv. 182-83. Cfr. *Introduzione*, pp. 187 ss.
[25] Cfr. IV 13.
[26] Cfr. 217 e 220.

MIRRA

                                      Oh cielo!
Che dissi io mai?...[27] Me misera!... Ove sono?
Ove mi ascondo?... Ove morir? — Ma il brando
Tuo mi varrà...*

CINIRO

           Figlia... Oh! che festi? il ferro...

MIRRA

Ecco,... or... tel rendo... Almen la destra io ratta
Ebbi al par che la lingua.   190

CINIRO

                  ...Io... di spavento,...
E d'orror pieno, e d'ira,... e di pietade,...
Immobil resto.

MIRRA

          Oh Ciniro!..[28] Mi vedi...
Presso al morire... Io vendicarti... seppi,...
E punir me... Tu stesso, a viva forza,
L'orrido arcano... dal cor... mi strappasti...   195
Ma, poichè sol colla mia vita... egli esce...
Dal labro mio,... men rea... mi moro...

CINIRO

                            Oh giorno!
Oh delitto!... Oh dolore! — A chi il mio pianto?...

MIRRA

Deh! più non pianger;... ch'io nol merto... Ah! sfuggi

---

* *Rapidissimamente avventatasi al brando del padre, se ne trafigge.* [N.d.A.].

[27] Cfr. IV 183 n.

[28] «Il nome altre volte pronunciato e insieme respinto (IV 217 s., V 169 s.) ora suona con un aperto accento d'amore» (Momigliano).

Mia vista infame;... e a Cecri... ognor... nascondi...   200

CINIRO

Padre infelice!... E ad ingojarmi il suolo
Non si spalanca?...[29] Alla morente iniqua
Donna[30] appressarmi io non ardisco;... eppure,
Abbandonar la svenata mia figlia
Non posso...   205

SCENA TERZA

CECRI, EURICLEA, CINIRO, MIRRA

CECRI

Al suon d'un mortal pianto...

CINIRO

Oh cielo!*

Non t'inoltrar...

CECRI

Presso alla figlia...

MIRRA

Oh voce!

EURICLEA

Ahi vista! nel suo sangue a terra giace
Mirra?...

* *Corre incontro a Cecri, e impedendola di inoltrarsi, le toglie la vista di Mirra morente.* [N.d.A.]

[29] Riecheggia forse il dantesco «ahi dura terra, perché non t'apristi?» (*Inf.*, XXXIII 66).
[30] Non più «fanciulla», «vergine, «donzella» «figlia», ma «iniqua donna».

CECRI

La figlia?...

CINIRO

Arretrati...

CECRI

Svenata!...
Come? da chi?... Vederla vo'...

CINIRO

Ti arretra...
Inorridisci... Vieni... Ella... trafitta, 210
Di propria man, s'è col mio brando...

CECRI

E lasci
Così tua figlia?... Ah! la vogl'io...

CINIRO

Più figlia
Non c'è costei. D'infame orrendo amore
Ardeva ella per... Ciniro...[31]

CECRI

Che ascolto? —
Oh delitto!... 215

CINIRO

Deh! vieni: andiam, ten priego,
A morir d'onta e di dolore altrove.

---

[31] «Non può dir *pel padre*: la natura gli rimanda indietro la voce» (Teotochi Albrizzi).

CECRI

Empia... − Oh mia figlia!...

CINIRO

Ah! vieni...[32]

CECRI

Ahi sventurata!...
Nè più abbracciarla io mai?...*

SCENA QUARTA

MIRRA, EURICLEA

MIRRA

Quand'io... tel... chiesi,...
Darmi... allora.... Eurlicéa, dovevi il ferro...
Io moriva... innocente; ...empia... ora ...muojo...[33]

Viene strascinata fuori da Ciniro. [N.d.A.]

[32] «Padre e madre fuggono straziati da opposti sensi» (De Sanctis): e cfr. *Saul,* V 216 »MICOL-Padre!... e per sempre?...»

[33] Cfr. *Agamennone,* V 79-82: «ma almeno / innocente moriva: or, mal mio grado, / di nuovo già spinta al delitto orrendo / son»; e Racine, *Phèdre,* III, sc. III 13-14: «Je mourais ce matin digne d'être pleurée: / j'ai suivi tes conseils, je meurs déshonorée». E cfr. anche *Saul,* V 225 e n. All'antitesi «innocente-empia» corrispondono quelle «allora-ora», «moriva-muojo». «Alfieri fa culminare la tragedia proprio nella coincidenza assoluta della rivelazione del desiderio e della morte: nella sua ambivalenza, elemento di repressione, ma anche strumento dell'emergere del desiderio di Mirra, l'elemento *morte* realizza la coincidenza di negazione e negato, repressione e represso» (Azzolini). E cfr. *Introduzione,* pp. 189 s.

APPENDICE ALLA «MIRRA»

Si offre qui il testo dell'episodio di Mirra nelle *Metamorfosi* di Ovidio (X 298-518), da cui l'Alfieri trasse direttamente ispirazione per la sua tragedia, come dichiara nella *Vita* (IV 14). Il passo ovidiano è riferito nella traduzione italiana di Piero Bernardini Marzolla (Torino, Einaudi 1979), alla quale il lettore può eventualmente ricorrere anche per la versione delle citazioni ovidiane fatte nel corso delle note dal testo originale latino per rendere così più evidenti le riprese.

«Da Pafo nacque quel Cinira che, se fosse rimasto senza prole, avrebbe potuto essere annoverato tra le persone felici. Canterò cose terribili. Allontanatevi, o figlie, allontanatevi, o padri! Ma se allettati dal mio canto restate, voglio che qui non mi prestiate fede, che non crediate al fatto che racconto, o, se ci volete credere, che crediate allora anche alla punizione. Comunque sia, se natura permette che si veda un misfatto così, io mi congratulo con le genti della mia Tracia e con la nostra parte del mondo, mi congratulo con queste nostre terre, per essere esse così distanti dalle regioni che hanno prodotto tanta empietà. La terra di Pancaia sia pure ricca di amomo, produca pure cannella, preziosi unguenti e incenso che trasuda dal legno e tutti i fiori che vuole; ma la mirra, perché? Quest'altra pianta non meritava! O Mirra, Cupido stesso nega di averti ferito con le sue frecce e proclama che la sua fiaccola è estranea al tuo crimine. Fu una delle tre Furie ad appestarti con una torcia dello Stige e con serpenti gonfi di veleno. È delitto odiare il padre, ma questo tuo amore è un delitto peggiore dell'odio!

«Nobili di ogni paese ti desiderano, giovani di tutto l'Oriente vengono a contendersi la tua mano. Fra tutti scegli uno, o Mirra, come marito. Uno, però, non sia fra questi tutti! E in verità Mirra stessa se ne rende conto e cerca di vincere quel turpe amore e dice fra sé: "Dove mi porta la mente? Che sto covando? O dèi, vi prego, e tu, rispetto per i genitori, e voi, norme sacre della famiglia, impedite questa empietà e opponetevi al mio delitto. Ammesso però che questo sia un delitto. E infatti non pare che il rispetto per i genitori condanni questo tipo di unione. Gli altri animali si accoppiano senza fare tante distinzioni, e non si vede nulla di turpe nel fatto che una giovenca si faccia montare dal padre; il cavallo si sposa la figlia, il capro si unisce alle capre che ha procreato, e anche la femmina dell'uccello concepisce da colui grazie al cui seme è stata concepita. Beati loro, che possono farlo! Gli scrupoli umani hanno creato perfide leggi, il codice invidioso proibisce ciò che la natura ammette. Eppure si dice che vi siano dei popoli presso i quali la madre si unisce al figlio, e la figlia al padre, e l'affetto che lega i parenti cresce per questo sommarsi di amori. Oh, povera me che non ho avuto la fortuna di nascere lì e sono nata in un posto che è la mia rovina! Ma perché rimugino sempre su queste cose? Via, sogni proibiti! Cìnira è degno, sì, di essere amato, ma come padre. Ma dunque, se non fossi la figlia di Cìnira potrei andare a letto con Cìnira, e ora invece, siccome sono così sua, lui non è mio, e proprio lo stretto legame mi danneggia. Se fossi di un altro, avrei più possibilità. Sì, voglio proprio andarmene di qui, lasciare il suolo della mia patria, pur di evitare una scelleratezza. Ma un ardore malsano trattiene me innamorata, mi costringe a restare per poter contemplare Cìnira e toccarlo e parlargli e dargli baci, se di più non è concesso. Perché? Tu oseresti sperare qualcosa di più, vergine empia? Ti rendi conto di quanti sacri vincoli e nomi confonderesti? Vuoi essere rivale di tua madre e amante di tuo padre? Vuoi essere definita sorella di tuo figlio e madre di tuo fratello? E non hai paura delle tre sorelle dal capo irto di serpenti neri che appaiono a chi ha il cuore impuro e con torce crudeli si avventano contro gli occhi e il viso? Suvvia, giacché ancora non ti sei macchiata col corpo, non concepire empietà col pensiero, e non profanare con un coito proibito i patti della natura potente. Anche se tu volessi, c'è la realtà a impedirtelo, poiché Cìnira è pio e virtuoso. Ma oh, come vorrei che anche in lui si agitasse la mia stessa furia!"

«Queste cose dice. Ed ecco che Cìnira, incerto sul da farsi tanti sono i pretendenti degni, le chiede, dopo averle elencato tutti i nomi, di dire lei stessa a chi vuole andare in isposa. Sulle prime essa tace, e fissando smarrita il volto del padre ribolle, e gli occhi le si velano di tiepide stille. Cìnira, credendo che ciò sia dovuto a verginale pudore, la esorta a non piangere, e le asciuga la guance, e la bacia anche. Tutta ne gode Mirra, più del giusto, e alla domanda come le piacerebbe che fosse suo marito, "Uguale a te" risponde. Egli la elogia per queste parole, non intendendone il senso riposto, e le dice: "Resta sempre così rispettosa!" Udendo nominare il rispetto per i genitori, la vergine abbassa lo sguardo, sapendosi colpevole.

«Nel cuore della notte, corpi e pensieri sono immersi nel sonno. Ma non dorme la figlia di Cìnira, che rosa da un fuoco indomabile è ripresa dalle sue smanie e si arrovella, e ora dispera, ora è decisa a tentare, e si vergogna, e brama, e non trova una soluzione. E come un gran tronco, ferito dalla scure, un attimo prima dell'ultimo colpo tentenna e non si sa dove cadrà, e da tutte le parti è un fuggifuggi: così la sua mente fiaccata da tante percosse oscilla di qua e di là e sbanda, ora da un lato ora dall'altro. E altro freno all'amore, altra requie non vede che la morte. Giusto, la morte. Si alza, con la ferma intenzione di strozzarsi con un laccio, e legata la cintura in cima a uno stipite, "Addio, caro Cinira, — dice; — spero che capirai perché sono morta". E comincia a sistemarsi il cappio intorno al pallido collo.

«Si racconta che i suoi mormorii giunsero alle orecchie della fedele nutrice, la quale stava davanti alla soglia, a guardia della stanza della sua pupilla. Balza su, la vecchia, e spalanca la porta, e come vede quei preparativi di morte, è tutt'uno: grida aiuto, si batte il petto, si straccia la veste, sfila il collo dal cappio, strappa il laccio. Soltanto dopo si mette a piangere, si mette ad abbracciare Mirra, a chiederle il perché del cappio. La vergine tace, muta, e immobile fissa il suolo, addolorata che sia andato a vuoto il tentativo, troppo lento, di darsi la morte. La vecchia insiste e scoprendosi la bianca chioma e le flosce mammelle la scongiura, per averla nutrita nella culla, di confidarle la sua pena, qualunque sia. Mirra si sottrae alle domande girandosi dall'altra parte, e geme. Ma la nutrice è decisa a sapere tutto e non si limita a promettere che manterrà il segreto. "Parla, — le dice anche, — e lascia che io ti aiuti. Vecchia sono, sì, ma non inutile. Se è un accesso di follia, conosco una che può guarirti con formule ed erbe; se qualcuno ti ha fatto il malocchio, un rito magico ti purificherà; se è ira degli dèi, l'ira si può placare con sacrifici. Che altro posso pensare che sia? Non ti manca nulla, in casa tua tutto va per il meglio, tua madre è viva e così tuo padre". Mirra, alla parola padre, emette un sospiro dal profondo del petto. E tuttavia la nutrice è ancora lungi dal pensare a qualcosa di empio, pur cominciando a intuire che c'è sotto qualche amore. Ostinata, continua a pregarla di rivelarle cos'ha, qualunque cosa sia, e la prende lacrimante sul suo grembo di vecchia e stringendola fra le deboli braccia dice: "Abbiamo capito: sei innamorata! Ma in questo, non temere, le mie premure ti saranno di aiuto, e di nulla mai si accorgerà tuo padre". Mirra scappa via furibonda. "Vattene, ti supplico, e abbi pietà di una disgraziata che si vergogna!" grida buttandosi sul letto e affondando il volto nei cuscini. E poiché quella insiste: "Vattene, — grida, — o smetti di chiedere cosa mi tormenta! È una colpa infame, la cosa che ti sforzi di sapere".

«La vecchia trasalisce, allunga le mani tremolanti per gli anni e per lo spavento e si prostra umilmente ai piedi della fanciulla, e ora la lusinga ora le mette paura perché confessi: minaccia di riferire del laccio e del tentato suicidio, promette di aiutarla se le confida chi ama. Mirra alza la testa e le inonda il seno di fiotti di lacrime, e più volte è sul punto di confessare, più volte trattiene la voce, e nascondendosi con la veste il viso per la vergogna sospira: "O mamma, felice te che sei sua moglie!" Non dice altro, e geme. Un brivido gelido corre per il corpo della nutrice, che adesso ha capito, penetrandole fin nelle ossa; su tutto il capo la sua canizie s'irrigidisce, i bianchi capelli si rizzano. E ora la vecchia parla a lungo a Mirra per scacciare, se può, quel terribile amore, e la vergine sa che sono ammonimenti giusti, ma è decisa ugualmente a morire, se non può soddisfar quell'amore. E allora la nutrice dice: "Vivi, avrai tuo..." E qui, non osando dir "padre", tace, e conferma la promessa con un giuramento.

«Le mogli devote celebravano la festa di Cèrere, quella festa in cui ogni anno, avvolte in vesti bianche come neve, offrono alla dea le primizie dei suoi prodotti — ghirlande di spighe — e per nove notti considerano cose proibite l'unione e il contatto con l'uomo. Tra quella folla c'è anche Cencrèide, la moglie del re; anche lei partecipa ai segreti riti. Ed ecco che mentre la legittima consorte diserta il letto, la nutrice nel suo sciagurato zelo, trovato Cìnira con la mente annebbiata dal vino, gli racconta di quell'amore dicendogli il vero, ma mentendo sul nome, e gli elogia la bellezza della fanciulla. Alla domanda quanti anni abbia, risponde "Ha l'età di Mirra", e appena riceve l'ordine di condurla, corre da Mirra e le dice: "Gioisci, figlia mia, abbiamo vinto!" Non è una gioia piena, quella che prova l'infelice vergine: in cuore è presa da un triste presentimento; e tuttavia gioisce anche: tanto discordi sono i suoi sentimenti.

«È l'ora in cui tutto è silenzio. Già Boòte piegando il timone ha inclinato il suo carro, tra le stelle dell'Orsa. Mirra si avvia al misfatto. Fugge dal cielo la luna d'oro, nubi nere ricoprono le stelle, che dileguano, la notte resta priva dei suoi fulgori. Per primo tu nascondi il volto, o Icario, insieme a tua figlia Erigone divenuta eterna per il suo nobile affetto per te. Per tre volte il piede inciampando l'avvisa di tornare indietro, per tre volte il funebre gufo l'avverte col suo verso di morte. Ma lei va, e le tenebre e il nero della notte attenuano la vergogna. Con la sinistra stringe la mano della nutrice, con la destra, a tentoni, esplora il buio cammino. E già è giunta alla soglia della camera, già apre la porta, già viene introdotta. Le ginocchia le mancano, prese da tremito, fugge il colore e il sangue, il coraggio l'abbandona mentre avanza. E più si avvicina all'infamia, più rabbrividisce, e si pente della sua audacia e vorrebbe poter tornare indietro senza essere vista. Esita, ma la vecchia la tira per la mano e accostandola all'alto letto e consegnandola dice: "Prendi, o Cìnira. Costei è tua". E unisce i due corpi nella dannazione.

«Il genitore — abominio — accolse nel suo letto la carne della sua carne, e l'aiutò a vincere la sua timidezza di vergine, la rassicurò togliendole le paure. E forse anche, data l'età, la chiamò "figlia", e lei lo chiamò "padre", tanto perché all'incesto non mancasse nulla, nemmeno i nomi. Ingravidata dal proprio padre uscì Mirra da quella stanza, portandosi nell'utero maledetto l'empio seme, la colpa fecondata. La notte seguente la cosa si ripeté, e così andò avanti finché Cìnira, bramoso di vedere l'amante dopo tanti coiti, accostò una lampada e scoprì insieme la figlia e il crimine, e ammutolito dal dolore sguainò la lucida spada appesa alla parete.

«Mirra fuggì, e grazie alle tenebre, col favore della notte

buia, riuscì a sottrarsi alla morte. Vagando per l'aperta campagna lasciò l'Arabia ricca di palme e le contrade di Pancaia. Nove volte ricomparve la falce della luna ed essa ancora fuggiva, quando finalmente si fermò sfinita nella regione di Saba. A stento reggeva il peso del grembo. E allora, non sapendo che altro augurarsi, combattuta tra la paura della morte e la stanchezza di vivere, formulò questa preghiera: "Oh, se c'è qualche dio che ascolta chi riconosce le proprie colpe, mi merito una fine miseranda, e non la rifiuto. Ma perché io non profani ancora da viva i vivi, e da morta i morti, scacciatemi dal regno degli uni e da quello degli altri: trasformatemi, negandomi sia la vita che la morte!"

«Sì, c'è qualche dio che ascolta chi riconosce le proprie colpe. Per lo meno, qualche dio esaudì il suo desiderio finale. Ecco difatti che, mentre parla, della terra si ammucchia intorno alle sue gambe; le unghie dei piedi si fendono e buttano fuori radici oblique, sostegno di un lungo fusto. Le ossa si fanno legno (ma all'interno il midollo resta), il sangue trapassa in linfa, le braccia in rami grandi, le dita in rametti, la pelle s'indurisce in corteccia. E già la pianta crescendo ha fasciato il ventre gravido e ha sommerso il petto e sta per coprire il collo: non tollerando più indugi, essa si lascia scivolare giù incontro al legno che sale e il suo volto scompare sotto la scorza. Ma benché col corpo abbia ormai perduto anche la sensibilità, continua a piangere. Dalla pianta trasudano tiepide gocce. Anche le lacrime possono essere onorate; le sue, che stillano dal tronco, hanno da lei il nome di mirra, e celebri saranno in eterno.

«E ora la creatura sciaguratamente concepita era cresciuta, sotto il legno, e cercava una via per districarsi e lasciare la madre. La pianta-madre, a mezza altezza, ha una gran pancia gonfia: è tutta tesa dal peso. Il dolore non può esprimersi in parole, la partoriente non ha una voce per invocare Lucina. E tuttavia la pianta sembra avere le doglie, e curvata manda fitti gemiti ed è tutta imperlata di stille.

Lucina, impietosita, si ferma presso i rami dolenti e interviene con la sua mano e dice la formula del parto. Compaiono delle crepe, e dalla corteccia squarciata l'albero dà alla luce un essere vivo: un fanciullo,[1] che si mette a vagire. Le Nàiadi lo depongono su molle erba e lo ungono con le lacrime della madre. Perfino l'Invidia dovrebbe lodarlo per la sua bellezza: il suo corpo è infatti come quello dei nudi Amorini che si dipingono nei quadri; unica differenza, la leggera faretra: ma puoi toglierla a loro, oppure aggiungerla a lui.

[1] Adone.

APPENDICE

L'ALFIERI DI FRONTE ALLE SUE TRAGEDIE

Sono raccolti in questa Appendice i ricordi e i giudizi principali dell'Alfieri stesso sull'*Agamennone* e sulla *Mirra*.

Gli estratti dalla *Vita* (1790) sono tratti dall'Edizione Astense, I e II, Asti 1951, a cura di L. Fassò; quelli dalle lettere dalla stessa Edizione Astense, XIV, 1963, a cura di L. Caretti (pubblicato solo il vol. I: fino al 1788) e dalle *Opere di Vittorio Alfieri*, II, Torino 1903; tutti gli altri dal volume *Parere sulle Tragedie e altre prose critiche* sempre nell'Edizione Astense, XXXV, 1978, a cura di M. Pagliai.

Per questi ultimi scritti può essere utile qualche notizia. *Il parere sulle Tragedie* scritto dall'Alfieri stesso nel 1788 (cfr. *Vita*, II, p. 215) apparve nell'edizione Didot, Paris 1789. È, come scrive la Pagliai, «frutto della maturazione critica dell'Alfieri, del convincimento che le scelte stilistiche, linguistiche, tematiche erano state operate attraverso un processo selettivo nel quale, alle proprie riflessioni, si era venuto a mescolare, o a costituire un punto di riferimento, quello che altri avevan detto sulle tragedie».

Le *Note sui personaggi di alcune Tragedie*, stese nei primi mesi del 1779, «si allineano colle *idee* delle tragedie e col *Parere* come un momento importante nella orditura delle opere, e nelle quali la psicologia dei personaggi schematicamente categorializzata costituisce il nodo tragico dell'azione» (Pagliai). Restate inedite sino al 1957, furono già pubblicate dal Cazzani nella sua edizione delle tragedie (Milano, Mondadori 1957).

PARERE DELL'ALFIERI SULL'«AGAMENNONE» E ALTRI SUOI INTERVENTI SULLA TRAGEDIA

I

Parere sull'«Agamennone»

Quanto virtuosamente tragica e terribile riesce la precedente catastrofe, d'un padre che è sforzato di salvar la figlia uccidendola, altrettanto e più, viziosamente e orribilmente tragica è questa, di una moglie che uccide il marito per esser ella amante d'un altro. Quindi, in qualunque aspetto si esamini questo soggetto, egli mi pare assai meno lodevole di tutti i fin qui trattati da me.

Agamennone è per se stesso un ottimo re; egli si può nobilitare e anche sublimare colla semplice grandezza del nome, e delle cose da lui fin allora operate: ma in questa tragedia non essendo egli mosso da passione nessuna, e non vi operando altro, che il farsi o lasciarsi uccidere, potrà essere con ragione assai biasimato. Vi si aggiunga, che il suo stato di marito tradito può anche (benchè l'autore grandissima avvertenza in ciò schivare ponesse) farlo pendere talvolta nel risibile, per esser cosa delicatissima in sè e rimarrà sempre dubbio, se questo difetto si sia scansato, o no, finchè non se ne vedrà alla prova di molte ed ottime recite, il pienissimo effetto.

Clitennestra, ripiena il cuore d'una passione iniqua, ma smisurata, potrà forse in un certo aspetto commovere chi si presterà alquanto a quella favolosa forza del destin dei pagani, e alle orribili passioni quasi inspirate dai Numi nel cuore di tutti gli Atridi, in punizione dei delitti de' loro avi: che la teologia pagana così sempre compose i suoi Dei, punitori di delitti col farne commettere dei sempre più atroci. Ma chi giudicherà Clitennestra col semplice lume di natura, e colle facoltà intellettuali e sensitive del cuore umano, sarà forse a dritto nauseato nel vedere una matrona, rimbambita per un suo pazzo amore, tradire il più gran re della Grecia, i suoi figli, e se stessa, per un Egisto.

Così Elettra, a chi prescinde da ogni favola, non piacerà, come assumentesi ella le parti di madre, e con un senno (a quindici o vent'anni) tanto superiore alla età sua, e tanto inverisimile nella figlia d'una madre pur tanto insana. Elettra inoltre, non è mossa in questa tragedia da nessuna caldissima passione sua propria; e bench'ella molto ami il padre la madre il fratello, ed Egisto abborrisca, il tutto pure di questi affetti, fattone massa, non equivale a una passione vera qualunque, ch'ella avesse avuto di suo nel cuore, e che la rendesse un vero personaggio per sè operante in questa tragedia.

Egisto poi, carattere orribile per sè stesso, non può riuscir tollerabile, se non presso a quei soli, che molto concedono agli odj favolosi de' Tiesti ed Atrei. Altrimenti per se stesso egli è un vile, che altra passione non ha, fuorchè un misto di rancida vendetta (a cui si può poco credere, per non essere stato egli stesso l'offeso da Atreo), e d'ambizione di regno, che poco in lui si perdona, perchè ben si conosce ch'egli ne sarà incapace; e di un finto amore per Clitennestra, il quale non solo agli spettatori, ma anche a lei stessa finto parrebbe, e mal finto, se ne fosse ella meno cieca.

Questi quattro personaggi, difettosi già tutti quattro assai per se stessi, e forse anche in molte lor parti per mancanza di chi li maneggia, dànno con tutto ciò una tragedia che può allacciar tutto l'animo, e molto atterrire e commuovere. Riflettendo io fra me stesso ad un tale effetto, che pare il contrario di quello che dovrebbero dar le cagioni, non ne saprei assegnare altra ragione, se non che la stessa semplicità e rapida progressione di questa tragedia, la quale tenendo in curiosità e sospensione l'animo, non lascia forse il tempo di avvedersi di tutti questi tanti capitali difetti.

Se non mi fossi proposto di non lodare, potrei per avventura dimostrare, che se questa tragedia ha del buono, quasi tutto lo ottien dall'autore; e che il suo cattivo lo ricava in gran parte da se stessa.

L'arte di dedurre le scene, e gli atti, l'uno dall'altro, a parer mio, è stata qui condotta dall'autore a quel tal grado di bontà, di cui egli mai potesse riuscire capace. Ed in molte altre egli è bensì tornato indietro alle volte, ma in tal parte egli non ha mai ecceduto la saggia economia della presente tragedia.

II

Dal Parere sull'«Oreste»

Questa azione tragica non ha altro motore, non sviluppa nè ammette altra passione, che una implacabil vendetta. Ma, essendo la vendetta passione (benchè per natura fortissima) molto indebolita nelle nazioni incivilite, ella viene anche tacciata di passion vile, e se ne sogliono biasimare e veder con ribrezzo gli effetti. È vero altresì, che quando ella è giusta, quando l'offesa ricevuta è atrocissima, quando le persone e circostanze son tali, che nessuna umana legge può risarcire l'offeso, e punir l'offensore, la vendetta allora, sotto i nomi di guerra, d'invasione, di congiura, di duello, o altri simili, a nobilitarsi perviene, e ad ingannare le menti nostre, a segno di farsi non solo sopportare, ma di acquistarsi maraviglia e sublimità. Tale, s'io non m'inganno, deve esser questa; ed a voler mettere l'*Oreste* in palco nel suo più favorevole aspetto, credo che bisognerebbe presentarlo allo stesso uditorio la sera consecutiva dell'*Agamennone*; che queste due tragedie si collegano insieme ancora più strettamente che il *Polinice* e l'*Antigone*; le quali due riceverebbero pure un notabil vantaggio dal seguitarsi anche nella recita: colla differenza tuttavia, che l'*Antigone* scapiterebbe alquanto dopo il *Polinice*, in vece che l'*Oreste* crescerebbe dopo l'*Agamennone*; e a tal segno forse crescerebbe, che se si volesse alternare, l'*Agamennone* dopo l'*Oreste* verrebbe anche a piacere assai meno di prima.

III

Dalle «Note sui personaggi»

AGAMENNONE - 1232[1]

Agamennone buon re, generoso, non conosce sospetti, ma odia il sangue di Tieste.

Egisto finto, timido, vendicativo, pien d'odio, d'ambizione, e privo d'amore, di fede, e virtù.

Clitennestra innamorata, debole credula.

Elettra odia la prole di Tieste, onesta, ama i genitori, diffida d'Egisto.

IV

Dalla «Vita»

[...] Nel soggiorno di Pisa tradussi anche la *Poetica* d'Orazio in prosa con chiarezza e semplicità per invasarmi que' suoi veridici e ingegnosi precetti. Mi diedi anche molto a leggere le tragedie di Seneca, benchè in tutto ben mi avvedessi essere quelle il contrario dei precetti d'Orazio. Ma al-

---

[1] La cifra indica il numero dei versi della tragedia.

cuni tratti di sublime vero mi trasportavano, e cercava di renderli in versi sciolti per mio doppio studio di latino e d'italiano, di verseggiare e grandeggiare. E nel fare questi tentativi mi veniva evidentemente sotto gli occhi la gran differenza tra il verso giambo ed il verso epico, i di cui diversi metri bastano per distinguere ampiamente le ragioni del dialogo da quelle di ogni altra poesia; e nel tempo stesso mi veniva evidentemente dimostrato che noi Italiani non avendo altro verso che l'endecasillabo per ogni componimento eroico, bisognava creare una giacitura di parole, un rompere sempre variato di suono, un fraseggiare di brevità e di forza, che venissero a distinguere assolutamente il verso sciolto tragico da ogni altro verso sciolto e rimato sì epico che lirico. I giambi di Seneca mi convinsero di questa verità, e forse in parte me ne procacciarono i mezzi. Che alcuni tratti maschi e feroci di quell'autore debbono per metà la loro sublime energia al metro poco sonante, e spezzato. Ed in fatti qual è sì sprovvisto di sentimento e d'udito, che non noti l'enorme differenza che passa tra questi due versi? L'uno, di Virgilio, che vuol dilettare e rapire il lettore:

Quadrupedante putrem sonitu quatit ungula campum;

l'altro, di Seneca che vuole stupire, e atterrir l'uditore; e caratterizzare in due sole parole due personaggi diversi:

Concede mortem.
                Si recusares, darem.

Per questa ragione stessa non dovrà dunque un autor tragico italiano nei punti più appassionati e fieri porre in bocca de' suoi dialogizzanti personaggi dei versi, che quanto al suono in nulla somiglino a quei peraltro stupendi e grandiosissimi del nostro epico:

    Chiama gli abitator dell'ombre eterne
    Il rauco suon della tartarea tromba.

Convinto io nell'intimo cuore della necessità di questa total differenza da serbarsi nei due stili, e tanto più difficile per noi Italiani, quanto è giuoco forza crearsela nei limiti dello stesso metro, io dava dunque poco retta ai saccenti di Pisa quanto al fondo dell'arte drammatica, e quanto allo stile da adoprarvisi; gli ascoltava bensì con umiltà e pazienza su la purità toscanesca e grammaticale; ancorchè neppure in questo i presenti Toscani gran cosa la sfoggino.

Eccomi intanto in meno d'un anno dopo la recita della *Cleopatra*, possessore in proprio del patrimonietto di tre altre tragedie. E qui mi tocca di confessare, pel vero, di quai fonti le avessi tratte. Il *Filippo*, nato francese, e figlio di francese, mi venne di ricordo dall'aver letto più anni prima il romanzo di *Don Carlos*, dell'Abate di San Reale. Il *Polinice*, gallo anch'egli, lo trassi dai *Fratelli nemici*, del Racine. L'*Antigone*, prima non imbrattata di origine esotica, mi venne fatta leggendo il duodecimo libro di Stazio nella traduzione su mentovata, del Bentivoglio. Nel *Polinice* l'avere io inserito alcuni tratti presi nel Racine, ed altri presi dai *Sette Prodi* di Eschilo, che leggicchiai nella traduzion francese del padre Brumoy, mi fece far voto in appresso, di non più mai leggere tragedie d'altri prima d'aver fatte le mie, allorchè trattava soggetti trattati, per non incorrere così nella taccia di ladro, ed errare o far bene, del mio. Chi molto legge prima di comporre, ruba senza avvedersene, e perde l'originalità, se l'avea. E per questa ragione anche avea abbandonato fin dall'anno innanzi la lettura di Shakespeare (oltre che mi toccava di leggerlo tradotto in francese). Ma quanto più mi andava a sangue quell'autore, (di cui però benissimo distingueva tutti i difetti) tanto più me ne volli astenere.

Appena ebbi stesa l'*Antigone* in prosa, che la lettura di Seneca m'infiammò e sforzò d'ideare ad un parto le due gemelle tragedie, l'*Agamennone*, e l'*Oreste*. Non mi parea con tutto ciò, ch'elle mi siano riuscite in nulla un furto fatto da Seneca (IV 2).

Sgravato in tal guisa l'esacerbato mio animo dal lungo e traboccante odio ingenito suo contro la Tirannide, io mi sentii tosto richiamato alle opere teatrali; e quel libercoletto, dopo averlo letto all'amico, ed a pochissimi altri, sigillai e posi da parte, nè più ci pensai per molti anni. Intanto, ripreso il coturno, rapidissimamente distesi ad un tratto l'*Agamennone*, l'*Oreste*, e la *Virginia*. E circa all'*Oreste*, mi era nato un dubbio prima di stenderlo, ma il dubbio essendo per sè stesso picciolo e vile, mi venne in magnanima guisa disciolto dall'amico. Questa tragedia era stata da me ideata in Pisa l'anno innanzi, e mi avea infiammato di tal soggetto la lettura del pessimo *Agamennone* di Seneca. Nell'inverno poi, trovandomi io in Torino, squadernando un giorno i miei libri, mi venne aperto un volume delle tragedie del Voltaire, dove la prima parola che mi si presentò fu, *Oreste tragedia*. Chiusi subito il libro, indispettito di ritrovarmi un tal competitore fra i moderni, di cui non avea mai saputo che questa tragedia esistesse. Ne domandai allora ad alcuni, e mi dissero esser quella una delle buone tragedie di quell'autore; il che mi avea molto raffreddato nell'intenzione di dar corpo alla mia. Trovandomi io dunque poi in Siena, come dissi, ed avendo già steso l'*Agamennone*, senza più nemmeno aprire quello di Seneca, per non divenir plagiario, allorchè fui sul punto di dovere stender l'*Oreste*, mi consigliai coll'amico raccontandogli il fatto e chiedendogli in imprestito quello del Voltaire per dargli una scorsa, e quindi o fare il mio o non farlo. Il Gori, negandomi l'imprestito dell'*Oreste* francese, soggiunse: «Scriva il suo senza legger quello; e se ella è nato per fare tragedie, il suo sarà o peggiore o migliore od uguale a quell'altro *Oreste*, ma sarà almeno ben suo». E così feci. E quel nobile ed alto consiglio divenne d'allora in poi per me un sistema; onde, ogni qual volta mi sono accinto a trattar poi soggetti già trattati da altri moderni, non li lessi mai se non dopo avere steso e verseggiato il mio; e se li avea visti in palco, cercai di non me ne ricordar punto; e se mal mio grado me ne ricordava, cercai di fare, dove fosse possibile, in tutto il contrario di quelli. Dal che mi è sembrato che me ne sia ridondata in totalità una faccia ed un tragico andamento, se non buono, almeno ben mio. (IV 5)

Nell'Aprile del '78, dopo aver verseggiata la *Virginia*, e quasi che tutto l'*Agamennone*, ebbi una breve ma forte malattia infiammatoria, con un'angina, che costrinse il medico a dissanguarmi; il che mi lasciò una lunga convalescenza, e fu epoca per me di un notabile indebolimento di salute in appresso. L'agitazione, i disturbi, lo studio, e la passione di cuore mi aveano fatto infermare, e benchè poi nel finir di quell'anno cessassero interamente i disturbi d'interesse domestico, lo studio e l'amore che sempre andarono crescendo, bastarono a non mi lasciar più godere in appresso di quella robustezza d'idiota ch'io mi era andata formando in quei dieci anni di dissipazione, e di viaggi quasi continui. (IV 7)

Tosto ch'io un tal poco respirai da codesti esercizj di semiservitù, contento oltre ogni dire di un'onesta libertà per cui mi era dato di visitare ogni sera l'amata, mi restituii tutto intero agli studj. Ripreso dunque il *Polinice*, terminai di riverseggiarlo; e senza più pigliar fiato, proseguii da capo l'*Antigone*, poi la *Virginia*, e successivamente l'*Agamennone*, l'*Oreste*, i *Pazzi*, il *Garzia*; poi il *Timoleone* che non era stato ancor posto in versi; ed in ultimo, per la quarta volta, il renitente *Filippo*. E mi andava tal volta sollevando da quella troppo continuità di far versi sciolti, prosequendo il terzo canto del Poemetto; e nel Decembre di quell'anno stesso composi d'un fiato le quattro prime odi dell'*America Libera*. A queste m'indusse la lettura di alcune bellissime e nobili odi del Filicaja, che altamente mi piacquero. Ed io stesi le mie quattro in sette soli giorni, e la terza intera in un giorno solo, ed esse con picciole mutazioni sono poi rimaste quali furono concepite. Tanta è la differenza (almeno per la mia penna) che passa tra il verseggiare in rima liricamente, o il far versi sciolti di dialogo. (IV 9)

V

Dalle «Lettere»

A GIOVANNI MARIA LAMPREDI, Pisa

[Firenze,] 6 febbraio 1778

Dolcissimo mio Maestro. Poco a poco le di lei lettere a me dirette verranno a formare una Poetica per me non meno utile di quella di Orazio, e assai più cara.

Ella ha ragione in quanto ha osservato sull'*Oreste*; e già quella scena del quart'atto era segnata al margine, come lunga e languida, in caratteri maiuscoli. Quella mezza tinta che manca a Clitennestra nel quint'atto, non è difficile a darsi; e spero altresì di infiammare i due primi atti dell'*Agamennone*. Non starà insomma per me, ch'io non meriti col tempo se non la di lei approvazione, almeno la di lei critica, ch'io stimo non meno.

Intanto petrarcheggio e piscio sonetti; ma presto mi rimetterò al coturno.

La prego di salutare la Sig[no]ra Anna, e il Padre Fassini se lo vede.

(*Epistolario*, I p. 34)

A MARIO BIANCHI

16 marzo 1793

[...] Ella saprà che io sono stato straziato qui in varj teatri; ora l'*Oreste*, or la *Virginia*, or l'*Agamennone* di nuovo. A nessuna di queste esecuzioni ho assistito; ma tutto questo mi ha dato una mezza voglia di recitar qui così per chiasso una tragedia: tanto per far vedere come si potrebbe recitar meno male. Ho scelto il *Saul*, e ne ho presa la parte. Micol sarà la Bellini, che intende e sente: è quella che avrà sentito nominare per il canto, figlia del celebre Raimondo Cocchi. Abner sarà il Perini; David un giovanotto pisano, che si chiama il Carmignani; Gionata il dottor Collini, e sacerdote il Tanfani. Non saremo certo nessuni buoni attori; ma sapremo la parte, intenderemo un poco quel che diremo, e diremo adagio senza rammentatore. Queste tre cose formano già un attore stupendo in Italia. Noi la diremo fino a quaresima, così in privato, in una sala. Se loro ci potessero venire, ci avrei pure il gran piacere. Ma se non ci vengono, quando verrò io costà le reciterò poi la mia parte; e mi pare che non la dirò così male. La Signora li saluta caramente; ed io son tutto loro.

(*Lettere*, p. 214)

PARERE DELL'ALFIERI SULLA «MIRRA» E ALTRI SUOI INTERVENTI SULLA TRAGEDIA

I

Parere sulla «Mirra»

Benchè nello scriver tragedie io mi compiaccia assai più dei temi già trattati da altri, e quindi a ognuno più noti; nondimeno, per tentare le proprie forze in ogni genere, siccome ho voluto in *Rosmunda* inventare interamente la favola, cosi in *Mirra* ho voluto sceglierne una, la quale, ancor che notissima, non fosse pure mai stata da altri trattata, per quanto io ne avessi notizia. Prima di scrivere questa tragedia io già benissimo sapea, doversi dire dai più (il che a dirsi è facilissimo, e forse assai più che non a provarlo), che un amore incestuoso, orribile, e contro natura, dee riuscire immorale e non sopportabile in palco. E certo, se Mirra facesse all'amore col padre, e cercasse, come Fedra fa col figliastro, di trarlo ad amarla, Mirra farebbe nausea e raccapriccio: ma, quanta sia la modestia, l'innocenza di cuore, e la forza di carattere in questa Mirra, ciascuno potrà giudicarne per se stesso, vedendola. Quindi, se lo spettatore vorrà pur concedere alquanto a quella imperiosa forza del Fato, a cui concedeano pur tanto gli antichi, io spero ch'egli perverrà a compatire, amare, ed appassionarsi non poco per Mirra. Avendone io letto la favola in Ovidio, dove Mirra introdotta dal poeta a parlare narra il suo orribile amore alla propria nutrice, la vivissima descrizione ch'ella compassionevolmente le fa de' suoi feroci martirj, mi ha fatto caldissimamente piangere. Ciò solo m'indusse a credere, che una tale passione, modificata e adattata alla scena, e racchiusa nei confini dei nostri costumi, potrebbe negli spettatori produrre l'effetto medesimo che in me ed in altri avrà prodotto quella patetica descrizione di Ovidio. Non credo, finora, di essermi ingannato su questa tragedia, perchè ogniqualvolta io, non me ne ricordando più affatto, l'ho presa a rileggere, sempre ho tornato a provare quella commozione stessa che avea provata nel concepirla e distenderla. Ma forse in questo, io come autore mi accieco: non credo tuttavia d'esser io tenero più che altri, nè oltre il dovere. Posto adunque, che Mirra in questa tragedia appaja, come dee apparire, più innocente assai che colpevole; poichè quel che in essa è di reo non è per così dir niente suo, in vece che tutta la virtù e forza per nascondere estirpare e incrudelire contra la sua illecita passione anco a costo della propria vita, non può negarsi che ciò sia tutto ben suo; ciò posto, io dico, che non so trovare un personaggio più tragico di questo per noi, nè più continuamente atto a rattemprare sempre con la pietà l'orror ch'ella inspira.

Quelli che biasimar vorranno questo soggetto, dovrebbero per un istante supporre, che io (mutati i nomi, il che m'era facilissimo a fare) avessi trattato il rimanente affatto com'è: e ammessa questa supposizione, dovrebbero rendere imparziale e fedel conto a se stessi, se veramente questa donzella, che non si chiamerebbe Mirra, verrebbe nel decorso della tragedia a sembrar loro piuttosto innamorata del padre, che di un fratello assente, o di un altro prossimo congiunto, o anche d'uno non congiunto, ma di amore però condannabile sotto altro aspetto. Da nessuna parola della tragedia, fino all'ultime del quint'atto, non potranno certamente trar prova, che questa donzella sia rea di amare piuttosto il padre, che di qualunque altro illecito amore; ed essendo ella rea in una tal guisa sempre dubbiosa, più difficilmente ancora si dimostrerà che ella debba riuscire agli spettatori colpevole, scandalosa, ed odiosa. Ma avendola io voluta chiamar Mirra, tutti sanno tal favola, e tutti ne sparleranno, e rabbrividire vorranno d'orrore già prima di udirla.

Io, null'altro per l'autore domando, se non che si sospenda il giudizio fin dopo udite le parti; e ciò non è grazia, è mera giustizia. A parer mio, ogni più severa madre, nel paese il più costumato d'Europa, potrà condurre alla rappresentazione di questa tragedia le proprie donzelle, senza che i loro teneri petti ne ricevano alcuna sinistra impressione. Il che non sempre forse avverrà, se le caste vergini verranno condotte a molte altre tragedie, le quali pure si fondano sopra lecitissimi amori.

Ma, comunque ciò sia, io senza accorgermene ho fin qui riempito assai più le parti d'autore, che non quelle di censore. Il censore nondimeno, ove egli voglia essere giusto, e cercare i lumi ed il vero per lo miglioramento dell'arte, dee pure, ancor che lodare non voglia, assegnare le ragioni, il fine, ed i mezzi, con cui una opera qualunque è stata condotta.

Del carattere di Mirra ho abbastanza parlato fin qui, senza maggiormente individuarlo. Nel quart'atto c'è un punto, in cui strascinata dalla sua furiosa passione, e pienamente fuor di se stessa, Mirra si induce ad oltraggiare la propria madre. Io sento benissimo ch'ella troppo parrà, e troppo è rea in quel punto: ma, data una passione in un ente tragico, bisogna pure, per quanto rattenuta ella sia, che alle volte vada scoppiando; che se nol facesse, e debole e fredda sarebbe, e non tragica: e quanto più è raro questo scoppio, tanto maggiore dev'essere, e tanto più riuscirne terribile l'effetto. Da prima rimasi lungamente in dubbio, se io lascierei questo ferocissimo trasporto in bocca di Mirra; ma, osservatolo poi sotto tutti gli aspetti, e convinto in me stesso, ch'egli è naturalissimo in lei (benchè contro a natura sia, o lo paja) ve l'ho lasciato; e mi lusingo che sia nel vero; e che perciò potrà riuscire di sommo effetto quanto all'orror tragico, e molto accrescere ad un tempo la pubblica compassione ed affetto per Mirra. Ognuno, spero, vedrà e sentirà in quel punto, che una forza più possente di lei parla allora per bocca di Mirra; e che non è la figlia che parli alla madre, ma l'infelice disperatissima amante all'amata e preferita rivale. Con tutto ciò io forse avrò errato, al parere di molti, nell'inserirvi un tal tratto. A me basta di non avere offeso nè il vero nè il verisimile, nello sviluppare (discretamente però) questo nascosissimo, ma naturalissimo e terribile tasto del cuore umano.

Ciniro, è un perfetto padre, e un perfettissimo re. L'autore vi si è compiaciuto a dipingere in lui, o a provar di dipingere, un re buono ideale, ma verisimile; quale vi potrebbe pur essere, e quale non v'è pur quasi mai.

Pereo, promette altresì di riuscire un ottimo principe. Ho cercato di appassionarlo quanto ho saputo; non so se mi sia venuto fatto. Io diffido assai di me stesso; e massimamente nella creazione di certi personaggi, che non debbono esser altro che teneri d'amore. Credo perciò, che tra i difetti di Mirra l'uno ne sarà forse costui; ma non lo posso asserire per convinzione; lo accenno, perchè ne temo.

Cecri, a me pare una ottima madre; e così ella, come il marito, per gli affetti domestici mi pajono piuttosto degni d'essere privati cittadini, che principi. La favola dell'ira di Venere cagionata dalla superbia materna di Cecri, abbisognerà di spettatori benigni che alquanto si prestino a questa specie di mezzi, poco oramai efficaci tra noi. Confesso tuttavia, che questa madre riesce sul totale alquanto mamma, e ciarliera.

In Euriclea l'autore ha preteso di ritrarre una persona ottima semplicissima, e non sublime per niuna sua parte. Se ella è tale, perciò appunto piacerà forse, e commoverà. Mi pare che questa Euriclea, bench'essa mi sappia un po' troppo di balia, si distingua alquanto dal genere comune dei personaggi secondarj, e ch'ella operi in questa tragedia alcuna cosa più che l'ascoltare. Costei nondimeno pecca come tutte le altre sue simili, nella propria creazione; cioè, ch'ella non è in nulla necessaria alla tessitura dell'azione, poiché si può proceder senz'essa. Ma se pure ella piace e commuove, non si potrà dire inutile affatto: e questo soggetto, più che nessun altro delle presenti tragedie, potea comportare un tal genere d'inutilità. Nel farla confidentissima di Mirra, osservo però, che l'autore ha avvertito di non farle mai confidare da Mirra il suo orribile amore, per salvare così la virtù d'Euriclea, e prolungare la innocenza di Mirra.

Questa tragedia sul totale potrà forse riuscire di un grand'effetto in teatro, perchè i personaggi tutti son ottimi; perchè mi par piena di semplicità, di dolci affetti paterni, materni e amatorj, e perchè in somma quel solo amore che inspirerebbe orrore, fa la sua parte nella tragedia così tacitamente, che io non lo credo bastante a turbare la purità delle altre passioni trattatevi; ma può bensì questo amore maravigliosamente servire a spandere sul soggetto quel continuo velo di terrore, che dee pur sempre distinguere la tragedia dalla pastorale. Io, troppo lungamente, e troppo parzialmente forse, ne ho parlato, per esser creduto: altri dunque la giudichi meglio da sè, e altri difetti rilevandone, mi faccia sovr'essa ricredere, che io glie ne sarò tenutissimo. Ma fino a quel punto, io la reputo una delle migliori fra queste, benchè pure sia quella, in cui l'autore ha potuto meno che in ogni altra abbandonarsi al suo proprio carattere: ed in cui, anzi, ha dovuto contra il suo solito mostrarsi prolisso, garrulo, e tenue.

II

Dalla «Vita»

[...] Eccomi dunque da capo per viaggio. Per la solita mia dilettissima e assai poetica strada di Pistoja a Modena, me ne vo rapidissimamente a **Mantova**, **Trento**, *Inspruck*, e quindi per la Soavia a *Colmar*, città dell'Alsazia superiore alla sinistra del Reno. Quivi presso ritrovai finalmente quella ch'io andava sempre chiamando e cercando, orbo di lei da più di sedici mesi. Io feci tutto questo cammino in dodici giorni nè mai mi pareva di muovermi, per quanto i' corressi. Mi si riaprì in quel viaggio più abbondante che mai si fosse la vena delle rime, e chi potea in me più di me mi facea comporre sino a tre e più sonetti quasi ogni giorno; essendo quasi fuor di me dal trasporto di calcare per tutta quella strada le di lei orme stesse, e per tutto informandomi, e rilevando ch'ella vi era passata circa due mesi innanzi. E col cuore alle volte giojoso, mi rivolsi anche al poetare festevole; onde scrissi cammin facendo un Capitolo al Gori, per dargli le istruzioni necessarie per la custodia degli amati cavalli, che pure non erano in me che la passione terza: troppo mi vergognerei se avessi detto, Seconda; dovendo, come è di ragione, al Pegaso preceder le Muse.

Quel mio lunghetto Capitolo, che poi ho collocato fra le rime, fu la prima e quasi che la sola poesia ch'io mai scrivessi in quel genere bernesco, di cui, ancorchè non sia quello al quale la natura m'inclini il più, tuttavia pure mi par di sentire tutte le grazie e il lepore. Ma non sempre il sentirle basta ad esprimerle. Ho fatto come ho saputo. Giunto il dì 16 Agosto presso la mia donna, due mesi in circa mi vi sfuggirono quasi un baleno. Ritrovatomi così di bel nuovo interissimo di animo di cuore e di mente, non erano ancor passati quindici giorni dal dì ch'io era ritornato alla vita rivedendola, che quell'istesso io il quale da due anni non avea mai più neppure sognato di scrivere oramai altre tragedie; quell'io, che anzi avendo appeso il coturno al *Saul*, mi era fermamente proposto di non lo spiccare mai più; mi ritrovai allora, senza accorgermene quasi, ideate per forza altre tre tragedie ad un parto: *Agide*, *Sofonisba*, e *Mirra*. Le due prime, mi erano cadute in mente altre volte, e sempre l'avea discacciate; ma questa volta poi mi si erano talmente rifitte nella fantasia, che mi fu forza di gettarne in carta l'abbozzo, credendomi pure e sperando che non le potrei poi distendere. A Mirra non avea pensato mai; ed anzi, essa non meno che Bibli, e così ogni altro incestuoso amore, mi si erano sempre mostrate come soggetti non tragediabili. Mi capitò alle mani nelle *Metamorfosi* di Ovidio quella caldissima e veramente divina allocuzione di Mirra alla di lei nutrice, la quale mi fece prorompere in lagrime, e quasi un subitaneo lampo mi destò l'idea di porla in tragedia; e mi parve che toccantissima ed originalissima tragedia potrebbe riuscire, ogni qual volta potesse venir fatto all'autore di maneggiarla in tal modo che lo spettatore scoprisse da sè stesso a poco a poco tutte le orribili tempeste del cuore infuocato ad un tempo e purissimo della più assai infelice che non colpevole Mirra, senza che ella neppure la metà ne accennasse, non confessando quasi a sè medesima, non che ad altra persona nessuna, un sì nefando amore. In somma l'ideai a bella prima, ch'ella dovesse nella mia tragedia operare quelle cose stesse ch'ella in Ovidio descrive; ma operarle tacendole. Sentii fin da quel punto l'immensa difficoltà ch'io incontrerei nel dover far durare questa scabrosissima fluttuazione dell'animo di Mirra per tutti gl'interi cinque atti, senza accidenti accattati d'altrove. E questa difficoltà che allora vieppiù m'infiammò, e quindi poi nello stenderla, verseggiarla, e stamparla sempre più mi fu sprone a tentare di vincerla, io tuttavia dopo averla fatta, la conosco e la temo quant'ella s'è; lasciando giudicar poi dagli altri s'io l'abbia saputa superare nell'intero, od in parte, od in nulla.

Questi tre nuovi parti tragici mi raccesero l'amor della gloria, la quale io non desiderava per altro fine oramai, se non se per dividerla con chi mi era più caro di essa. Io dunque allora da circa un mese stava passando i miei giorni beati, e occupati, e da nessunissima amarezza sturbati, fuorchè dall'anticipato orribile pensiero che al più al più fra un altro mesetto era indispensabile il separarci di nuovo. (IV 14).

SOMMARIO

7 Alfieri poeta dell'interiorità fra lirica e tragedia *di Vittore Branca*
31 Alfieri, libertario e antirivoluzionario, fra odio e amore per i sovrani *di Vittore Branca*
57 Nota sull'elaborazione delle tragedie
61 Nota biobibliografica
75 Aggiornamento bibliografico
76 Illustrazioni

AGAMENNONE

87 Introduzione all'*Agamennone*
101 Atto primo
115 Atto secondo
129 Atto terzo
145 Atto quarto
162 Atto quinto

MIRRA

177 Introduzione alla *Mirra*
197 Atto primo
208 Atto secondo
224 Atto terzo
241 Atto quarto
258 Atto quinto
271 Appendice alla *Mirra*

279	APPENDICE: L'ALFIERI DI FRONTE ALLE SUE TRAGEDIE
280	Parere dell'Alfieri sull'*Agamennone* e altri suoi interventi sulla tragedia
290	Parere dell'Alfieri sulla *Mirra* e altri suoi interventi sulla tragedia

BUR
Periodico settimanale: 14 settembre 2005
Direttore responsabile: Rosaria Carpinelli
Registr. Trib. di Milano n. 68 del 1°-3-74
Spedizione in abbonamento postale TR edit.
Aut. N. 51804 del 30-7-46 della Direzione PP.TT. di Milano
Finito di stampare nel settembre 2005 presso
Legatoria del Sud - via Cancelliera, 40 - Ariccia RM
Printed in Italy